北京孔庙国子监匾联考辨

王琳琳 著

2012 年
北京市文物局青年业务人员科研成果出版项目

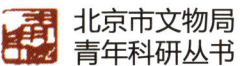
北京市文物局
青年科研丛书

北京燕山出版社
BEIJING YANSHAN PRESS

目 录

导 言	1
序	1
第一章　孔庙匾联	1
第一节　孔庙中路匾	1
"先师庙"匾、"大成门"匾、"大成殿"匾	2
颁揭三方匾的背景及匾文释义	4
第二节　大成殿内匾联	10
大成殿内匾联概况	10
"万世师表"匾	14
"生民未有"匾	17
"与天地参"匾联	20
"圣集大成"匾	27
"圣协时中"匾	29
"德齐帱载"匾	31
"圣神天纵"匾	32
"斯文在兹"匾	35
"中和位育"匾	36
"大总统告令"匾与袁世凯祭孔	39
"道洽大同"匾	47
第三节　"崇圣祠"匾	49
第四节　孔庙第一进院边路建筑匾	52

第二章 国子监匾联 ... 57

第一节 成贤街牌坊匾 ... 57

第二节 "集贤门"匾 ... 60

第三节 "太学"匾 ... 63

第四节 琉璃牌楼匾 ... 66

第五节 辟雍及其匾考辨 ... 71
"辟雍"匾 ... 71
乾隆兴建辟雍 ... 73

第六节 辟雍殿内匾联 ... 87
辟雍殿内御书匾联概况 ... 87
乾隆御书匾联 ... 90
道光御书匾联 ... 93
咸丰御书匾 ... 95

第七节 东西六堂匾 ... 97

第八节 绳愆、博士二厅匾 ... 106

第九节 六堂及绳愆厅满文号牌 ... 110

第十节 彝伦堂及堂内匾 ... 114
彝伦堂内悬匾概况 ... 114
"彝伦堂"匾 ... 118
"文行忠信"匾 ... 122
"福畴攸叙"匾 ... 124
"振德育才"匾 ... 128

"敬敷五教"匾	130
"敬教劝学"匾	131
彝伦堂内谕旨匾	134

第十一节 敬一亭与敬一之门   145

第十二节 东西厢匾联   152

"进德修业"匾	153
"敬思堂"和"程材毓俊"匾	154
"古训是式"匾	155
"横经造士"匾	158
"业精于勤"匾	159
"万国贤才归首善，千秋教育重东胶"楹联	161
"立德、立言、立功，信今于后；有猷、有为、有守，修己治人"楹联	161
"崇实"、"振雅"匾	162

第十三节 国子监土地祠匾联   165

"优入圣域"匾	165
土地祠	167

第十四节 文人题匾   179

"经正民兴"匾	180
"政教稽古"匾	184
"为时养器"匾	189
"登崇畯良"匾	191
"大学之道"匾	192
"五教敬敷"匾	195
"教学是先"匾	196
"希古振缨"匾	199
"同寅协恭"匾	202

第三章　征集匾　　　　　　　　　　205

第一节　科举匾　　　　　　　　　　205

"毕沅状元"匾　　　　　　　　　206
"张建勋状元"匾　　　　　　　　207
"龙启瑞状元"匾　　　　　　　　209
"刘福姚状元"匾　　　　　　　　210
"于建章榜眼"匾　　　　　　　　212
"罗文俊探花"匾　　　　　　　　213
"黎湛技传胪"匾　　　　　　　　214
"陈继昌三元"匾　　　　　　　　216
"程可则会元"匾　　　　　　　　218
"彭树芳贡元"匾　　　　　　　　220
"刑部山东司主事丁酉科举人"匾　221

第二节　其他匾　　　　　　　　　　222

"集贤堂"匾　　　　　　　　　　222
"典御十方"匾　　　　　　　　　223
"乾隆御笔诗"匾　　　　　　　　225
"大学士陈宏谋"匾　　　　　　　226
戴鸿慈"军机大臣"匾和"协办大学士"匾　228

参考文献　　　　　　　　　　　　　231
后　记　　　　　　　　　　　　　　236

导 言

自汉武帝采纳董仲舒的建议，在都城长安建立国家最高学府——太学以来，各个朝代皆在都城建有国家级最高学府。西晋咸宁四年（278年）创立国子学（"国学"是国子学的简称），国子学专门教育贵族子弟，而太学则接收经过甄选的低级官吏及平民子弟。北齐改国子学为国子寺，隋大业三年（607年）将国子寺改称为国子监，成为国家主管教育的机构。唐朝沿用隋朝旧制，国子监是国家最高学府，也是全国教育行政的最高主管机构。国子监的功能、职责一直延续到清朝末年。隋唐以来，以科举制度为国家选拔人才，为平民提供了参与管理国家的机会。作为国家最高学府的国子监，不仅接受贵族子弟，也接纳民间俊秀子弟。唐太宗诏令天下确定"庙学"制度，凡是学校必建孔庙，形成"左庙右学"的规制。庙为学之附属，为师生尊孔祭孔之场所。国子监修建孔庙，"专祀孔子，自唐贞观以来为定制矣"（《钦定国子监志》）。

北京孔庙国子监是元、明、清三代皇家祭祀儒家创始人、至圣先师孔子的专门场所，国家最高学府和教育管理机构。元世祖忽必烈定都北京，为了加强思想统治，下令修建孔庙和国子监："至元四年，作都城，画地官城之东为庙学基。"（《雪楼集·大元国学先圣庙碑》）"至元二十四年，迁都北城，立国子学于国城之东。"（《元史·选举志》）"大德六年，建文宣王庙于京师，十年营国子学于西偏。"（《元史·成宗纪》）"大德十年秋，庙成……至大元年冬学成。"（《雪楼集·大元国学先圣庙碑》）早在至元四年（1267年），刘秉忠设计兴建元大都时，就规划好了庙学之地；至元二十四年（1287年），迁都北城，正式设置国子监，同年"大兴学舍"，国子监校舍初具规模；大德六年（1302年），修建文宣王庙，即孔庙，大德十年（1306年），在孔庙之西扩建国子监；大德十年（1306年）秋，孔庙建成，至大元年（1308年）冬，国子监建成。明、清两代也以此为国家最高学府和教育管理机构，永乐十八年（1420年）迁都北京，北京国子监改称京师国子监，清代沿用明代国子监旧址。

　　1905年9月，清朝政府废除科举制度，设立学部管理全国教育，同时撤销国子监，归并学部。随着科举制度的废除，国子监的历史功能就此结束，成为一处供人游览的古迹。中华人民共和国建立后，中央人民政府加强对两处古建筑的保护和管理：1961年3月4日，国务院将国子监列为第一批"全国重点文物保护单位"；1988年1月13日，又将北京孔庙列为"全国重点文物保护单位"。2005年至2008年初，对孔庙、国子监进行了建国后最大规模的修缮，恢复昔日的基本格局，成立博物馆，举办展览，对外开放。近现代，人们习惯称呼其为孔庙国子监，故博物馆名为"孔庙和国子监博物馆"。

　　北京孔庙国子监是七百多年来中国最具历史底蕴和文化气息之地：高高在上的皇帝在此为孔圣人跪拜祭祀；皇帝在此为满朝官员师生宣讲圣人之道；莘莘学子踌躇满志在此苦读；三代科举高中的状元、榜眼、探花无上荣耀地来此祭拜先师。历史上，孔庙国子监悬挂过很多匾联：大成殿内悬挂清代康熙至宣统九位皇帝御书的匾联；辟雍内皇帝讲学的题匾；彝伦堂内皇帝谕旨匾；东西厢内大量的文人题匾；就连国子监的土地祠内都悬挂有很多匾联。关于孔庙国子监匾联，乾隆版和道光版《钦定国子监志》有详细的记载，《清史稿》《清实录》《日下旧闻考》等史料也有零星记载。与史料记载相对照，现今孔庙国子监遗失很多匾联。目前，除悬挂的匾联外，2006年7月在清理大成殿库房时又发现50余方匾，充实了孔庙国子监馆藏文物数量。

新发现的木匾中，绝大部分为道光朝之后题写，除了皇帝御书御制匾外，其他匾大都无史料记载。

一、孔庙国子监匾联特点

匾，又称匾额、扁额、牌匾。"匾"也作"扁"，《说文解字》解释为："扁，署也，从户册。户册者，署门户之文也。"段玉裁在《说文解字注》中解释为："扁，署也。署者，部署有所网属也。从户册。户册者，署门户之文也。署门户者，秦书八体。六曰署书。萧子良云：署书，汉高祖六年萧何所定。以题苍龙、白虎二阙。"从《说文解字》和《说文解字注》中的解释我们可知，"扁"是个会意字，从户，从册，本义是在门户上题写字。秦始皇统一文字时，规定秦书有八种，第六种为署书，也称榜书，是专门用于题写官署门首的文字。汉代，署书也用来为官阙题名。在出土的汉代画像石中也有竖匾的出现，可见，早在秦汉，官署、宫殿的门额上就悬挂匾，后来逐渐发展为寺庙、民宅、商铺也题写悬挂。匾所题写的文字内容反映建筑物名称、性质，表现主人寄寓志向、抒发情怀。联，又称楹联，是指题写、张贴或镌刻在楹柱上的联语，是对联的雅称。它是我国独创的、历史悠久的一种文学样式；是书写或勒刻于门壁、楹柱或其他器物上的，用上下两联形式相对、内容相关的语句连缀而成的一种汉语语言艺术和装饰艺术。通常一方匾与一副联构成一组，简称为"匾联"。匾联是对建筑的一种装饰，文字简练，寓意深远，措辞文雅，书法精湛，纹饰美观。匾联对建筑有点睛的效果，是中国独有的多种艺术形式融合的产物，它们将中国传统的辞赋诗文、书法篆刻、建筑艺术融为一体，匾联上不多的几个字蕴含着丰富的文化内涵。

就文字内容而言，匾联是一种独特的文学艺术形式，不同地点悬挂的匾联文字内容差别很大。同为皇家之地，故宫、颐和园、孔庙国子监悬挂的匾联内容大为不同。在最高学府孔庙国子监悬挂的匾联充分体现出中国正统文化——儒家思想,这些匾联的文字内容大多出自儒家经典:或是褒扬孔子,"万世师表"、"生民未有"、"与天地参";或是表现儒家思想,"大学之道"、"希古振缨"、"经正民兴";或是劝诫国子监师生,"振德育才"、"敬敷五教"、"文行忠信"。这是孔庙国子监匾联独特之处。

孔庙国子监匾联很大一部分为皇帝题写[①]或御制,等级非常高。孔庙大成殿悬挂着清代从康熙到宣统九位皇帝题写的匾联。这些匾联在清代时颁行全国各地孔庙,历尽沧桑,现今只有北京孔庙全部保存下来。除此之外,大成殿内还有袁世凯的"大总统告令"匾、黎元洪题写的"道洽大同"匾,这两方匾全国只此一份。在一处建筑物内,悬挂中国三百年来十一位统治者手书匾,这在全国独此一处。抬头望去,康熙手书的"万世师表",笔画圆润,气韵非凡;乾隆手书的"与天地参",笔画均匀,沉重扎实;盛世气度从这几个字中淋漓尽致地体现出来。再看光绪的"斯文在兹",笔画虽规整,但略显板滞;宣统的"中和位育"笔画中规中矩,而神气不足;王朝的末日气息笼罩于此。文如其人,字如其人,环视大成殿内御匾,仿佛看尽了一个朝代的兴衰。孔庙大成殿内皇帝御书匾最为集中,辟雍、彝伦堂及主要建筑物匾也有皇帝御书的。值得一提的是,清代彝伦堂内悬挂从清顺治皇帝到咸丰皇帝给国子监颁布的七方满汉文合璧的谕旨匾,七位皇帝颁发的谕旨内容主要是表彰儒家,要求官师严格教学,生员勤奋求学。所幸,这七方匾无一遗失。

孔庙国子监内还有大量匾联由文人题写,或是名人立匾,这些匾联不仅书法精湛,更显示出孔庙国子监在近代中国历史上的重要地位。在国子监后院东厢曾悬挂过刘墉题写的"横经造士"匾,刘墉是清代著名的书法家,曾以尚书监管国子监。遗憾的是这方匾现遗失无存,可以想象出"横经造士"四个字一定笔力深厚。孔庙国子监还藏有清代著名金石家、书法家潘祖荫题

[①] 一些匾为翰林代笔,但加盖皇帝御笔的印章。

写的"政教稽古"匾，这四个字秀丽轻盈，有王（羲之）氏书风。还有很多匾为名人所立，这些人或曾在国子监任官，或曾在国子监求学：法式善、沈桂芬、张之洞、翁心存、翁同龢、庞钟璐……如此众多的历史名人都曾在此留下足迹，孔庙国子监的地位作用足见一斑。

孔庙国子监的匾联做工精致，用料讲究。两处院落内有大量皇帝御书御制匾联，据史料记载，这些匾联由造办处制作，在尺寸、式样、用料等方面都有严格的要求。皇帝御书四字大匾材质为金丝楠木，这样大体量的木匾全部为金丝楠木，可见这些匾的等级之高。其中又以"辟雍"匾最为精美：磁青的底子，金色的大字，四周由彩色祥云和九条金龙装饰。人们盛赞"辟雍"匾，"其精美程度在北京的名匾中也是极其罕见"。另外，孔庙国子监的文人题匾也做工考究，"登崇畯良"这方匾虽然破损较多，漆面脱落，但是从楠木的材质，也可推想当年的华美。孔庙国子监的匾联虽然精美，但由于历史原因，保存现状并不理想，木匾或大或小都有裂痕，字有残缺，边框龙首遗失，漆皮脱落等。

孔庙国子监匾联上钤有大量印章：有从康熙到宣统九位清代皇帝的印玺；也有乾隆"敬胜怠"、"古稀天子之宝"，道光"庄敬日强"这样的闲章；还有文人印章"祁寯藻印"、"实甫"、"大司成之章"等等。印章是匾联一个重要组成部分，它使匾联更加醒目，意蕴更加丰富。从匾联上的印章，我们也欣赏到中国独特的书法篆刻艺术。

二、孔庙国子监匾额分类

孔庙国子监现存楹联仅3副，在此不做分类，仅将匾额从外形上加以分类，主要分为竖匾和横匾两大类。

（一）竖匾

孔庙国子监竖匾可分为有边框竖匾和无边框竖匾。

无边框竖匾，如"刑部山东司主事丁酉科举人"匾等。

有边框竖匾又可分为素边框竖匾和边饰竖匾。

"绳愆厅"这方满文匾（号牌）就是素边框竖匾。

孔庙国子监边饰竖匾有两种：回纹竖匾和华带竖匾。

乾隆御笔诗匾，为木制竖匾，四边框有回纹图案（玉质）装饰。

华带竖匾因形如称量谷物的"斗"，又名"斗匾"。在宋代李诫《营造法式》的"小木作"中称之为"牌"，"华带牌"。华带竖匾由牌面和华带组成：牌面上方的称之为牌首，牌面两侧称之为牌带，牌面下方称之为牌舌。因华带和牌面不在一个平面上，而是倾斜一个角度，呈一个斗形，故名为"斗匾"，或"陡匾"。

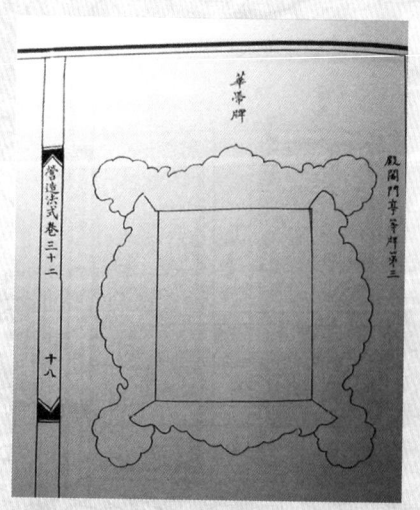

宋《营造法式》中华带竖（斗）匾示意图

北京孔庙国子监古建筑檐下大量悬挂华带竖匾，如："先师门"、"大成门"、"大成殿"、"崇圣祠"、"集贤门"、"太学"、"辟雍"、

"六堂二厅"、"敬一亭"。匾芯（牌面）题写文字，根据道光版《钦定国子监志》记载，除了"敬一亭"匾外，其余都是满汉文并列，[①]左侧为满文，右侧为汉文。《清朝文献通考》记载："（乾隆四十九年）谕太学门、集贤门匾额及绳愆厅、博士厅六堂等处横额俱换额添写清文。"[②]在乾隆五十年（1785年）"临雍讲学"之前将一部分匾统一由横匾改为竖匾，便于添写满文。而今，这些匾只有汉文，没有满文。竖匾的边框（华带）雕刻或绘制图案，根据图案不同，又分为龙纹斗匾和如意斗匾："先师门"、"崇圣祠"、"集贤门"、"太学"、"六堂二厅"、"敬一亭"这几方竖匾的边框都是红漆底，如意云纹；"大成门"、"大成殿"匾如意云纹，边框描有金龙纹图案；"辟雍"匾边框为彩色祥云浮雕九条金龙，上边框三条龙，左右边框各两条，下边框为二龙戏珠，极为华贵。

（二）横匾

孔庙国子监所藏匾额更多为横匾，即呈横向长方形。根据匾的边框形制，可分为有边框横匾和无边框横匾。

孔庙国子监现存一些匾没有边框，无边框横匾大部分为文人题匾，如"优入圣域"、"经正民兴"、"政教稽古"、"为时养器"等，这种匾一般称为"黑漆金字一块玉"，简称"一块玉"，即黑底金字，"一块玉"比较素雅，易与环境统一；刘福姚的两方状元匾也没有边框。

有边框横匾又分为素边框横匾和边饰横匾。

素边框主要是"科举匾"：状元匾、探花匾、传胪匾、三元匾、会元匾。匾芯四周为素边框，无纹饰。"持敬门"、"神库"、"致斋所"、"省牲亭"这几方匾也是素边框。

边饰横匾就是在匾的边框上进行雕刻、绘画创作，融入传统绘画纹样和

[①] 具体每方匾满汉文情况，本书正文有介绍。
[②] [清]乾隆官修：《清朝文献通考·卷六十八》，浙江古籍出版社2000年版。

木雕工艺。孔庙国子监有边饰的横匾主要有以下几类：雕龙华带横匾、雕龙边框横匾、描龙边框横匾和简单纹饰边框匾。

雕龙华带横匾是在华带竖匾基础上发展而来，匾芯（牌面）演变为横向长方形，匾的边框也就是华带与匾芯（牌面）倾斜有一个角度，边框金漆，雕刻有群龙戏珠图样，工艺精美，庄重华丽。孔庙大成殿内康熙皇帝的"万世师表"、雍正皇帝的"生民未有"、乾隆皇帝的"与天地参"、嘉庆皇帝的"圣集大成"、道光皇帝的"圣协时中"、咸丰皇帝的"德齐帱载"、同治皇帝的"圣神天纵"、光绪皇帝的"斯文在兹"、宣统皇帝的"中和位育"，这九位皇帝题写的匾都是这种雕龙华带横匾。清代故宫前三殿与后三宫都悬挂有华带竖匾，可见华带竖匾地位之重要，等级之高，而从华带竖匾演变而来的雕龙华带横匾地位也不一般。孔庙国子监众多皇帝御书匾中，只有大成殿内，皇帝登基伊始祭祀孔子御书匾才是这种雕龙华带横匾造型。

雕龙边框横匾是在匾的四周边框，雕刻群龙，髹饰金漆，精美华丽。孔庙国子监内皇帝御书匾为此类，如：辟雍内乾隆皇帝御书的"雅涵於乐"，道光皇帝御书的"涵泳圣涯"，咸丰皇帝御书的"万流仰镜"；国子监琉璃牌楼上乾隆皇帝御书的"圜桥教泽"、"学海节观"；彝伦堂内几位清代皇帝御书匾，康熙皇帝的"彝伦堂"、雍正皇帝的"文行忠信"、乾隆皇帝的"福畴攸叙"、道光皇帝的"振德育才"、咸丰皇帝的"敬敷五教"、光绪皇帝的"敬教劝学"。

描龙边框横匾是在匾的四周边框描绘金龙。彝伦堂内从清顺治皇帝到咸丰皇帝赐国子监颁布的7方谕旨匾属于此类。清朝皇帝向国子监发布谕旨，并将谕旨内容刻匾悬挂于彝伦堂内。这些谕旨匾形式一致：左侧汉文，右侧满文，相互对照，红底金字，四周边框绘有金色的二龙戏珠纹饰。

孔庙国子监有几方横匾的边框纹饰较为简单：袁世凯的"大总统告令"四周边框雕刻描金花草纹；黎元洪的"道洽大同"边框更简单为"双灯草"

线边，灯草线是指一种圆形细线，因形似灯芯草而得名，来自传统家具的工艺技法；"彭树芳贡元"匾四周边框有简单花纹装饰。

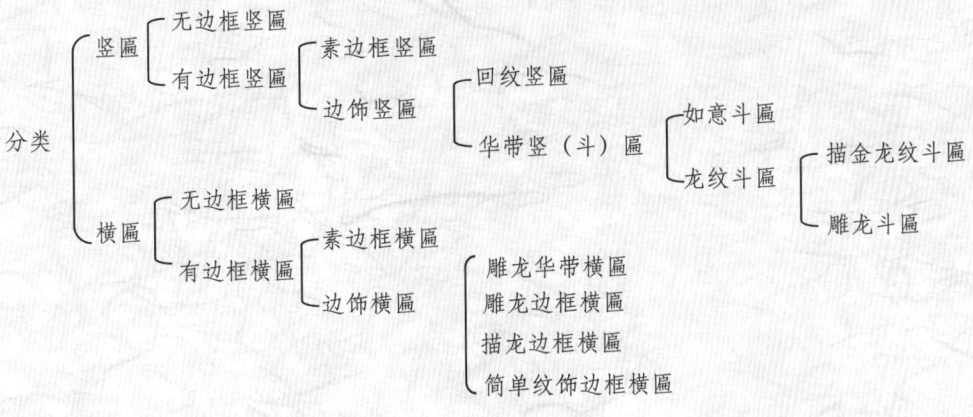

三、研究范围及意义

目前研究北京孔庙国子监最基础的资料就是清代文庆、李宗昉等纂修的《钦定国子监志》，它记载了清道光十三年（1833年）之前孔庙国子监的历史。但是清末及民国年间孔庙国子监的历史鲜有记载。匾联是孔庙和国子监博物馆珍贵的馆藏文物，库存的这些匾联绝大部分是道光年以后的，通过对孔庙国子监匾联的研究，有助于我们更清晰地认识统治者对孔庙国子监的关注，对儒家文化的重视，了解清末孔庙国子监的历史变迁以及清末中国教育制度的重大变革。

本书将孔庙国子监现有悬挂的匾联、库房收藏的匾联以及道光版《钦定国子监志》记载但遗失的匾联都纳入研究范围内，共100方匾，10副楹联；其中实有匾88方，楹联3副。本书主要以参观孔庙国子监路线为叙述顺序，目的是加强匾联与建筑的内在关联性，以利提示其文化价值。全书共分为三章：

第一章孔庙匾联，第二章国子监匾联，第三章征集匾。2006年清理大成殿库房时发现50余方匾，其中绝大多数无典籍记载。根据研究发现，其中一部分匾为国子监官师题写刻立，虽不知悬挂具体处所，但是作为国子监不可分割的文物遗存，称之为"文人题匾"，收入第二章国子监匾联中。其余匾为博物馆长期征集所得，与孔庙国子监历史无关，称之为"征集匾"，列为第三章。这些"征集匾"中有大部分为"科举匾"，历史上国子监的兴衰与科举制度的兴衰相伴随，"科举匾"不能忽略；还有一些匾不乏精品，称之为"其他匾"也收入第三章中。

近年来，孔庙和国子监博物馆为保护利用馆藏匾联做了大量工作，2012年举办了"御制匾额精品展"，以清代皇帝御书匾、皇帝谕旨匾为主要展品，兼及文人题匾、科举匾等。展览是将近年来匾联研究成果的一种转化，让更多人了解孔庙国子监的历史，领略帝王书法的风采，感受传统文化的魅力。

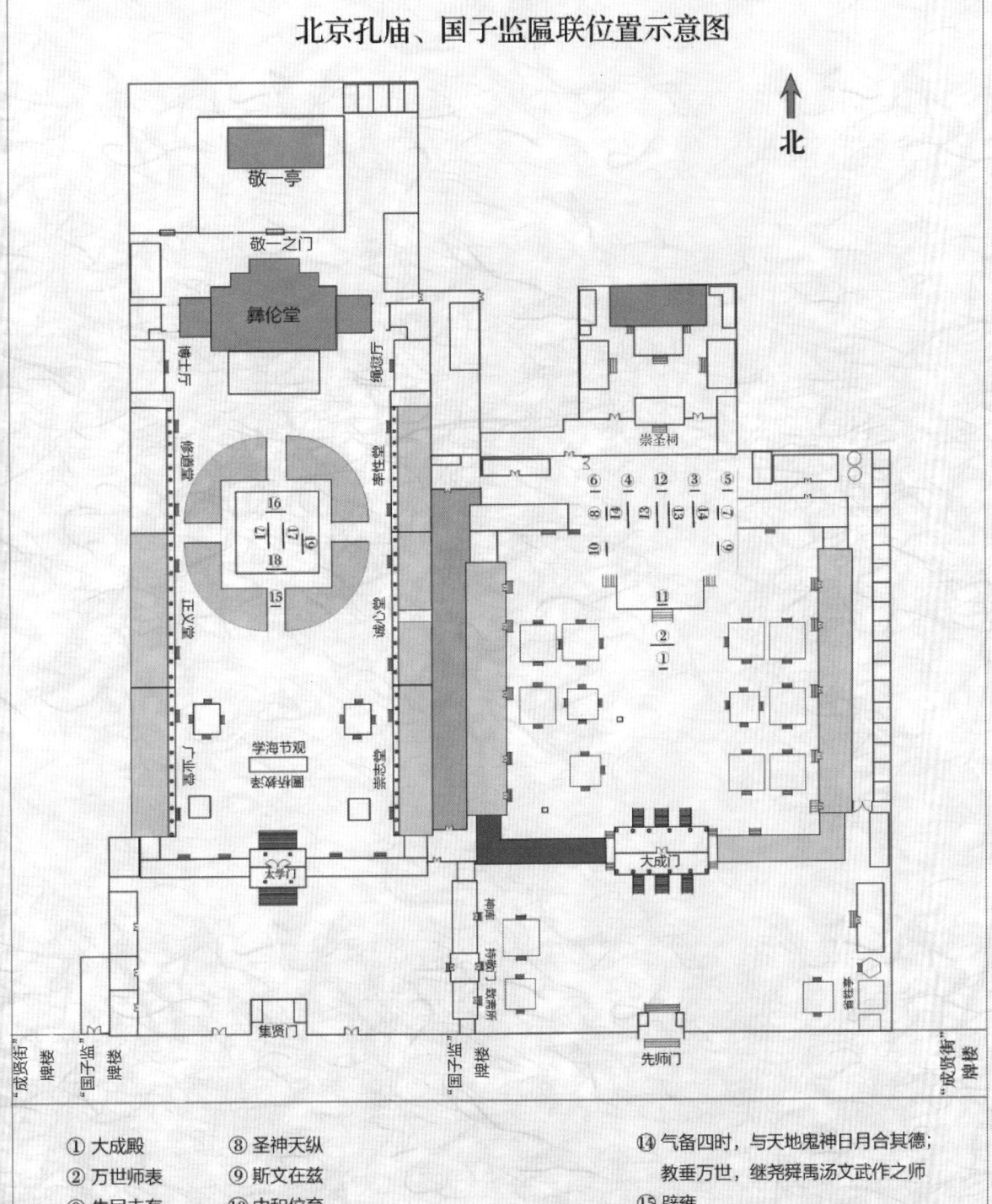

北京孔庙、国子监匾联位置示意图

① 大成殿
② 万世师表
③ 生民未有
④ 与天地参
⑤ 圣集大成
⑥ 圣协时中
⑦ 德齐帱载
⑧ 圣神天纵
⑨ 斯文在兹
⑩ 中和位育
⑪ 大总统告令
⑫ 道洽大同
⑬ 齐家、治国、平天下，信斯言也，布在方策；
　　率性、修道、致中和，得其门者，譬之宫墙
⑭ 气备四时，与天地鬼神日月合其德；
　　教垂万世，继尧舜禹汤文武作之师
⑮ 辟雍
⑯ 雅涵於乐
⑰ 金元明宅于兹，天邑万年今大备；
　　虞夏殷阙有间，周京四学古堪循
⑱ 涵泳圣涯
⑲ 万流仰镜

序

  在北京内城的东北部，有一处规模宏大、布局严谨、丹壁黄瓦，又被古树簇拥的大型建筑群。那里除了有多座等级高、建筑精良的殿堂外，碑石林立，重要殿堂还悬挂或镶嵌匾联多方（副），是元、明、清三朝以来京都重要的坛庙建筑——孔庙与国子监。两组建筑前恬静的成贤街，布列着下马碑——"官员人等至此下马"，呈现出庄严肃穆的环境气氛，在北京众多不可移动文物中既特殊又少见。

  元世祖忽必烈于元至元四年（1267年）肇建著名的元大都时就指派刘秉忠主持建都规划。在《大元国学先圣庙碑》中就记述了"至元四年作都城画地，宫城之东为庙学基"。孔庙国子监历元、明、清三代七百多年，今日仍以其规模宏大、文物荟萃而著称，两处古建已先后被国务院公布为全国重点文物保护单位，成为体现当今北京古都风貌的重要组成部分。宣传研究这组文化内涵丰富的文物已是我们"文物人"责无旁贷的重任。

  以往先贤们已有相关著作问世，但多以介绍考证殿宇历史和进士题名碑等为主要内容，相关附属文物就有些被忽略，影响了全面了解庙学的整体价值。我这里介绍的就是一部研究庙学中重要附属文物匾联的专著。匾联是我国传统文化中受到民众关注的优秀文化载体，它与我国人民的政治和文化生活密不可分，历史上官方或民间每逢盛世，多以匾联记述或宣传。如建筑物的落成、功臣风范的表彰、店铺的开张等，同时还伴随着举行隆重的仪式，直至今日此举仍很兴盛。

匾联的文字书法多出自帝王、哲人、先贤或书家之手。既精练凝重，又寓意深邃，言简意赅，体现了中国语言文学的风采。

北京是数朝的都城，匾联书法多出自帝王、名人大家之手。宫殿、坛庙、园囿等处抬头可见多种形式的匾联。北京孔庙国子监珍藏的匾联更为丰富，既有帝王御书，又有官绅文人书匾。尤为称道的是，大成殿内外悬挂着做工精湛而华贵的清代自康熙帝始，历雍正、乾隆、嘉庆、道光、咸丰、同治、光绪、宣统九帝的御书或御制匾，甚至还有袁世凯和黎元洪的书匾，这在全国孔庙中只此一份。国子监内辟雍、彝伦堂及东西六堂、敬一亭等重要建筑中均悬匾，尤其彝伦堂内悬挂从清顺治到咸丰皇帝为国子监颁布的七方满汉文合璧的谕旨匾，并完好保存至今。此外孔庙国子监还有大量文人题匾。惜刘墉题写的"横经造士"匾今已不存。但还有许多曾在国子监任官或求学者如法式善、张之洞等书匾。这些珍品弥足珍贵。

鉴于以上客观情况，毕业于中国社会科学院的硕士研究生王琳琳女士，擅长研究儒家思想，被孔庙国子监聘任后，立即着手将研究文献与实物相结合，观察馆内文物遗存，在承担研究部主任繁忙的行政事务之余，抽空钻研新领域中的新课题，在烦琐的登记、记录、分类、整理的基础上，又以文献与实物相结合的思路，加深研究力度，短短几年就完成了这部专著，获得工作科研双丰收的硕果。待参观者手持本书后，既能徜徉在这组坛庙建筑中，又受到中国传统文化的熏陶。

该书除序言中开宗明义阐述了匾联的特点和价值外，还以两组古建的分布为导线，以章节分明的编次一一交代，总分三章。孔庙分四节，国子监分十四节，还将历史上与国子监有密切关系的土地祠及该馆多年搜集的科举匾等一并收录，使书的承载量极为丰富。对每方匾的文字寓意也做了全新的解读，有一定深度。如此，既丰富了两处国家重点文物保护单位的庋藏，也为研究匾联文化及儒家思想提供了宝贵的第一手资料。书中字字倾注了作者多年的心血，这反映了一位年轻的文物工作者对待事业的敬业精神。作者让我先睹为快，在享受阅读快乐之时，简单归纳几点浅薄的看法，仅供读者参考。不当之处，还请指正。

一、苦心征搜集，精品荟萃

本书共收录100方（副）匾联，分为三部分，即将孔庙国子监内匾联分别收录，并注明悬挂或镶嵌的具体部位及形制。同时将匾联纳入主体建筑文物中，将二者的内在关系交代清楚，让这些附属文物有了归属，使人产生联想，展示了庙学中匾联的特点和价值。比如孔庙大成殿、国子监辟雍、彝伦堂内多方清帝御书或御制的匾联，既有时间连续性，又看到历经沧桑后珍贵文物保存至今之不易，唤起人们对祖国文化遗产爱护的意识。

二、以法式为本，进行科学分类

该书收集匾联十分丰富，从材质、形制上进行了科学分类，以图表形式解读，使读者不但从文学中感受到我国匾联文字的简练和深刻的寓意，同时了解我国古代木作尤其是制匾的高超工艺和能工巧匠的智慧与才华，令人肃然起敬，也普及了匾联文化的文物知识，是运用文物考古的方法进行考察规范的思路。

三、匾文考证，深入浅出，具可读性

我国匾文寓意深刻，不易理解。作者潜心考证，旁征博引，力争做到较准确地解读，帮助读者体会。但这种工作难度很大，在已有论证的基础上，还应不断深入，可以专文补充。

四、整理研究的最终目的是保护祖国文化遗产，使其永世长存

作者已对孔庙国子监匾联做了大量基础工作，希望能对当前一些还不太理想的保护措施提出科学保护的论据。如大成殿的康熙御书"万世师表"匾，20世纪80年代时将其安放在外檐下，常年累月受到风吹日晒，肯定已有外部开裂和内伤。而康熙御书匾至今遗存甚少，为使这方斗匾延年益寿，应当建议有关单位进行考察调研，做出科学保护。

最后，我看到一位年轻的女文物工作者，日日穿梭在孔庙国子监院中奔波工作的身影，为之动情。这种工作态度和治学精神应是当前提倡的。相信她今后还会有成果问世。

以上数端是笔者的几点粗浅看法，行于笔端是为抛砖引玉。是为序。

坦荡人　吴梦麟
甲午仲夏于"坦坦荡荡"室

第一章 孔庙匾联

第一节 孔庙中路匾
—— "先师庙"匾、"大成门"匾、"大成殿"匾

  北京孔庙始建于元代,是元、明、清三代皇家祭祀儒家创始人、至圣先师孔子的专门场所。"大德六年(1302年),建文宣王庙于京师。"(《元史·成宗纪》)程钜夫在《大元国学先圣庙碑》中记载:"大德十年(1306年)秋庙成。"文宣王庙就是现在的北京安定门内国子监街上的孔庙。北京孔庙已有七百余年的历史,至今仍保持着旧有的格局。孔庙占地22000多平方米,中轴线上的三大建筑——先师门、大成门、大成殿是孔庙的主体建筑,三大建筑上都悬有匾。

"先师庙"匾、"大成门"匾、"大成殿"匾

　　北京孔庙第一道大门称为先师门,又称棂星门。棂星即古代天文学上之"文星",以此命名,表示天下文人学士集学于此。先师门面阔三间,进深七檩,配有鸱吻等饰物的歇山式屋顶,覆黄琉璃瓦,顶檐造型古朴简洁,斗拱稀疏硕大,保留了一些元代建筑方法。先师门梁架面南悬挂着"先师庙"匾,该匾为木制华带竖匾,纵长202厘米,横宽201厘米,四边框红漆底,如意云纹。匾磁青底金字,楷书"先师庙"三个大字。

　　穿过先师门,迎面便是大成门。大成门面阔五间,单檐歇山顶,覆黄琉璃瓦。大成门斗拱细小而紧密,这与对面先师门元代风格的斗拱形成鲜明对比。大成门坐落在高大的砖石台基上,前后三出陛,中为螭陛,高浮雕海水龙纹图样,五龙戏珠,左右各有台阶十四级。大成门外悬钟、置鼓各一,每逢皇帝祭孔,鸣钟108响,击鼓360通。门外还摆放着10枚石鼓,这是清乾隆时仿上古时代的猎碣石鼓刻制而成。大成门梁架上,面南悬挂着"大成门"匾,该匾为木制华带竖匾,纵长279厘米,横宽247

"先师庙"匾

先师庙门

厘米，四边框红漆底，如意云纹，边框描金龙纹图案。匾磁青底金字，楷书"大成门"三个大字。

从大成门走出来，远远望见孔庙主体建筑，祭孔时皇帝行礼的场所——大成殿。大成殿始建于元大德六年（1302年），历代皆有修葺。现存大成殿为清光绪三十二年（1906年）扩建而成，五进九间，双层飞檐，四坡五脊，通高33米，黄色琉璃瓦，顶部正脊两端均装饰龙形鸱吻，殿内金砖铺地，内顶施团龙井口天花。大成殿供奉着孔子"大成至圣文宣王"木牌位，两侧设有配享"四配十二哲"的牌位。大成殿内除了清代的祭孔祭器、乐器、礼器外，

"大成门"匾

"大成殿"匾

孔庙大成殿外景

殿内外高悬的匾额也很珍贵。大成殿重檐之间，面南悬挂着"大成殿"匾，该匾为木制华带竖匾，纵长282厘米，横宽281厘米，四边框红漆底，如意云纹，边框描金龙纹图案。匾磁青底金字，楷书"大成殿"三个大字。

颁揭三方匾的背景及匾文释义

关于三方匾的情况，道光版《钦定国子监志》记载：

门中恭悬高宗纯皇帝御书"先师庙"额。清、汉文……二门为大成门，恭悬高宗纯皇帝御书"大成门"额。清、汉文。①

---

① [清] 文庆、李宗昉等纂修：《钦定国子监志》，北京古籍出版社2000年版，37页。

　　大成殿向称"先师庙",二门统称"庙门"。盖始于明臣张璁,非礼也。乾隆三十三年,高宗纯皇帝因饬工修庙之时,特颁明诏,增庙门额曰"先师庙",改殿额曰"大成殿"。二门额曰"大成门"云。①

---

① [清]文庆、李宗昉等纂修:《钦定国子监志》,北京古籍出版社2000年版,40页。

在《清实录·高宗纯皇帝实录·卷之八百二十一》中记载乾隆三十三年（1768年）十一月己亥日发布上谕：

> 谕：修葺文庙，现届落成，太学规模，式昭轮奂。惟门题殿榜，尚应详考彝章，用申景仰。向来正殿称先师庙，二门曰庙门，而大门未有书额，盖沿习明代旧文，未加厘正。夫庙门之号，于礼经所称祖庙。既涉嫌疑。而先师庙额，揭诸殿楣，名实尤多未称。应于大门增先师庙额，其正殿改为大成殿，二门改为大成门。庶符会典定制。朕亲书榜字，涓吉恭悬，以彰崇道尊师之至意。

同样的记载在清于敏中等编纂的《日下旧闻考·卷六十六》中也有出现。①

明代嘉靖九年（1530年），嘉靖皇帝采纳张璁《议孔子祀典疏》的提议，将大成殿改称为"先师庙"，二门也就是现在的大成门称之为"庙门"，而大门也就是现在的先师门称之为棂星门。②乾隆三十三年（1768年），重修孔庙。乾隆皇帝认为孔庙的门题殿榜都应详考彝章，以示崇儒重道之意。于是，乾隆亲笔御书，大门增加"先师庙"额，正殿改称为"大成殿"，二门改称为"大成门"。

这三方匾同时用满、汉文书写，后删除满文，现在匾上面只剩汉字。我们仔细对比"大成门"匾和"大成殿"匾上面"大成"二字，发现字体风格略有不同："大成门"三个字，灵动舒展，略带行书笔意；"大成殿"三个字则中规中矩，方笔意趣浓厚，字体与"先师庙"字体也不尽相同。同为乾隆一人一时书写，为何字体不一样呢？笔者百思不得其解。有可能是在后代修缮，尤其是删除满文的时候，改动了一方匾上的文字；也有可能当时乾

---

① [清]于敏中等编纂：《日下旧闻考·卷六十六》，北京古籍出版社2000年版，1099页。
② [清]文庆、李宗昉等纂修：《钦定国子监志》，北京古籍出版社2000年版，45—46页。"（明代）先师庙正殿七间，初称'大成殿'，后题曰'先师庙'。……两序之中为大成门，后题曰'庙门棂星门三间'。"

第一章 孔庙匾联

隆皇帝为了避免两处"大成"字体相同,而故意为之。这需要进一步查找史料,以为佐证。

"先师"原指有才德施教于人的长辈,后特指孔子,因此孔庙称之为先师庙。《礼记·文王世子》曰:"凡学,春官释奠于其先师,秋冬亦如之。……《周礼》曰:'凡有道者、有德者,使教焉,死则以为乐祖,祭于瞽宗。'此之谓先师之类也。"《孟子·离娄上》曰:"是犹弟子而耻受命于先师也。"

"大成"一词出自《孟子·万章上》:"孔子之谓集大成。集大成也者,金声而玉振之也。金声也者,始条理也;玉振之也者,终条理也。始条理者,智之事也;终条理者,圣之事也。"孟子在此赞颂孔子思想集古圣先贤之大成。孔子整理上古典籍,删述六经,建立儒家学派。"中国上古时期的文化赖孔子而传,春秋以后的文化赖孔子而开。"孟子以演奏乐曲做比喻,以击钟(金声)开始,以击磬(玉振)告终,金声玉振,始终条理。"金声"、"玉振"表示奏乐的全过程,以此象征孔子德智兼备,赞颂孔子对文化的巨大贡献。宋崇宁三年(1104年)宋徽宗赵佶取《孟子》"孔子之谓集大成"语,诏令天下文宣王殿为"大成殿", 政和四年(1114年)御书殿额颁予曲阜孔庙,后毁于战火。

"大成殿"这一名称自宋代一直沿用至今。元朝统治者定都北京,为了加强思想统治,规划庙学之地,修建孔庙,孔庙正殿仍用"大成殿"之名。元代著名理学家吴澄曾任国子监监丞[①]、司业[②],他在《国子学告揭大成新匾文》中对此有所记载:

[①] 监丞,掌管国子监校规的官员。
[②] 司业,隋以后国子监置司业,为监内的副长官,协助祭酒,掌儒学训导之政。

> 维京师立先圣庙，既落成之二年，今天子嗣位，乃加封大成之号。恭惟先圣道德高厚，与天地参，为万世帝者师。圣君贤相，于位号庙祠，务致崇极，以风四方。庙之堂曰大成之殿，庙之门曰大成之门。虽因前代之旧，然大成二字，实今天子所赐。匾以斯名，施之于今，尤为宜称。日吉辰良，爰揭新匾于殿之前，门之外，俾尊慕先圣，入其门，升其堂者，得所瞻仰焉。谨以洁牲醴斋，用申虔告。①

这是吴澄为孔庙悬挂新的"大成殿"匾、"大成门"匾专门作的一篇文章。大德十年（1306年）先圣庙（孔庙）落成，两年后，元武宗即位，加封孔子为"大成至圣文宣王"②。孔子为万世帝王师，道德学问，与天地参。孔庙正殿名为"大成殿"，庙门为"大成门"，虽然这是因袭前代的称号，但是"大成"二字是天子所赐。匾以此为名，天下学子入门、升堂都得瞻仰。

吴澄在文中赞颂了孔子，介绍了以"大成"为名的缘由，以及大成殿、大成门悬挂新匾的意义。但是文中没有交代匾文由谁人所写，也没有写明是否为元武宗御笔亲书。元朝初期统治者汉文化水平有限，推测这两方匾不应为元武宗所写，如若为天子御书，吴澄在文中也定当写明。

《明实录·太祖高皇帝实录·卷之五十》载："二十二年，除国子祭酒，顺帝赐上尊，太子书大成殿额以赐。克坚以世乱，不乐居位，谢病归阙里。"元至正二十二年（1362年），元顺帝（元惠宗）任命孔克坚（孔子五十五代嫡长孙）为国子祭酒③，"太子书大成殿额以赐"，孔克坚看到元王朝大势已去，不愿再任职，以病为由谢绝为官，返回故乡阙里。1368年

---

① [清]文庆、李宗昉等纂修：《钦定国子监志》，北京古籍出版社2000年版，1437页。
② 元武宗即位后，加封孔子为"大成至圣文宣王"，这是历代统治者给孔子最高的封号，这方加号牌现位于北京孔庙大成门前。
③ 祭酒，古代飨宴时酹酒祭神的长者，后亦泛称年长或位尊者。隋唐以后，专指国子监的主管官员。

第一章 孔庙匾联

8月元顺帝逃离大都,元朝退回漠北,蒙古族的这个政权后世称之为"北元"。元顺帝去世后,太子孛儿只斤·爱猷识理答腊即位,这就是元昭宗,北元的第二位皇帝。这位太子汉文化功底颇为深厚,除能写一笔潇洒遒劲的宋徽宗瘦金体书法外,还会做汉诗。元朝末年为了笼络汉族知识分子,任命孔氏后人为国子祭酒,并由擅长书法的太子为孔庙大成殿题匾。文献中没有明确这方匾是赐给曲阜孔庙还是北京国子监孔庙。但是从任命孔克坚为国子祭酒这一点推测,太子书写的匾应该是赐给北京国子监孔庙的。此匾下落不明,推测应毁于元末明初战火之中。

第二节 大成殿内匾联

大成殿内匾联概况

  北京孔庙是元、明、清三代皇帝祭祀儒家创始人、至圣先师孔子的场所。北京孔庙虽然在规模上略逊山东曲阜孔庙，但却是等级最高的。大成殿是孔庙的主体建筑，是祭祀孔子的正殿，殿内外悬挂着清代康熙至宣统九位皇帝御书匾以及袁世凯、黎元洪书写的匾额。

  大成殿内正中梁架上原悬挂着康熙御书的"万世师表"匾（现悬挂于

第一章 孔庙匾联

大成殿外），按照"昭穆之制"①和"左为上尊"的惯例，"万世师表"匾居中，康熙之后清代皇帝御书匾分居"万世师表"匾左右，两侧各四方匾。左侧为：雍正的"生民未有"，嘉庆的"圣集大成"，咸丰的"德齐帱载"，光绪的"斯文在兹"；右侧为：乾隆的"与天地参"，道光的"圣协时中"，同治的"圣神天纵"，宣统的"中和位育"。除了匾，在殿内还悬挂两副乾隆皇帝御书的楹联："气备四时，与天、地、鬼、神、日、月合其德；教垂万世，继尧、舜、禹、汤、文、武作之师。""齐家、治国、平天下，信斯言也，布在方策；率性、修道、致中和，得其门者，譬之宫墙。"

"万世师表"匾悬挂于大成殿内旧照

---

① 古代宗法制度，宗庙或宗庙中神主的排列次序，始祖居中，以下父子(祖、父)递为昭穆，左为昭，右为穆。

北京孔庙国子监匾联考辨

| 圣协时中 | 与天地参 | 道洽大同 | 生民未有 | 圣集大成 |

圣神天纵　　　　　　　　　　　　　　德齐帱载

中和位育　　　　大总统告令　　　　斯文在兹

上图为现大成殿内悬匾示意图
下图为现大成殿内匾联全景图

第一章 孔庙匾联

1912年清帝退位，民国建立。黎元洪任北洋政府大总统时，为消除清朝统治的影响，下令将大成殿内康熙至宣统九位清代皇帝御匾全部摘下。民国六年（1917年），黎元洪效仿旧制亲笔题写了"道洽大同"匾，悬挂在大成殿内孔子牌位上方正对大门处，也就是"万世师表"匾悬挂的位置。1979年首都博物馆在北京孔庙成立，1983年首都博物馆准备恢复大成殿原貌，对外开放。清代其他八位皇帝御匾都按照原位悬挂，只有康熙"万世师表"匾不知如何安放：如果放回原处，黎元洪"道洽大同"匾就没有位置；黎元洪"道洽大同"匾悬挂于民国初年见证了那段历史，摘掉也不符合历史。经过专家的商议，最后决定：黎元洪"道洽大同"匾不动，康熙"万世师表"匾移至大成殿外前檐高悬。因此在全国孔庙中出现了北京孔庙康熙"万世师表"匾悬挂在大成殿外的特例。

关于北京孔庙大成殿内清代皇帝御制匾联，道光十三年（1833年）修订的《钦定国子监志》记载较为全面：

> 殿中恭悬圣祖仁皇帝御书额一，曰"万世师表"，康熙二十四年颁揭。世宗宪皇帝御书额一，曰"生民未有"，雍正三年颁揭。高宗纯皇帝御书额一，曰"与天地参"，乾隆三年颁揭。御制联一，曰"气备四时，与天、地、鬼、神、日、月合其德；教垂万世，继尧、舜、禹、汤、文、武作之师"，乾隆三年颁揭。又御制联一，曰"齐家、治国、平天下，信斯言也，布在方策；率性、修道、致中和，得其门者，譬之宫墙"，乾隆三年颁揭。仁宗睿皇帝御书额一，曰"圣集大成"，嘉庆三年颁揭。皇上御书额一，曰"圣协时中"，道光三年颁揭。①

道光版《钦定国子监志》中关于一些匾联的颁揭时间记载有误。而且道光版《钦定国子监志》也缺少咸丰"德齐帱载"、同治"圣神天纵"、光绪"斯文在兹"、宣统"中和位育"四方匾的记载。

"万世师表"匾

"万世师表"匾横长449厘米，纵宽227厘米，磁青底，正中为"万世师表"四个大金字，每字一米见方，右侧下款为"康熙甲子孟冬敬书"一竖排

---

① [清]文庆、李宗昉等纂修：《钦定国子监志》，北京古籍出版社2000年版，38—39页。

第一章 孔庙匾联

"万世师表"匾

小金字,并钤有"广运之宝"满汉文玺印。"万世师表"匾四周金漆,雕有群龙戏珠图案,工艺十分精美。上下匾框各有六条飞龙,每条匾框左右各三条飞龙相对戏珠;左右匾框升降戏珠对龙两条。康熙从小接受汉文化教育,喜爱书法,尤为推崇董其昌的书画,曾临摹董书,因此字体深受其影响,软媚中含有博雅的气度;康熙还崇尚"馆阁体",所以字体结构平稳严谨。"万世师表"四个字,结构严谨端庄,笔画圆润丰满,气韵非凡。

康熙御书"万世师表"并命全国各地孔庙将题词一体刻制成匾悬挂于大成殿内,但现在只有北京孔庙"万世师表"匾没有悬挂在大成殿中;"万世师表"匾的题名时间、颁发全国各地孔庙的时间、颁发北京孔庙的时间

康熙甲子孟冬敬书

"广运之宝"满汉文印章

一直以来并不明了。通过查找文献资料，详细考察其流传经历，对上述问题有了一个清晰的认识。

康熙二十三年（1684年），康熙临幸阙里，亲诣孔庙，行三跪九拜之礼，书"万世师表"匾，这是清代第一位皇帝亲临曲阜孔庙祭孔。对此，《清实录》、《清史稿》等史书均有翔实的记载。《清实录·圣祖仁皇帝实录·卷之一百十七》记载："（康熙二十三年十一月己卯）至大成殿。乐作。上行三跪九叩礼……上复至大成殿前……命大学士等宣谕曰：……特书'万世师表'四字，悬额殿中。"《清史稿·卷七·圣祖本纪二》与此记载类似："（康熙二十三年十一月）己卯，上诣先师庙，入大成门，行九叩礼。……上大成殿，瞻先圣像，观礼器。……书'万世师表'额。留曲柄黄盖。"匾左侧落款的"甲子"，按推算应该是康熙二十三年（1684年）；"孟冬"是旧历冬季的第一月，即十月，而康熙是十一月去曲阜祭孔，由此推断可能康熙事先书写好这个榜文带到山东曲阜的。康熙二十三年应是康熙题写"万世师表"匾的时间。

康熙题写"万世师表"匾后，下诏颁发全国各省学官孔庙悬挂。但是全国各地"万世师表"匾的具体颁发悬挂时间不尽相同。比如《浙江通志·卷二十五》记载杭州府学"（康熙）二十四年，巡抚赵士麟修圣殿、明伦堂，并重造两庑、庙门，庙悬圣祖仁皇帝御书'万世师表'扁"；《广西通志·卷三十七》记载："（康熙）二十五年，圣祖仁皇帝御书'万世师表'颁行州、县，悬额庙中"；《钦定盛京通志·卷四十三》中记载奉天（沈阳）府学"（康熙）二十八年，颁御书'万世师表'扁，奉悬大成殿"。北京孔庙悬挂"万世师表"匾的时间为康熙三十二年（1693年），《清实录·圣祖仁皇帝实录·卷之一百五十九》载有："（康熙三十二年五月壬子）颁御书'万世师表'匾于国学。""国学"即北京国子监，因其包括孔庙，构成所谓"左庙右学"之制，所以又称"庙学"。

由此我们知道：北京孔庙"万世师表"匾上的"甲子"为康熙二十三年

（1684年），是康熙在曲阜祭孔、御书匾的时间；而匾颁发给北京孔庙则是在康熙三十二年（1693年）。道光版《钦定国子监》载："殿中恭悬挂圣祖仁皇帝御书额一，曰'万世师表'。康熙二十四年颁揭。"这样看来《钦定国子监志》关于"万世师表"匾颁揭时间的记载有误。

"万世师表"源自于《三国志·魏志·文帝纪》："昔仲尼大圣之才，怀帝王之器……可谓命世之大圣，亿载之师表者也。""亿载"意同于"万世"。北京孔庙大成门前元代孔子加号碑，记载元大德十一年（1307年）元武宗加封孔子为"大成至圣文宣王"的诏令，碑文称赞孔子为"师表万世"。现在"万世师表"一词已经成为赞颂孔子的专用词，孔子为铸造中华民族性格之导师，堪用此词！

"生民未有"匾

"生民未有"匾横长438厘米，纵宽224厘米，磁青底，正中为"生民未有"四个大金字，每字一米见方，右侧下款为"雍正乙巳孟秋敬书"一竖排小金字，并钤有"雍正御笔之宝"玺印。与"万世师表"匾四周边框一样，金漆群龙，华美异常。康熙钟爱董其昌书法，受其父影响，雍正书法也走董其昌流畅秀美一路。雍正御制大字作品则明显是受赵孟頫的影响，而董其昌的意味则逐渐减少。"生民未有"四个大字端庄流丽，丰腴饱满，气脉贯通，气势宏伟。

《清实录·世宗宪皇帝实录·卷之三十五》记载："（雍正三年八月庚午）颁发孔子及颜曾思孟闵子仲子庙御书匾。孔子庙，曰'生民未有'。大学士等奏请御书'生民未有'四字，敕下礼部钩摹。颁发直省，悬榜孔子

"生民未有"匾

庙,昭垂永久。"《日下旧闻考》也有类似的记载:"雍正三年,世宗御书额曰'生民未有'。"① 雍正三年(1725年)为孔庙颁发御书匾"生民未有",并颁发各省文庙皆悬挂。

满清入关后,为了巩固统治,笼络人心,统治者崇儒尊孔,借儒家思想规范人心。从顺治到康熙,再到雍正,这种思想一以贯之。雍正在他即位的第一年(1723年),即下诏追封孔子五代王爵:封木金父公为"肇圣王",祈父公为"裕圣王",防叔公为"诒圣王",伯夏公为"昌圣王",叔梁公为"启圣王"。更名启圣祠,为"崇圣祠"。② 雍正二年(1724年),孔庙复祀增祀林放等26人;增祀张载父张迪于崇圣祠。③ 在孔庙发展史里,此次入祀孔庙的儒者,人数仅次于唐太宗和唐玄宗的时代。历史上称皇帝亲临国子监为"幸学",为了表示对孔子的崇敬,同年,雍正改"幸学"为"诣

---

① [清]于敏中等编纂:《日下旧闻考·卷六十六》,北京古籍出版社2000年版,1097页。
② [清]文庆、李宗昉等纂修:《钦定国子监志》,北京古籍出版社2000年版,10—12页,103页。
③ 同上,14页,95页。

第一章 孔庙匾联

学"。① "幸"本有临幸之意，引申为皇帝亲临。"诣"则特指到尊长那里去。一字之差，意义非凡。雍正三年（1725年），下令避先师的名讳，丘改为邱。② 雍正五年（1727年），定8月27日为先师诞辰，官民军士逢此，致斋一日。③

"生民未有"一词出自《孟子·公孙丑上》："有若曰：'岂惟民哉？麒麟之于走兽，凤凰之于飞鸟，泰山之于丘垤，河海之于行潦，类也。圣人之于民，亦类也；出于其类，拔乎其萃，自生民以来，未有盛于孔子也！'"推崇孔子圣道出类拔萃，赞叹自有生民以来，没有超越孔子的。

雍正崇儒尊孔一系列举措的深意，以及赞颂自生民以来没有超越孔子的思想，在雍正五年（1727年）给礼部的上谕中淋漓尽致地表现出来：

> 朕惟孔子以天纵之至德，集群圣之大成。尧、舜、禹、汤、文、武相传之道，具于经籍者，赖孔子纂述修明之。而《鲁论》一书，尤切于人生日用之实，使万世之伦纪以明，万世之名分以辨，万世之人心以正，风俗以端。若无孔子之教，则人将忽于天秩天叙之经，昧于民彝物则之理。势必以小加大，以少陵长，以贱妨贵，尊卑倒置，上下无等，干名犯分，越礼悖义。所谓君不君，臣不臣，父不父，子不子。虽有粟，吾得而食诸。其为世道人心之害，尚可胜言哉！惟有孔子之教，而人道之大经，彝伦之至理，昭然如日月之丽天，江河之行地。历世愈久，其道弥彰。统智愚贤不肖之俦，无有能越其范围者。纲维既立，而人无踰闲荡检之事，在君上尤受其益。《易》曰："君子以辨上下，定民志。"《礼运》曰："礼达而分定。"使非孔子立教垂训，则上下何以辨？礼制何以达？此孔子所以治万世之天下，而为生民以来所未有也。使为君者

---

① [清] 文庆、李宗昉等纂修：《钦定国子监志》，北京古籍出版社2000年版，356页。
② 同上，15页。
③ 同上，16页。

> 不知尊崇孔子，亦何以建极于上，而表正万邦乎？人第知孔子之教在明伦纪，辨名分，正人心，端风俗，亦知伦纪既明，名分既辨，人心既正，风俗既端，而受其益者之尤在君上也哉！朕故表而出之，以见孔子之道之大，而孔子之功之隆也。①

雍正深谙孔子、孔庙在中国社会的文化含义，他认为孔子"天纵之至德，集群圣之大成"，尧、舜、禹、汤、文、武之道，全赖孔子整理上古典籍得以流传。这正是"孔子所以治万世之天下，而为生民以来所未有"的原因。雍正不仅肯定儒家思想在"明伦纪、辨名分、正人心、端风俗"方面的作用，更重要的是如果"为君者不知尊崇孔子，亦何以建极于上，而表正万邦乎？"显然，儒家思想"在君上尤受其益"。雍正在上谕中，说明了君主崇儒重道，提倡孔庙祭祀的深刻用意。

"与天地参"匾联

大成殿内有乾隆皇帝御书"与天地参"匾和两副楹联。《钦定国子监志》载：

> 高宗纯皇帝御书额一，"与天地参"，乾隆三年颁揭。御制联一，曰"气备四时，与天、地、鬼、神、日、月合其德；教垂万世，继尧、舜、禹、汤、文、武作之师"，乾隆三年颁揭。又御制联一，曰

---

① [清] 文庆、李宗昉等纂修：《钦定国子监志》，北京古籍出版社2000年版，17页。

第一章 孔庙匾联

> "齐家、治国、平天下，信斯言也，布在方策；率性、修道、致中和，得其门者，譬之宫墙"，乾隆三年颁揭。①

通常情况，一方匾和一副楹联是一套，皇帝不大可能一年（乾隆三年，1738年）为孔庙题写两副楹联。我们推测，其中一副楹联应该是乾隆另外题写的，《钦定国子监》记载可能有误。

查阅典籍，发现在《日下旧闻考》中有关于这两副楹联和"与天地参"匾的记载：

> 乾隆三年，皇上御书额，曰"与天地参"，联曰：气备四时，与天地鬼神日月合其德；教垂万世，继尧舜禹汤文武作之师。
>
> 三十四年，御书联曰：齐家、治国、平天下，信斯言也，布在方策；率性、修道、致中和，得其门者，譬之宫墙。②

《日下旧闻考》中记载"齐家、治国、平天下，信斯言也，布在方策；率性、修道、致中和，得其门者，譬之宫墙"这副联是乾隆三十四年（1769年）御书颁揭给孔庙的。

乾隆时期是清朝鼎盛之际，文化也空前繁荣。乾隆皇帝曾九次晋谒阙里孔庙，十一次亲诣北京孔庙祭孔，次数之多为历代帝王之冠。乾隆二年（1737年），即位之初，下令孔庙大成门、大成殿换上只有皇家才能使用的黄色琉璃瓦，崇圣祠换用绿色琉璃瓦。乾隆三年（1738年）春二月，"圣庙易用黄瓦工成，高宗纯皇帝亲诣先师庙释奠，始行三献礼"。③ 根

---

① [清] 文庆、李宗昉等纂修：《钦定国子监志》，北京古籍出版社2000年版，39页。
② [清] 于敏中等编纂：《日下旧闻考·卷六十六》，北京古籍出版社2000年版，1097页。
③ [清] 文庆、李宗昉等纂修：《钦定国子监志》，北京古籍出版社2000年版，385页。

据文献记载，乾隆亲诣北京孔庙行释奠礼时，为孔庙大成殿题写匾"与天地参"，和楹联"气备四时，与天地鬼神日月合其德；教垂万世，继尧舜禹汤文武作之师"。

乾隆三十三年（1768年）下令大修孔庙，为此还专门作文《御制重修文庙碑记》，立石刻碑于孔庙。这次修缮规模很大，增加、改换了很多匾，"先师庙"、"大成门"、"大成殿"匾就是这时改换的。"乾隆三十四年春二月丁亥，大修先师庙工成，高宗纯皇帝亲诣释奠。"[1]乾隆皇帝在孔庙大修之后也就是乾隆三十四年（1769年）亲诣释奠，笔者推测应于此时御制楹联"齐家、治国、平天下，信斯言也，布在方策；率性、修道、致中和，得其门者，譬之宫墙"。这也与《日下旧闻考》的记载一致。

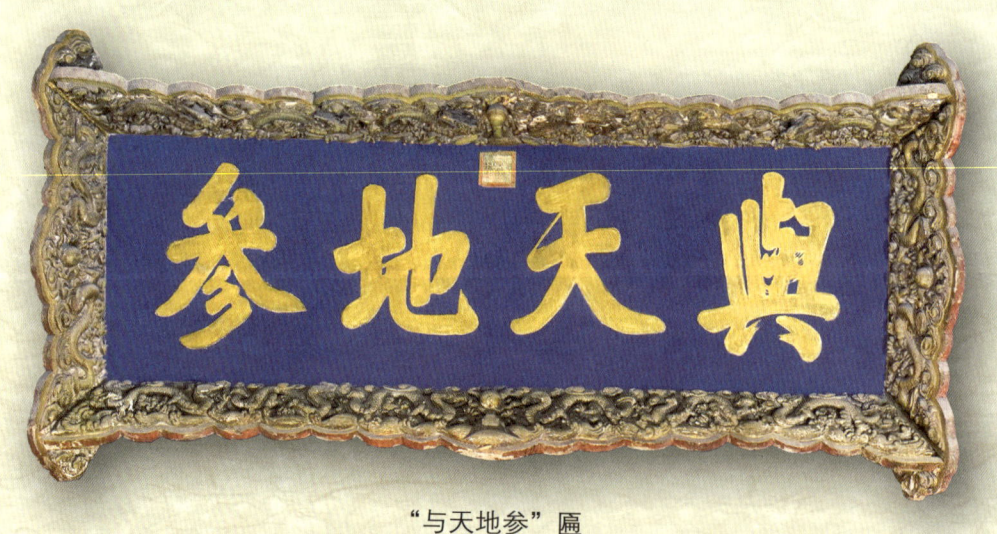

"与天地参"匾

"与天地参"匾横长442厘米，纵宽218厘米，木质，磁青底，正中为"与天地参"四个大金字，四个字上方正中钤篆书章"乾隆御笔之宝"。匾四周边框金漆，雕有群龙戏珠图案，工艺十分精美。乾隆"与天地参"四字，布局合

---

[1] 同上，387页。

第一章 孔庙匾联

理，疏朗大方，沉重扎实，笔画圆润均匀，结体婉转流畅。其用笔特点是圆中带方，刚柔相济，化刚为柔，自成一格。字里行间，既有"赵董"之意，又寓"晋唐"之神。"与天地参"出自《中庸》："可以赞天地之化育，则可以与天地参矣。"参，三也。后人以此引申为配天与地而为叁。匾中"与天地参"之匾词，乃是形容孔子圣德之伟大，足以与天地相配。

"气备四时，与天、地、鬼、神、日、月合其德；教垂万世，继尧、舜、禹、汤、文、武作之师。"这副楹联纵长约436厘米，横宽约68厘米，木质，黑底金字。四周边框金漆群龙围绕，华丽富贵。上联"气备四时，与天、地、鬼、神、日、月合其德"，钤章"敬胜怠"。下联"教垂万世，继尧、舜、禹、汤、文、武作之师"，钤章"☰"和"隆"。现在看到的这副是后修复的，字迹、印章、边框都焕然一新。联上的字和印章都是用灰膏定型粘贴上去的；修复前，联上的字迹、印章都已脱落，有些字迹还可辨得，有些则了无痕迹。山东曲阜大成殿也悬挂这样一副楹联，工作人员根据乾隆书法特点及曲阜楹联的样貌，修复了这副楹联，基本保持了原貌。

"气备四时，与天、地、鬼、神、日、月合其德"出自《周易》："夫大人者，与天地合其德，与日月合其明，与四时合其序，与鬼神合其吉凶。先天而天弗违，后天而奉天时。天且弗违，而况于人乎？况于鬼神乎？"赞颂孔子之德与万物相感，无所不和，顺应四时，遵循天道，趋吉避凶。"教垂万世，继尧、舜、禹、汤、文、武作之师"下联表彰孔子继承尧、舜、禹、商汤、周文王、周武王的事业，教化万世。《论语·尧曰》曾记载尧、舜、禹相继禅让，选择继承人时授以治道之意。"尧曰：'咨！尔舜！天之历数在尔躬。允执其中。四海困穷，天禄永终。'舜亦以命禹。"孟子排列出一个从尧到孔子的名单，认为"五百年必有王者兴，其间必有名世者"（《孟子·公孙丑下》）。唐代韩愈在《原道》中认为儒家有一个代代相传的系统："斯吾所谓道也，非向所谓老与佛之道也。尧以是传之舜，舜以是传之禹，禹以是传之汤，汤以是传之文、武、周公，文、武、周公传之孔

"敬胜怠"印章

"☰"印章

"隆"印章

乾隆三年御书楹联

子,孔子传之孟轲。轲之死,不得其传焉。"孔子是传承"道统"的重要环节,承上启下。

"敬胜怠"出自《大戴礼记·武王践阼》:"敬胜怠者吉,怠胜敬者灭。"敬,敬重、敬奉之意。怠,怠慢、懈怠。对待政务要严肃、认真、重视,不可有半点懈怠。乾隆以此为印,时时警醒自己勤勉恭敬,勤于政事。乾隆非常欣赏"敬胜怠"印文,他在故宫西路修建了"敬胜斋",并在此编辑刊印《敬胜斋法帖》四十册。下联印章中的"☰"是我国古代占卜使用的八卦中乾卦的符号,以此象征乾隆的"乾"字。

"齐家、治国、平

第一章 孔庙匾联

"德日新"印章

"乾隆宸翰"印章

"惟精惟一"印章

乾隆三十四年御书楹联

天下，信斯言也，布在方策；率性、修道、致中和，得其门者，譬之宫墙。"这副楹联纵长约436厘米，横宽约65厘米，木质，黑底金字。四周边框金漆群龙围绕，华丽富贵。上联"齐家、治国、平天下，信斯言也，布在方策"，钤章"德日新"。下联"率性、修道、致中和，得其门者，譬之宫墙"，钤章"乾隆宸翰"、"惟精惟一"。

"齐家、治国、平天下"出自《大学》："古之欲明明德于天下者，先治其国。欲治其国者，先齐其家。欲齐其家者，先修其身。"儒家重视个人身心修养，认为这是一切的基础，"修身、齐家、治国、平天下"也是儒家达成理想境界的步骤。"率性、修道"出自《中庸》："天命之谓性；率性之谓道；修道之谓教。"上天所赋予，人所禀受，谓之性。性，天性也。率，循也。遵循人自然之本性之谓道。循性而为，即是道。率性而行，各得其所。先天性、道相同，而后天才、德却有差异，故须修养教化，以至圣贤。"致中和"出自《中庸》："致中和，天地位焉，万物育焉。"儒家"中庸"境界就是不偏不倚，天地各安其位、各得其所，万物便自然能生长发育，生机勃勃。《中庸》："文武之政，布在方策。" 方，版也。策，简也。方策，典籍。"布在方策"就是记载在典籍上。《论语·子张》："子贡曰：'譬之宫墙，赐之墙也及肩，窥见室家之好。夫子之墙数仞，不得其门而入，不见宗庙之美，百官之富。得其门者或寡矣。'"孔子弟子子贡以宫墙为譬喻比较自己与孔子的差距：自己学问不过如及肩的宫墙很容易见到内里；而孔子的学问如万仞之宫墙，"仰之弥高"，能得到门径、看到华美内里的人太少了。这副楹联引用儒家经典，概括了儒家的主要思想，并且颂扬了孔子的伟大，思想的精深。

　　"德日新"出自《周易》："富有之谓大业，日新之谓盛德。"《大学》："汤之盘铭曰：'苟日新，日日新，又日新。'"乾隆皇帝以此印文警示自己，每日都要进德修业，修身正心，提升自己。"惟精惟一"出自《尚书·大禹谟》："人心惟危，道心惟微，惟精惟一，允执厥中。"人心是危险难测的，道心是幽微难明的，只有自己一心一意，精诚恳切地秉行中正之道，才能治理好国家。这十六个字是儒学乃至中国文化传统中著名的"十六字心传"。据传，这十六个字源于尧舜禹禅让的故事。尧把帝位传给舜，舜把帝位传给禹，所托付的是天下与百姓的重任，谆谆嘱咐的治道之意就是这十六个字。后来禹又传给汤，汤传给文、武、周公，文、武、周公又传给孔子，孔子传给孟子。这就是儒家的"道统"。儒家认为"道统"代代相传的就是这治理国家、教化民众的十六个字。这十六

第一章 孔庙匾联

个字也为后世君主所尊奉。乾隆皇帝的"惟精惟一"钤章常与"乾隆宸翰"钤章在一起使用。宸翰,皇帝翰墨的意思。

"圣集大成"匾

"圣集大成"匾为嘉庆皇帝御书颁揭。匾横长443厘米,纵宽231厘米,木质,磁青底,正中为"圣集大成"四个大金字,四个字上方正中钤篆书章"嘉庆御笔之宝"。匾四周边框金漆,雕有群龙戏珠图案,工艺十分精美。史料记载,嘉庆皇帝能书善画,书法多为楷书,可惜书画作品传世较少。从"圣集大成"四个字看带有赵孟頫书法的特点,字体端庄秀美,笔画圆润流畅。

"圣集大成"匾

关于御书颁揭这方匾的时间,史料记载不一。《钦定国子监志》云:"嘉庆三年颁揭。"[①]《清实录·仁宗睿皇帝实录·卷之四十五》云:

---

① [清] 文庆、李宗昉等纂修:《钦定国子监志》,北京古籍出版社2000年版,39页。

"（嘉庆四年五月）乙亥，颁发太学、阙里文庙、及各直省府州县学宫，御书扁额，曰'圣集大成'。"清朝中前期，一般是皇帝来孔庙亲诣释奠，祭祀孔子，然后御书匾，颁揭孔庙。"嘉庆三年春二月丁酉，仁宗睿皇帝恭奉高宗纯皇帝敕旨，临雍讲学。亲诣先师庙释奠。"①"三年二月丁未，上释奠文庙，临雍讲学。"（《清史稿·本纪十六·仁宗本纪》）"（嘉庆三年二月）丁未，上诣文庙行释奠礼。礼成，御彝伦堂。"（《清实录·仁宗睿皇帝实录·卷之二十七》）虽然具体日期有出入，但《清史稿》、《清实录》、《钦定国子监志》都记载在嘉庆三年（1798年）二月，嘉庆皇帝来孔庙亲诣释奠。而且查阅史料，嘉庆四年未来过孔庙释奠祭孔。由此推断，嘉庆三年来孔庙祭孔后，御书匾，颁揭孔庙的可能性最大。

"大成"一词出自《孟子·万章上》："孔子之谓集大成。集大成也者，金声而玉振之也。金声也者，始条理也；玉振之也者，终条理也。始条理者，智之事也；终条理者，圣之事也。"赞颂孔子思想集古圣先贤之大成，对中华文化的传承和发展有着巨大的贡献。历代帝王多喜用"大成"一词赞颂尊崇孔子。宋崇宁三年（1104年）宋徽宗赵佶取《孟子》"孔子之谓集大成"语，尊崇孔子为"集古圣先贤之大成"，诏令天下文宣王殿为"大成殿"；元大德十一年（1307年）元武宗加封孔子为"大成至圣文宣王"；乾隆三十三年（1768年），乾隆亲笔御书，孔庙大门增加"先师庙"额，正殿改称为"大成殿"，二门改称为"大成门"。嘉庆皇帝也以"圣集大成"御书匾赞颂孔子之圣道乃是继承上古圣贤之道而成。

---

① [清] 文庆、李宗昉等纂修：《钦定国子监志》，北京古籍出版社2000年版，391页。

第一章 孔庙匾联

"圣协时中"匾

"圣协时中"匾为道光皇帝御书颁揭。匾横长约505厘米，纵宽207厘米，木质，磁青底，正中为"圣协时中"四个大金字，四个字上方正中钤篆书章"道光御笔之宝"。匾四周边框金漆，雕有群龙戏珠图案，工艺十分精美。道光皇帝书法作品传世不多，"圣协时中"四个字笔画规整，中规中矩。

"圣协时中"匾

关于"圣协时中"匾，《清实录·宣宗成皇帝实录·卷之五》这样记载："（嘉庆二十五年九月己巳）遣官祭历代帝王庙……颁发太学、阙里文庙、及各省府、州、县、学官，御书扁额曰'圣协时中'。"太学文庙即北京国子监孔庙。嘉庆皇帝于嘉庆二十五年（1820年）七月，病逝于承德避暑山庄行宫，八月道光皇帝在故宫太和殿登基即位，下令翌年（1821年）为道光元年，并遣官祭天、地、太庙、社稷。"（嘉庆二十五年八月）庚戌，上即皇帝位于太和殿，分遣官祇告天、地、太庙、社稷。"（《清实录·宣宗成皇帝实录·卷之三》）九月己巳日，遣官祭历代帝王庙，向全国各孔庙、学宫颁发"圣协时中"匾。道光皇帝即位之初就御书匾颁发全国孔庙，与祭祀天、地、太庙、社稷、历代帝王庙并列，可见道光皇帝对孔庙的重视，从中更能看出，此时为孔庙御书匾已成为皇帝荣登大宝后的必须之举。皇帝御书匾赐给孔庙的意义远远超越了最初的含义——尊孔敬儒，它已经与皇权紧紧捆绑在一起，成为继承皇权自我肯定的一种形式，上升到政治层面。清代自嘉庆朝开始走下坡路，而道光朝更面临内忧外患。孔子和儒家思想既是政教的指导原则，更具有凝聚人心的作用。为了加强统治，笼络人心，自道光起，清朝统治者对孔子、孔庙的尊崇程度不断升级，以致清末祭孔升为"大祀"。

在《钦定国子监志》中记载"圣协时中"匾为"道光三年颁揭"。[①]道光三年（1823年）春天，道光皇帝曾来孔庙亲诣释奠，《钦定国子监志》、《清史稿》、《清实录》等史料均有记载："道光三年春二月癸丑，皇上临雍讲学，亲诣先师庙释奠后，御辟雍殿。"[②]按照前朝皇帝的惯例，都是来孔庙亲诣释奠后，御书匾颁发给孔庙。

究竟是登基之初即御书匾颁发孔庙呢，还是道光三年来孔庙祭孔时颁揭匾呢？目前为止，笔者还没有更充分的材料进一步证实。笔者个人更倾向于前一种结论，清代中后期，统治岌岌可危，在这种情形下，激励士人、安抚人心是统治者亟需面对的。而且道光皇帝之后的几位皇帝——咸丰、同治、光绪、宣统都是登基之始就为孔庙颁发匾。道光皇帝很有可能是清代皇帝中第一位即位即为孔庙御书匾的皇帝。

"圣协时中"也出自儒家经典。《尚书·尧典》："百姓昭明，协和万邦。"协，协调，调和，融洽。《中庸》："君子之中庸也，君子而时中。"时中，时时处中。"中庸"是儒家的重要思想，儒家认为最佳的状态就是达到不偏不倚的中庸境界。圣人之道，协和万邦，凡事处置得当，恰如其分，不偏不倚。顺应时代潮流，合乎客观实际，方能国运昌盛，民生安乐。

[①] [清]文庆、李宗昉等纂修：《钦定国子监志》，北京古籍出版社2000年版，39页。
[②] 同上，370页。

"德齐帱载"匾

"德齐帱载"匾为咸丰皇帝御书颁揭。匾横长425厘米,纵宽228厘米,木质,磁青底,正中为"德齐帱载"四个大金字,四个字上方正中钤篆书章"咸丰御笔之宝"。匾四周边框金漆,雕有群龙戏珠图案,工艺精美。清代后期国力大不如从前,匾的尺寸也比前朝小了许多。该匾文为楷书,圆润平正,得颜真卿书法意趣。该匾"德"字"心"上少一横。心字四画,如果再加一横,就成了"五心",整个"德"字也就成了十五画,正应了俗语"七上八下"、"五心不定"的不祥之语。因此该匾"德"字少一横,以避不祥之兆。

《清实录·文宗显皇帝实录·卷之三》记载"德齐帱载"匾颁揭时间:"(道光三十年二月乙亥)颁给京师太学、山东阙里、暨各直省府州县学

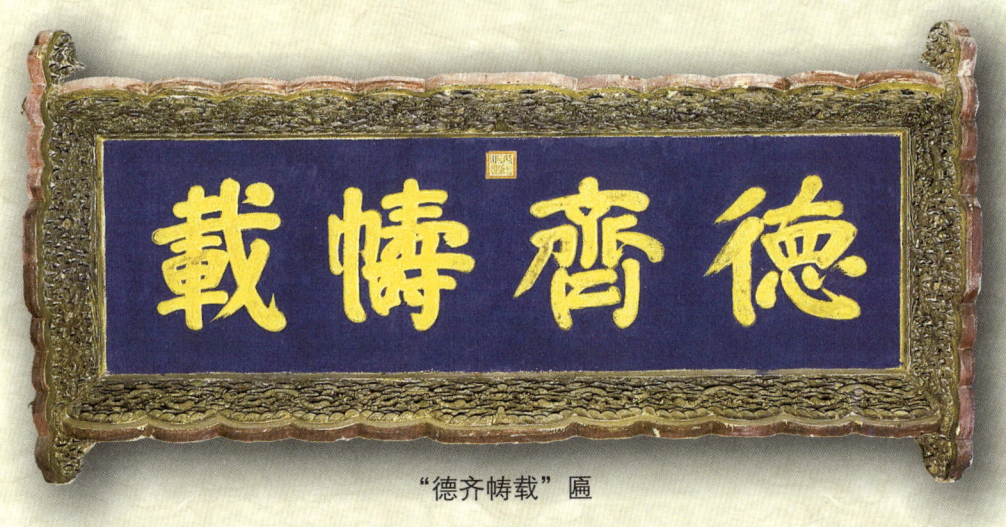

"德齐帱载"匾

宫，御书扁，曰'德齐帱载'。"道光三十年（1850年）正月道光皇帝崩于圆明园，奕𬣞即位，即咸丰皇帝，翌年（1851年）为咸丰元年。"三十年正月丁未，宣宗不豫，宣召大臣示硃笔，立为皇太子。宣宗崩，己未，上即位，颁诏覃恩，以明年为咸丰元年。"（《清史稿·本纪二十·文宗本纪》）正月咸丰皇帝即位，二月就遣官祭历代帝王陵寝、孔子阙里、长白山松花江五岳四镇、四渎之神等。二月丁卯日，"祭先师孔子。遣协办大学士杜受田行礼"。（《清实录·文宗显皇帝实录·卷之三》）咸丰皇帝也如父亲道光皇帝一样，即位后就御书匾颁揭全国文庙。书写匾颁赐全国文庙不仅是皇帝独享的特权，而且成为皇权的一个表现。

"德齐帱载"出自《左传·襄公二十九年》："德至矣哉，大矣！如天之无不帱也，如地之无不载也。"《中庸》："仲尼祖述尧舜，宪章文武，上律天时，下袭水土。辟如天地之无不持载，无不复帱。"帱，覆盖。载，承载，放置。孔子承袭尧舜，效法文王、武王，上遵循天时变化，下与水土相协调，孔子品德宏大博远，像天一样无不覆盖，如地一般无不承载。经天纬地，无所不包，完美无缺。

"圣神天纵"匾

"圣神天纵"匾为同治皇帝颁揭。匾横长439厘米，纵宽227厘米，木质，磁青底，正中为"圣神天纵"四个大金字，四个字上方正中钤篆书章"同治御笔之宝"。匾四周边框金漆，雕有群龙戏珠图案，工艺精美。这方匾与咸丰皇帝的"德齐帱载"匾尺寸一样，都照前代要小一些。

咸丰十一年（1861年）八月，咸丰皇帝在承德避暑山庄病故，6岁皇太子载淳登基，这就是同治皇帝，第二年（1862年）即为同治元年。同治皇帝也

第一章 孔庙匾联

"圣神天纵"匾

延续继承皇位之初即为孔庙大成殿颁揭匾的传统，对此，《清实录·穆宗毅皇帝实录·卷之八》有着详细的记载：

> （咸丰十一年十月辛巳）又谕：列圣御极之初，均恭书扁额，悬挂文庙。兹朕寅绍丕基，敬循旧典，命南书房翰林恭书"圣神天纵"扁额，交造办处成造一分，敬悬京师太学文庙。其墨笔著侯衍圣公孔繁灏到京时，由军机处交领，敬谨赍回，制造扁额，于阙里文庙恭悬。墨笔无庸缴回，即于阙里收藏。所有各直省府州县学，著武英殿摹勒颁发，一体悬挂。

"列圣御极之初，均恭书扁额，悬挂文庙"，同治皇帝登基两个月后也遵循"旧典"，命南书房翰林书写"圣神天纵"匾，由造办处制作匾悬挂国子监文庙大成殿。衍圣公[1]孔繁灏来京时将墨笔书写的"圣神天纵"交给他，制作匾悬挂于阙里[2]文庙。墨笔由阙里保藏，无须交还。武英殿摹勒匾颁发地

---

① 衍圣公是孔子嫡派后裔的世袭封号，宋仁宗至和二年（1055年）加封，后代一直沿用。
② 阙里，孔子故里，在今山东曲阜城内阙里街。因有两石阙，故名。孔子曾在此讲学，后建有孔庙。

方各学官文庙悬挂。

关于阙里文庙制作匾一事,《清实录·穆宗毅皇帝实录·卷之四十四》也还有记载:

> (同治元年九月丁丑)谕内阁:朕御极之初,命南书房翰林恭书"圣神天纵"扁额。前经降旨俟衍圣公孔繁灏到京时,敬谨赍回,制造扁额,于阙里文庙恭悬。现在孔繁灏到京,遽尔溘逝,伊长子荫生孔祥珂随侍来京,所有前颁墨笔扁额,即著由军机处交孔祥珂祗领赍回,恭制悬挂。其墨笔即于阙里收藏,无庸缴回。

同治元年(1862年)九月,衍圣公孔繁灏来京"遽尔溘逝",其子孔祥珂随行,墨笔书写的"圣神天纵"交给孔祥珂,制匾悬挂阙里文庙,墨笔由阙里保藏。

同治皇帝继承大统时才六岁,六岁的小孩子怎么能提笔书写大字榜文呢。这个任务自然交给皇帝御用文人——南书房翰林。南书房位于北京故宫乾清宫西南,康熙十六年(1677年)建立,是清代皇帝文学侍从值班的地方。翰林入值南书房,作为皇帝文学侍从,随时应召侍读、侍讲。翰林侍皇帝左右,常代皇帝撰拟诏令、谕旨,参与政务。从《清实录》记载可知,"圣神天纵"这四个字就是由南书房翰林代同治皇帝书写的。南书房翰林文采书法都属上乘,从书法角度看,"圣神天纵"四字极佳,有王(羲之)字书风。虽然匾上有"同治御笔之宝"的篆字印玺,但却并非皇帝亲笔题写。大成殿内皇帝御书匾除了同治这方匾外,光绪、宣统皇帝因为即位时,年纪幼小,也都由南书房翰林代笔。匾上"御笔"的钤章并不代表一定是皇帝御笔亲书,但是这些匾却是御制的。从《清实录》关于"圣神天纵"的记载中,我们知道,匾是由造办处制作的。

武英殿摹勒匾颁发给各地学官孔庙。皇帝颁揭的匾不只悬挂在京师国子监孔庙大成殿内，孔子故里——阙里孔庙以及全国各地学宫孔庙一并悬挂。作为对孔子的尊崇，墨笔书写的"圣神天纵"由阙里孔庙保存。

"圣神天纵"出自《论语·子罕》："子贡曰：'固天纵之将圣，又多能也。'"《孟子·尽心下》："充实之谓美，充实而有光辉之谓大，大而化之之谓圣，圣而不可知之之谓神。"借孔子弟子子贡对老师的评价，赞颂孔子，天意纵使之成为大圣，具备超人的才能、高尚的德行。

"斯文在兹"匾

"斯文在兹"匾为光绪皇帝颁揭。匾横长428厘米，纵宽232厘米，木质，磁青底，正中为"斯文在兹"四个大金字，四个字上方正中钤篆书章"光绪御笔之宝"。匾四周边框金漆，雕有群龙戏珠图案，工艺精美。"斯文在兹"四个字笔画虽规整，但略显板滞，神韵不足。

同治十三年（1874年）十二月，同治皇帝病逝，因无子嗣，慈禧太后将自己外甥——四岁的载湉推上皇帝宝座，这就是光绪皇帝。《清实录·德宗景皇帝实录·卷之三》载：

> （光绪元年春正月辛酉）以御极之初，敬循旧典，恭书"斯文在兹"扁额，敬悬京师太学文庙，阙里文庙，及各直省府州县学。

光绪皇帝也如先祖一样，登基之初即为京师国子监孔庙大成殿颁揭匾"斯文在兹"。延循旧历，阙里孔庙以及全国各地学宫孔庙也一并悬挂"斯文在兹"匾。光绪皇帝即位时，虚岁才四岁，情况应该与同治皇帝一样，"斯文在兹"四个大字也是由他人代写的。

"斯文在兹"匾

"斯文在兹"出自《论语·子罕》:"子畏于匡。曰:'文王既没,文不在兹乎?天之将丧斯文也,后死者不得与于斯文也;天之未丧斯文也,匡人其如予何?'"斯文,指周初文武周公相传之礼乐、典章制度。以"斯文在兹"称颂孔子继承周代礼乐制度,开创儒家学派。

"中和位育"匾

"中和位育"匾为宣统皇帝颁揭。匾横长423厘米,纵宽261厘米,木质,磁青底,正中为"中和位育"四个大金字,四个字上方正中钤篆书章"宣统御笔之宝"。匾四周边框金漆,雕有群龙戏珠图案,工艺精美。"中和位育"四字端正,中规中矩,但结字重心偏低,神气不足。

光绪三十四年(1908年)十月,光绪皇帝突然病逝,光绪皇帝同样没有子嗣,慈禧太后选择了三岁的溥仪继承皇权,这就是中国的末代皇帝,第二年为宣统元年。《大清宣统政纪·卷之三》记载：

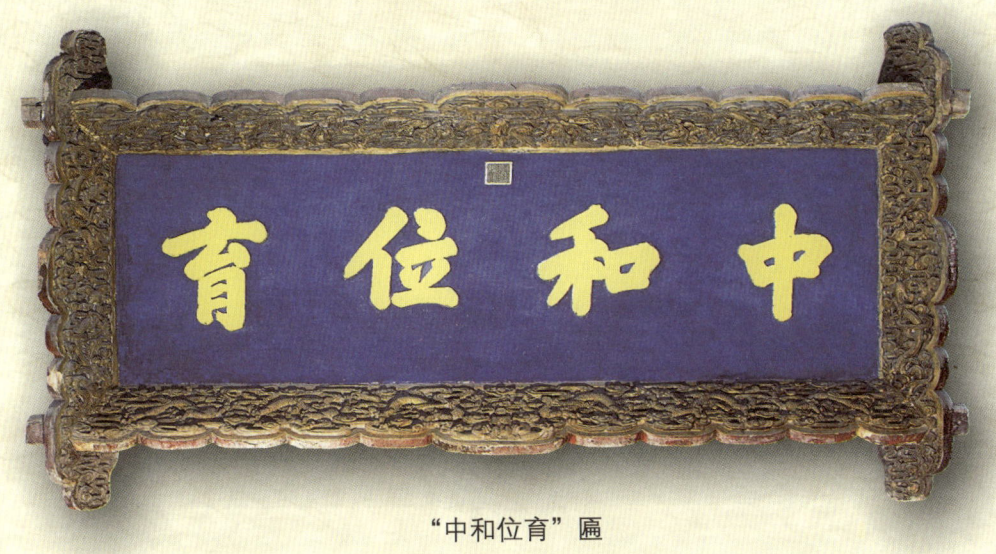

"中和位育"匾

（光绪三十四年十一月己亥）谕内阁：列圣御极之初，均恭书扁，悬挂文庙。兹朕寅绍丕基，敬循旧典，命南书房翰林恭书"中和位育"匾，交造办处成造一分，敬悬京师太学文庙。其墨笔著俟衍圣公孔令贻到京时，由军机处交领，敬谨赍回，制造匾额，于阙里文庙恭悬。墨笔无庸缴回，即于阙里收藏。所有各直省府州县学，著武英殿摹勒颁发，一体悬挂。

为天下孔庙颁揭匾已经成为皇权的一个表现，末代皇帝更是无力改变祖宗法典，即位之初也得要为京师孔庙大成殿颁揭匾。年幼的宣统皇帝书写匾的任务自然还是由南书房翰林代劳。造办处根据墨笔书写的大字，制作匾，悬挂京师孔庙。墨笔还是等衍圣公孔令贻来京时交给他，制作匾悬挂阙里并保存。武英殿摹勒匾，颁发地方学官孔庙悬挂。整个程序与前代完全一致，僵化的制度已经走到历史尽头，呼唤一场暴风骤雨打破樊篱。

《大清宣统政纪·卷之十五》还记载：

> 先是上御极初，敬循旧典，命南书房翰林恭书"中和位育"匾额，悬于阙里文庙。其墨笔俟衍圣公孔令贻到京时，由军机处交领，敬谨赍回制造。至是孔令贻咨由山东巡抚袁树勋据情代奏，因令贻上年丁亲母忧，在籍守制，未敢赴京与贺。若俟服阕后再行入都承领，为时太久。可否先行差官代领，以免稽迟。抑或俟服阕后，再行亲身承领。得旨。著仍遵前旨。俟衍圣公孔令贻服阕后，来京承领，用昭朕尊重之意。

孔令贻因母亲去世在家守孝"丁忧"不能进京，只能等衍圣公在家"丁忧"之后再来京领取墨笔大字，以显示皇帝对孔家的尊重之意。

"中和位育"出自《中庸》："喜怒哀乐之未发，谓之中；发而皆中节，谓之和。中也者，天下之大本也；和也者，天下之达道也。致中和，天地位焉，万物育焉。""中庸"是儒家的重要思想，儒家认为最佳的状态就是达到不偏不倚的中庸境界，天地万物各安其位、各得其所，万物便自然能生长发育，生机勃勃。

第一章 孔庙匾联

"大总统告令"匾与袁世凯祭孔

(一)"大总统告令"匾

"大总统告令"匾悬挂在大成殿内正门上方,与北面黎元洪的"道洽大同"匾相对。因"大总统告令"匾面向北,悬挂得高,匾上字多且密,所以不易被游客发现。匾横长514厘米,纵宽202厘米,木制横匾,四边框雕刻描金花草纹,匾黑漆底,金字楷书袁世凯的《举行祀孔典礼令》,俗称"大总统告令",钤章"中华民国之玺",整方匾保存完好。1914年9月25日,袁世凯发布《举行祀孔典礼令》,文中表达了袁世凯对孔子和儒家思想的崇敬,并定于9月28日亲自率领百官来北京孔庙祭祀孔子。这方匾是袁世凯民国祭孔的见证,全国各地孔庙仅北京孔庙大成殿有此一方,因此

袁世凯"大总统告令"匾

具有极高的历史价值。

(二) 匾文内容

匾文内容如下：

> 中国数千年来，立国根本在于道德。凡国家政治、家庭伦纪、社会风俗，无一非先圣学说，发皇流衍①。是以国有治乱，运有隆污②，惟此孔子之道，亘古常新，与天无极③。经明于汉④，祀定于唐⑤，俎豆馨香⑥，为万世师表⑦。国纪民彝⑧，赖以不坠。隋唐以后，科举取士，人习空言，不求实践，濡染⑨酝酿，道德浸⑩衰。近自国体变更，无识之徒，误解平等自由，踰越范围，荡然无守，纲常沦弃，人欲横流，几成为土匪禽兽之国。幸天心厌乱，大难削平。而黉舍鞠为荆榛⑪，鼓钟委于草莽⑫，使数千年崇拜孔子之心理，缺而弗修，其何以固道德之藩篱，而维持不敝⑬。本大总统躬膺⑭重任，早作夜思，以为政体虽取革新，而礼俗要当保守。环球各国，各有所以立国之精神，秉诸先

---

① 发皇，宣扬。流衍，广发流布。
② 喻盛衰兴替。
③ 与天一样长久，没有终极。
④ 儒家经典"五经"在汉代被确立和继承发扬，汉代出现很多经学家"传经"、"注经"。
⑤ 贞观四年 (630年)，唐太宗下诏州县皆立孔庙，形成"庙学制度"，孔庙自此遍及全国，祭祀孔子也随之遍及各地，并一直延续下来。
⑥ 俎和豆，古代祭祀、宴飨时盛食物用的两种礼器，泛指祭祀、奉祀。馨香，指用作祭品的黍稷。
⑦ 康熙二十三年 (1684年)，康熙到山东曲阜祭孔，书"万世师表"匾，颁行全国孔庙，以此赞颂孔子千秋万世永远都是人们的老师和表率。
⑧ 国纪，国家的礼制法纪。民彝，人伦，人与人之间相处的伦理道德准则。
⑨ 沾染受熏陶。
⑩ 渐渐。
⑪ 黉舍，校舍，亦借指学校，这里指国子监。鞠，困窘。荆榛，泛指丛生灌木，多用以形容荒芜情景。这里指国子监衰败，杂草丛生。
⑫ 鼓钟，古代礼乐器。草莽，草木丛生。礼乐之器，淹没于杂草之中。这两句意思是国子监孔庙衰败，祭孔礼乐废弛，尊孔之心淡漠。
⑬ 敝，衰败。不敝，不衰败。
⑭ 躬，亲自；膺，承当、担当。

第一章 孔庙匾联

民,蒸为特性①。中国服循圣道,自齐家、治国、平天下,无不本于修身②。语其小者,不过庸德之行,庸言之谨,皆日用伦常所莫能外,如布帛菽粟之不可离③;语其大者,则可以位天地,育万物,为往圣继绝学,为万世开太平④。苟有心知血气之伦,胥在范围曲成之内⑤,故尊崇至圣,出于亿兆景仰之诚,绝非提倡宗教可比。前经政治会议议决,祀孔典礼,业已公布施行。九月二十八日为旧历秋仲上丁,本大总统谨率百官,举行祀孔典礼。各地方孔庙,由各该长官主祭,用以表示人民俾⑥知国家,以道德为重。群相兴感⑦,潜移默化,治进大同⑧。

本大总统有厚望焉。此令。

中华民国三年九月二十五日

在袁世凯看来,伦理道德才是中国的立国之本。中国贫败落后的原因并不是封建专制制度的腐朽,而是"无识之徒,误解平等自由,踰越范围,荡然无守,纲常沦弃,人欲横流,几成为土匪禽兽之国"。他认为"政体虽取革新,而礼俗要当保守"。在《举行祀孔典礼令》中,袁世凯

---

① "天生烝民,有物有则。民之秉彝,好是懿德",出自《诗经·大雅·烝民》。烝,众。秉,执。天生众民,民所执持常道,莫不好有美德之人。"秉诸先民,蒸为特性"这里指各国人民执持常道,形成各自特性。
② "修身、齐家、治国、平天下",出自于《大学》,这是儒家由完善自我德行"内圣"而至建功立业"外王"的最高理想。
③ 儒家之道,从小的方面看可以为日常言行提供准则,就像布匹粮食一样是必需之物。
④ "致中和,天地位焉,万物育焉",出自《中庸》。北宋大儒张载曰:"为天地立心,为生民立命,为往圣继绝学,为万世开太平。"后世称为"横渠四句教"。儒家之道,从大的方面看可使万物各安其位,各遂其性,继承先圣之学说,开创万世之太平。
⑤ 胥,都;皆。范围,效法。曲成,多方设法使有成就;委曲成全。
⑥ 俾,使。
⑦ 群,百姓。相,互相。兴,提倡。感,感应;影响。
⑧ 治,统治,治理。大同,我国古代一些思想家提出的一种天下为公,人人平等的社会政治理想。《礼记·礼运》曰:"大道之行也,天下为公,选贤与能,讲信修睦,故人不独亲其亲,不独子其子,使老有所终,壮有所用,幼有所长,矜寡孤独废疾者皆有所养,男有分,女有归,货恶其弃于地也,不必藏于己,力恶其不出于身也,不必为己,是故谋闭而不兴,盗窃乱贼而不作,故外户而不闭,是谓大同。"

赤裸裸地表明，反对追求自由、平等，而中华民国这个新政体仍要推行封建保守的旧礼俗。

（三）袁世凯祭孔

1911年辛亥革命胜利，中国几千年的封建帝制土崩瓦解，而人们头脑中固有的思想却很难撼动。西方各种政治、经济思潮在古老的中国大地上激荡着。封建世家出身的袁世凯窃取了胜利果实，成立了以袁世凯为临时总统的北洋军阀政府。

1912年9月，袁世凯发布《崇孔伦常文》，宣称"中华立国，以孝、悌、忠、信、礼、义、廉、耻为人道之大经，政体虽更，民彝无改"。①在袁世凯看来，儒家伦理道德不因政体改变而丧失价值，同样适用于新成立的中华民国，他想用传统的伦理道德凝聚天下人心。虽然，袁世凯公开尊孔，而关于祭孔还是非常谨慎小心的。1912年10月，教育部发布了通令："近来各处关于祀孔一事，纷纷致电本部，各持一说，窃以崇祀孔子问题，及祀孔如何订定，事关民国前途至巨，非候将来正式国会议决后，不能草率从事。"②祭孔此时已成为关乎民国前途的大事，成为民国成立以来文化方面的焦点问题。

1913年6月22日，北京政府发布《饬照古义祀孔令》曰："经国务院通电各省，征集多数国民祀孔意见，现在尚未复齐。兹据尹昌衡电称：请令全国学校仍行释奠之礼等语。所见极为正大，应俟各省一律议复到京，即查照民国体制，根据古义祀孔典礼，折衷至当，详细规定，以表尊崇而垂久远。"③在民众的要求下，政府顺应"民意"，"根据古义祀孔典礼"。尊孔祭孔不仅仅是袁世凯网罗人心的工具，还是他复辟帝制的前奏。

---

① 韩达编：《评孔纪年》，山东教育出版社1985年版，5页。
② 同上，9页。
③ 章伯锋、李宗一主编：《北洋军阀》（1912—1928）第一卷，武汉出版社1990年版，1377—1378页。

第一章 孔庙匾联

1913年9月，孔教会经教育部批准，在北京国子监举行"仲秋丁祭祀孔"，到会者数千人。大总统袁世凯的代表梁士诒、众议院议长汤化龙、广东省民政长陈昭常参加献礼。此祭祀仪式规模宏大，庄严肃穆。行完跪拜礼后，由陈焕章主持讲经，梁士诒讲《道之以德，齐之以礼》、严复讲《民可使由之，不可使知之》、梁启超讲《君子之德风》。民间祭孔多少带上了官方色彩，开始与政治权力结合。

1913年12月颁布的《祀孔案审查报告书》称："政治以革新为主，而礼俗以保守为宜。……执此二义以为标准，窃谓春秋两祭仍宜适用。……政令用阳历，所以取世界之大同，祭祀用阴历，所以从先圣之遗志。……其礼节服制自应与祭天一律，以示尊崇。京师文庙应由大总统主祭，各地方文庙应由该长官主祭。"[①]报告认为，在世界进化的大趋势下，政治应当革新而礼俗应当保守，在此标准下，祭孔仍适用于新的中华民国。报告中规定了祭孔的规格与祭天一样，这是对清末将祭孔升为大祀的一种延续。报告还详细规定了祭祀的时间和主祭人。

袁世凯亲临北京孔庙祭孔呼之欲出。1914年2月7日，发布《祭孔定为大祀令》。1914年3月12日，袁世凯派总统府秘书长梁士诒到北京文庙代行春丁祀孔礼。1914年9月，颁行由政事堂礼制馆拟定的《祀孔典礼》。《典礼》规定"以夏时春秋两丁为祀孔之日，仍从大祀，其礼节、服制、祭品当与祭天一律"。[②]祭祀孔子的规制要求几乎与清代旧制无异。

1914年9月25日，袁世凯发布《举行祀孔典礼令》，则明确于9月28日亲自到孔庙行礼祭孔。北京孔庙大成殿悬挂的"大总统告令"匾就记载了《举行祀孔典礼令》内容。

1914年9月28日，即仲秋上丁，清晨六点半，袁世凯率领各部总长及文武官员在侍从的护卫下抵达孔庙，内政总长朱启钤和外交总长孙宝琦任正献

---

① 《祀孔案审查报告书》，《孔教会杂志》第一卷第十一号，1913年12月。
② 政事堂礼制馆刊行：《祀孔典礼·呈文》，1页，中华民国三年九月。

官。袁大总统身着绣有四团花的十二章大礼服，下围有褶紫缎裙，头戴平天冠，三跪九叩，祭拜孔子。整个祀孔大典礼仪烦琐而气氛庄严，七点半礼毕回府。与此同时，各省将军、巡按使也都在省会文庙祭孔，这是民国以来第一次祭孔。祀孔大典举行后，袁世凯下令整修北京孔庙，这是清末将祭孔升为大祀后扩建孔庙的延续。在此次修缮中制作的"大总统告令"匾，最初悬挂于大成殿门外（今"万世师表"匾悬挂的位置）。"恭查上年举行秋丁祭孔典礼，祗奉告令一通，煌煌涣号，海内同钦，本部现特恭录原文制成匾额，于大成殿门首，敬谨悬挂，用垂久远。"①这方匾后来何时移至大成殿内，目前无相关材料，有待进一步查找。

在恢复祀孔典礼的同时，袁世凯也不忘恢复祭天的旧俗。在礼制馆制定了《祀孔典礼》的同时，也颁布了《祭天仪礼》。1914年12月20日，袁世凯正式下令恢复祭天制度。23日，他亲自祭天，一切仪礼完全模仿专制帝王。

1914年9月袁世凯祭孔旧照

---

① 教育纪事：《三月二十六日内务部呈报京师孔子庙工程告竣及刊刻告令敬谨悬挂情形》，《中华教育界》1915年第4卷第4期，中华教育界杂志社编辑，中华书局。

第一章 孔庙匾联

袁世凯按照皇帝的规格祭孔、祭天之后,便是复辟帝制了。1915年12月11日,参政院以"国民代表大会总代表"名义上书袁世凯"劝进"。12日,袁世凯发布命令,承受帝位。13日,接受百官朝贺,大加封赏。31日,下令翌年(1916年)改为"中华帝国洪宪元年",准备于1月1日即皇帝位。由于云南、贵州等省发动护国战争,纷纷讨袁,1916年3月22日,袁世凯被迫宣布取消帝制,废除"洪宪"年号,仍称大总统。1916年6月6日,袁世凯在全国人民声讨中忧惧而死。

"大总统告令"匾悬挂于大成殿门外旧照

封建帝制时代,国家级祭天祭孔是天子的特权。袁世凯在企图复辟帝制的过程中提倡祭天祭孔,改皇帝、大臣主持为大总统与行政长官主持,表面上是为了维护传统的祀典礼仪,实质则以国家级主祭者的身份,来抬高自己的掌权地位,成为事实上的皇帝。袁世凯以清代皇帝祭天祭孔的规模来祭拜,这完全就是帝制时代改朝换代的再现。

祭天祭孔不仅是皇帝的特权,发展到清代,皇帝登基之始御书匾颁行天下孔庙甚至是君临天下必不可少的一个环节。皇帝御书匾赐给孔庙的意义远远超越了最初的含义——敬孔尊儒,它已经与皇权紧紧捆绑在一起,成为继承皇权自我肯定的一种形式,上升到政治层面。民国初年袁世凯来北京孔庙祭孔,将《举行祀孔典礼令》刻匾悬挂于大成殿,这与清代皇帝登基之初即祭孔题匾如出一辙,复辟之心,昭然若揭!

（四）结束语

　　自汉武帝"罢黜百家，表彰六经"之后，儒家思想就从百家争鸣中的一个思想流派发展到"独尊"的地位，成为统治者的思想工具，被深深地打上了政治的烙印。统治者以手中的权势绑架了圣人之道，经过统治者的包装，孔子从一位和蔼可亲的学者摇身变为高高在上的圣人。历史上，尊孔祭孔也好，升为大祀也罢，抑或打压孔子，孔圣人不过都是统治者的工具，根据需要为其所用。作为一个思想流派的儒家思想，自从与政治联姻后，就成了统治者的儒家思想，这与儒家思想的本源已有相当的距离。儒家思想中的尊君思想被无限放大，以致"君为臣纲"，一切以臣子无条件服从君主为前提。而儒家思想中的民本观念，推翻暴政思想则被掩盖起来。"民为邦本，本固邦宁。"（《尚书·五子之歌》）"君有大过则谏，反复之而不听，则易位。"（《孟子·万章下》）"闻诛一夫纣矣，未闻弑君也。"（《孟子·梁惠王下》）朱元璋看到《孟子·离娄下》中的："君之视臣如手足，则臣视君如腹心；君之视臣如犬马，则臣视君如国人；君之视臣如土芥，则臣视君如寇仇。"暴怒，取消孟子在孔庙大成殿的配享资格。"帝尝览《孟子》，至'草芥''寇仇'语，谓：'非臣子所宜言。'议罢其配享。诏：'有谏者以大不敬论。'唐抗疏入谏曰：'臣为孟轲死，死有余荣。'时廷臣无不为唐危。帝鉴其诚恳，不之罪。孟子配享亦旋复。然卒命儒臣修《孟子节文》云。"（《明史·卷一百三十九·列传第二十七》）孟子的配享地位后来虽保住，但《孟子》一书却没有逃脱被朱元璋删节的命运。

　　到了袁世凯这里，孔圣人这一工具也被他拿起来用。很可惜，袁世凯使用这一工具非但没有帮助他笼住人心，反倒招致更强的社会离心力。儒家思想作为中国封建时代的统治思想和传统文化的主体，自身具有合理内核，这是两千多年来它能够延续下来的原因。同样，这也是推翻清王朝后，袁世凯还能拿起来用它的原因。儒家思想在道德伦理层面，仍然具有维系人心的作

第一章 孔庙匾联

用。然而，与君主专制捆绑在一起的孔子和儒家思想也因为"独裁"、"专制"、"复古"而招致知识精英们的无情批判。陈独秀指出："孔教与帝制有不可离散之因缘；若并此二者而主张之，无论为祸中国与否，其一贯之精神，故足自成一说。不图以曾经通电赞成共和之康先生，一面又推尊孔教；既推尊孔教矣，而原书中又期以'不与民国相抵触者，皆照旧奉行'。主张民国祀孔，不啻主张专制国之祀华盛顿与卢梭，推尊孔教者而计及抵触民国与否？是乃自取说而根本毁之耳，此矛盾之最大者也！"[①]彻底摧毁君主专制，打破迷信，宣扬民主共和精神，就要从打破对孔子的崇拜开始，这成为当时进步知识分子的共识。从这个角度上说，反对袁世凯读经尊孔，是"五四"新文化运动"打到孔家店"的先声。

"道洽大同"匾

"道洽大同"匾为时任中华民国总统黎元洪于1917年题写。匾横长为468

"道洽大同"匾

[①] 陈独秀：《驳康有为致总统总理书》，《陈独秀文存》卷一，安徽人民出版社1987年版，71—72页。

厘米，纵宽为186厘米。木质，黑底，正中为楷书"道洽大同"四个大金字。匾四边框为双灯草线边。匾左侧上款为："中华民国六年三月吉日"。"道洽大同"四个大字上端钤章"大总统印"。右侧下款为"黎元洪敬题"。"道洽大同"四字方正圆润。

  1916年6月，袁世凯在全国人民讨伐声中死去，由当时的副总统黎元洪出任总统。黎元洪一直都尊崇孔子。早在1913年黎元洪在武昌就举行"孔子诞辰"祭典。湖北都督府各司长、各道观察使、中学以上校长，均至孔庙行三跪九叩首礼。[①]1916年6月出任总统，9月黎元洪下令称："九月七日为仲秋上丁孔子祀期，特派教育总长范源濂恭代行礼。"[②] "道洽大同"匾的落款是"中华民国六年三月吉日"，即1917年3月，大总统黎元洪效仿旧制为北京孔庙亲自题写了"道洽大同"匾，为了清除清朝的影响，他下令将大成殿内清朝九位皇帝手书的匾全部取下，将"道洽大同"匾悬挂在大成殿内孔子牌位上方正对大门处，即原康熙皇帝"万世师表"匾的位置。1983年首都博物馆准备开放大成殿，经过商议决定：黎元洪"道洽大同"匾不动，康熙"万世师表"匾移至大成殿外前檐高悬，其他清朝皇帝御制匾还按原位悬挂。这就是现在北京孔庙大成殿匾悬挂的情况。

  "大同"语出《礼记·礼运》："大道之行也，天下为公，选贤与能，讲信修睦。故人不独亲其亲，不独子其子，使老有所终，壮有所用，幼有所长，矜寡孤独废疾者，皆有所养；男有分，女有归，货恶其弃于地也，不必藏于己；力恶其不出于身也，不必为己。是故谋闭而不兴，盗窃乱贼而不作，故户外而不闭，是谓大同。"道，泛指客观事物的永恒规律，这里指儒家的圣人之道。洽，协和，和睦。"大同"为儒家理想的太平盛世。赞颂儒家思想为人间正道，信奉儒家思想则可以成就大同理想。

[①] 陈学恂主编：《中国近代教育大事记》，上海教育出版社1981年版，246页。
[②] 《命令》，《晨钟报》1916年9月4日。

第一章 孔庙匾联

第三节 "崇圣祠"匾

崇圣祠原名启圣祠,坐落在孔庙第三进院,明嘉靖九年(1530年)建,祭祀孔子先祖和圣贤先祖。北向为正殿,奉祀孔子五代先祖和四配①先祖;东庑奉祀周敦颐、程颢程颐、蔡沈之父;东庑奉祀张载、朱熹之父。

嘉靖九年(1530年),在张璁的提议下,嘉靖皇帝修建启圣祠,祭祀孔子的父亲叔梁纥②。表面上是尊崇孔子先祖,尊崇圣贤先祖,实质以祭祀孔子先祖来表达对自己父亲的怀念和追思,是对朝中反对嘉靖皇帝将生父兴献王尊为皇帝入祀太庙的公开宣战。清雍正元年(1723年),雍正皇帝加封先

---

① 四配,指大成殿内配享的颜子、曾子、子思和孟子。
② [清]文庆、李宗昉等纂修:《钦定国子监志》,北京古籍出版社2000年版,103页。

师五代并为王爵：封木金父公为"肇圣王"，祈父公为"裕圣王"，防叔公为"诒圣王"，伯夏公为"昌圣王"，叔梁公为"启圣王"，合祀祠中。奉敕"启圣"易名为"崇圣"。①雍正皇帝在谕旨中将之更名为"崇圣祠"并明确："国子监之崇圣祠改造匾。"②"崇圣祠"匾在雍正元年（1723年）就应该制作悬挂起来了。乾隆皇帝登基后，也表现了对崇圣祠的极大重视："高宗纯皇帝御极之三年，特命崇圣祠易盖绿琉璃瓦。三十二年，大发帑金，与先师庙并事鼎新焉。"③乾隆三年（1738年），崇圣祠换上只有皇家才能使用的绿色琉璃瓦。乾隆三十二年（1767年），崇圣祠与孔庙一起大修。

"崇圣祠"匾

乾隆版《钦定国子监志》记载："崇圣祠、启圣门皆有题额。"④这样看来，"启圣门"匾应该悬挂在崇圣祠大门上，"崇圣祠"匾悬挂在正殿

---

① [清]文庆、李宗昉等纂修：《钦定国子监志》，北京古籍出版社2000年版，10—12页，103页。
② [清]乾隆官修：《清朝文献通考·卷七十四》，浙江古籍出版社2000年版。
③ [清]文庆、李宗昉等纂修：《钦定国子监志》，北京古籍出版社2000年版，42页。
④ [清]纪昀等：《文渊阁四库全书》《史部·职官类·钦定国子监志·卷六十一》，上海古籍出版社2003年版，第600册，777页。

第一章 孔庙匾联

大门上。道光版《钦定国子监志》载："周缭以垣，庭中列植槐柏。中为门三间，悬额曰'崇圣祠'，清汉文。"① 到了道光年间，"崇圣祠"匾悬挂在崇圣祠大门上，而正殿已无匾。现在崇圣祠仍这样悬匾。与先师庙、大成门、大成殿一样，"崇圣祠"匾也是满汉文题写的，后将匾上的满文剔除，只剩下汉文。

"崇圣祠"匾木制华带竖匾，四边框红漆底，如意云纹图案。黑底金字，楷书"崇圣祠"三个字。匾纵长178厘米，横宽161厘米。以"崇圣"为名，表现对孔子及圣贤先祖的崇敬和敬仰。

---

① [清] 文庆、李宗昉等纂修：《钦定国子监志》，北京古籍出版社2000年版，42页。

第四节 孔庙第一进院边路建筑匾

匾最基本的也是最主要的一个功能就是标识建筑物的名称，比如："太和殿"匾、"大成殿"匾、"辟雍"匾等。道光版《钦定国子监志·卷一·庙制图说》中记载孔庙第一进院边路建筑有：神厨、井亭、宰牲所、更房、神库、持敬门、致斋所、更衣亭，①而没有提到是否悬匾。在《钦定国子监志·卷九·学制图说》中载："东有大门，西向，额曰'持敬'，清汉文。通先师庙。"②乾隆版《钦定国子监志》中记载孔庙前院的几组建筑也有匾："大成门外神厨、神库、宰牲所、致斋所、持敬门、崇圣祠、启圣门皆有题额。"③

---

① [清]文庆、李宗昉等纂修：《钦定国子监志》，北京古籍出版社2000年版，37—38页。
② 同上，111页。
③ [清]纪昀等：《文渊阁四库全书》《史部·职官类·钦定国子监志·卷六十一》，上海古籍出版社2003年版，第600册，777页。

第一章 孔庙匾联

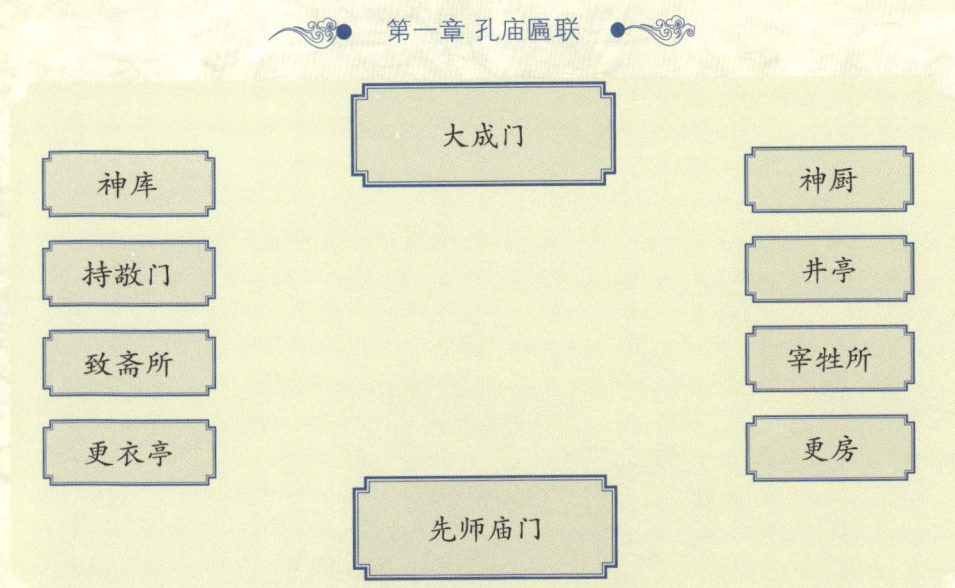

孔庙第一进院建筑示意图

目前只有持敬门还悬匾。孔庙和国子监由持敬门相通。"持敬"是朱熹心性修养的根本工夫。朱熹把"敬"界定为"一心之主宰而万事之本根"。"持敬"就是持守恭敬之心。这里告诫学子从国子监进入孔庙祭祀孔子时要怀崇敬之心。

"持敬门"匾

这方"持敬门"匾并非原来的老物件,是后人仿制的。据孔庙国子监老工作人员说,20世纪70年代持敬门上并没有这方匾,但是悬挂匾的位置上还留有匾的印痕，于是工作人员就根据匾的印痕来确定匾额的尺寸，仿制了这方匾，悬挂在大门上。"持敬门"匾为木制横匾，横长145厘米，纵宽56厘米。四边框红色漆，磁青底金字，楷书"持敬门"三个大字。

2006年整理大成殿库房时，发现了五十多方匾，其中有"神库"、"省牲亭"、"致斋所"三方匾。

"神库"匾

神库位于孔庙前院西侧北端，是专门存放礼部发放礼器的场所。"神库"匾为木制横匾，匾横长128厘米，纵宽57厘米，厚5厘米。红底黑字，四边素框，正中楷书"神库"两个大字。

"致斋所"匾

致斋所位于孔庙前院持敬门南，是祭祀官员在祭祀[前]斋[戒的地方]。"致斋所"匾为木制横匾，匾横长127厘米，纵宽58厘米，[厚]字，四边素框，正中楷书"致斋所"三个大字。

"省牲亭"匾

宰（省）牲亭（所）位于孔庙前院东侧，与致[斋所相对]，专门宰杀猪、牛、羊供品的地方。"省牲亭"匾为[木制横匾,横长]米，纵宽57.5厘米，厚6.5厘米。红底黑字，四边素[框，正中楷书]三个大字。

这三方匾已经褪色，"致斋所"匾中间开裂[，其余两方基本]上保存还算完好。三方匾大小尺寸与"持敬门"[匾相近，但颜]色却有很大差别。匾上也没有确切年代记载，[但从形制看应]该属同一时代。

第二章 国子监匾联

第一节 成贤街牌坊匾

北京东城区安定门内,国子监街东西长680米,迄今已有700多年的历史。国子监街因街北国子监而得名。这条街道也是目前北京仅存的立有四座牌坊的街道。牌坊是中国建筑的典型代表,曾作为多届世博会中国馆的门面建筑,吸引世人的瞩目。

"国子监"牌楼

"成贤街"牌楼

孔庙国子监始建于元代，国子监街也有700多年的历史。据记载，明代这条街叫作崇教坊，街上的四座牌坊始建于明代，又被称为"崇教四牌坊"。"门前为通衢，东西牌坊各一，题曰国子监。尽衢东西牌坊各一，题曰成贤街。"①这条街道东西两侧的牌坊是街牌坊，木制横匾，磁青底金字，题匾曰"成贤街"。周敦颐在《通书·志学》中提出了"士希贤，贤希圣，圣希天"的修养理论。读书人要以成圣成贤为自己的人生目标和理想，不断进取，提高自身修养，进入更高的境界。国子监是三代最高学府，无数学子在此苦读，以此为街道名称，时时激励学子成圣成贤。在国子监大门两侧还有两座牌坊，与"成贤街"牌坊式样一致，专门为最高学府国子监修建，木制横匾，磁青底金字，匾曰"国子监"。街上的四座牌坊原本是木牌坊，两边还有四根斜撑的戗柱支撑，木制牌坊易损，明清两代多有修缮。《皇明太学志》记载：

嘉靖三十五年四月，本监西北墙垣以往年大水倾塌已尽，成贤街东坊牌亦久毁，祭酒郭鏊、司业王材移文工部札付管膳司差官估计修理，约费银一百九十二两零。时因部有大工，量给半费，发银九十六两，仍

---

① [明]王材、郭鏊等纂修：《皇明太学志》，首都图书馆编辑《大学文献大成·卷一》，学苑出版社1996年版，43页。

第二章 国子监匾联

> 拨运张家湾厂平头大木十六根,行本监募工自修,其不足数目,本监节省膳银以充。本年七月内,修筑将完,尚欠瓦五万片,计价五十七两五钱。本监复移文工部。本部照例减半给发本监凑补,二项工始完。①

从这段记载可以知道,明嘉靖年间"成贤街"东牌坊损坏严重,曾连同国子监院墙一同修缮。

清末四座牌坊损坏严重,民国年间修缮时,改成了现在的钢筋混凝土结构。在国子监太学门内东侧墙壁刻石上详细记载了此次修缮情况:"国子监辟雍、彝伦堂、琉璃牌楼、太学门东西碑亭、钟鼓亭等修缮工程及成贤街木牌楼改筑钢筋混凝土工程于中华民国二十六年(1937年)四月三十日开工,二十八年(1939年)二月六日完工。"《钦定国子监志》记载,清代这四座牌坊的题匾都是满汉两种文字,②现在只剩下汉字,推测大概是在民国修缮牌坊时去掉了满文。20世纪80年代初,牌坊又被油饰一新。

国子监牌楼旧照

---

① [明]王材、郭鎜等纂修:《皇明太学志》,首都图书馆编辑《太学文献大成·卷一》,学苑出版社1996年版,37页。
② [清]文庆、李宗昉等纂修:《钦定国子监志》,北京古籍出版社2000年版,111页。

第二节 "集贤门"匾

北京国子监是元、明、清三代国家管理教育的行政机关和最高学府。元世祖忽必烈定都北京，为了加强思想统治，下令修建孔庙和国子监，"大德六年（1302年）建文宣王庙于京师，十年（1306年）营国子学于西偏"（《元史·成宗纪》）。程钜夫《大元国学先圣庙碑》中记载："大德十年（1306年）秋庙成……至大元年（1308年）冬学成。"文宣王庙就是现在的北京安定门内国子监街上的孔庙，国子学就是"国学"、国子监。明、清两代也以此为"国学"，永乐十八年（1420年）

"集贤门"匾

第二章 国子监匾联

迁都北京，北京国子监改称京师国子监，清代沿用明代国子监旧址作为国家教育管理机构和最高学府。

国子监由三进大型院落组成，占地面积27000多平方米，中轴线上由南向北依次为集贤门、太学门、琉璃牌坊、辟雍殿、彝伦堂、敬一亭。主体建筑两侧有"二厅六堂"、御碑亭、钟鼓亭等，形成了传统的对称格局。国子监建筑大多都悬挂匾，"集贤门"匾便悬挂在国子监第一道大门上。

道光版《钦定国子监志》载："国子监公署在城东北隅，崇仁里成贤街。署南向，缭以周垣。大门凡三，中榜曰'集贤门'，清汉文。"[①]"集贤门"是国子监第一道大门，与孔庙主要建筑匾有满汉两种文字一样，"集贤门"匾在清代也是两种文字，后删除满文。《清朝文献通考》记载："（乾隆四十九年）谕太学门、集贤门匾及绳愆厅、博士厅、六堂等处横额俱换额添写清文。"[②]为了庆贺乾隆登基五十年，乾隆四十八年

集贤门全景

---
① [清] 文庆、李宗昉等纂修：《钦定国子监志》，北京古籍出版社2000年版，111页。
② [清] 乾隆官修：《清朝文献通考·卷六十八》，浙江古籍出版社2000年版。

（1783年）在国子监中院修建辟雍和琉璃牌楼，四十九年（1784年）建好，五十年（1785年）乾隆皇帝"临雍讲学"。这一时期，除了修建辟雍等建筑外，国子监主要建筑太学门、集贤门、绳愆厅、博士厅、六堂等处横额都换成竖匾添写满文。

"集贤门"匾为木制华带竖匾，纵长201厘米，横宽180厘米。四周边框红漆底，如意云纹图案。磁青底金字，楷书"集贤门"三个大字。以"集贤"为最高学府大门题额，有汇集天下贤士之意。

关于"集贤门"匾还有这样一个传说故事。

明代马朴在《谈误·卷四》记载："太祖初命詹希原书太学集贤门，门字右直微钩起。上曰：'吾方欲招贤，原乃闭门，塞我贤路耶？'遂杀之，而以粉涂其钩。"明代陈敬则的《明兴杂记》、李文凤《月山丛谈》等文献都有类似的记载。《明史·卷一百三十六·列传第二十四》载："同从孙希原，为中书舍人，善大书。宫殿城门题额，往往皆希原笔也。"詹希原，明代书法家，后更名为希元，字孟举，号逸庵、丙寅讷叟，新安（今安徽歙县）人，詹同的侄孙。洪武初官中书舍人，尤擅大字书法，独步一时，南京宫殿城门上的题额多数都是他写的。詹希原擅长书法，洪武皇帝朱元璋命他为南京太学（国子监）大门题匾"集贤门"，"门"字右边带上一钩。朱元璋出巡到"集贤门"，抬头见到这方匾，竟勃然大怒："太学是人才荟萃之地。集贤门者，集天下贤才而纳之也。这扇门一定要大大敞开，让贤才畅通无阻地进入朝廷。詹希原门中设钩，这不是要阻我招纳贤才之路吗？"于是下令，将詹希原斩首。用粉将"门"字的钩涂抹掉。从此之后，匾上的"门"字便不再带钩。

这是一则野史传说，在正史中无从查找。现在北京国子监大门悬挂的"集贤门"匾中的"门"字是有钩的，这方匾是清朝入关后制作的，满人没有这些讲究，所以"门"字的钩画得以保全。

第二章 国子监匾联

第三节 "太学"匾

穿过国子监第一道大门——集贤门，迎面就是太学门，俗称"二门"。道光版《钦定国子监志》载："自集贤门入，为太学门，门凡三，中榜曰'太学'。清汉文。中门常时皆不启，值车驾诣学日，乃启之。"[1]太学门共三间，中间的大门平时都不开启，师生走两边的仪门，只有皇帝诣学国子监、"临雍讲学"才开启大门。大门上悬挂着"太学"匾。《清朝文献通考》记载："（乾隆四十九年）谕太学门、集贤门匾及绳愆厅、博士厅、六堂等处横额俱换额添写清文。"[2]同"集贤门"一样也是在兴建辟雍时由横匾换成竖匾，添加满文。后去掉满文，现在看到这方匾只有汉文。

---

[1] [清]文庆、李宗昉等纂修：《钦定国子监志》，北京古籍出版社2000年版，111页。
[2] [清]乾隆官修：《清朝文献通考·卷六十八》，浙江古籍出版社2000年版。

"太学"匾

"太学"匾为木制华带竖匾，纵长201厘米，横宽180厘米。四周边框红漆底，如意云纹图案。磁青底金字，楷书"太学"两个大字。

按：太学是我国古代设于京城的最高学府。古代"太"字与"大"字相通。早在西周已有太学之名。《礼记·王制》曰："小学在公宫南之左，大学在郊。"中国自古就重视教育，《汉书·礼乐志》："古之王者莫不以教化为大务，立大学以教于国，设庠序以化于邑。"西汉时董仲舒在《举贤良对策》中向汉武帝建议："臣愚以为，诸不在六艺之科、孔子之术者，皆绝其道，勿使并进"，"兴太学，置明师，以养天下之士"。元朔五年(公元前124年)，汉武帝采纳董仲舒的建议，在长安建立太学，立五经博士，以儒家经典教导士子。从此，太学成为国家最高学府的名称。东汉时期太学大为发展，顺帝时有二百四十房，一千八百五十室。质帝时，太学生达三万人。

魏晋时期门阀士族制度逐渐形成，因太学学生士庶不分，西晋咸宁

第二章 国子监匾联

四年（278年）创立国子学（"国学"是国子学的简称），与太学并立。国子学专门接受贵族子弟，而太学则教育低级官吏及平民的子弟。"西晋时期创办国子学以突出贵族子弟的教育特权，使封建教育体制由单一格局发展成为太学国子学并行的双轨制。"[1]西晋文学家潘岳的《闲居赋》对两学并立有明确的描述："两学齐列，双宇如一，右延国胄，左纳良逸。"

隋朝统一全国后，改国子学为国子寺，大业三年（607年），将国子寺改称为国子监，成为国家主管教育的机构。唐朝沿用隋朝旧制，国子监是国家最高学府，也是全国教育行政的最高主管机构。国子监的功能、职责一直延续到清朝末年。隋唐以来，以科举制度为国家选拔人才，为平民提供了参与管理国家的机会。作为国家最高学府的"太学"、"国学"，不仅接受贵族子弟，也接纳民间俊秀子弟。《皇明太学志·官民生》明确指出："以国子名，所谓国之贵游子弟学焉者也，而民之秀选亦得论而升焉。""既建国学，乃令品官子弟及民间俊秀能通文义者充国子学生，于是有官生民生之目。"

一般来讲，作为古代最高学府，称之为"国学"、"太学"；作为官署衙门，称之为国子监。所以国子监既是中国古代掌邦国儒学训导政令的行政机构，又是中央级的全国最高学府。唐太宗诏令天下确定"庙学"制度，凡是学校必建孔庙，形成"左庙右学"的规制，"太学"也修建孔庙。元代修建北京孔庙国子监就是按照这种规制，明、清两代延续不变。

---

[1] 李国钧、王炳照总主编：《中国教育制度通史》，山东教育出版社2004年版，第二卷，68页。

第四节 琉璃牌楼區

　　站在太学门向前望去，就能看到一座高大华丽的琉璃牌楼，红、绿、黄、白四色，绚丽夺目。这是一座三门四柱七檐琉璃牌楼，整个牌楼琉璃贴面，楼上覆黄色琉璃瓦，具有典型的皇家建筑特色。牌楼中门上方，南北两面巧妙地镶嵌着乾隆皇帝御笔亲书"圜桥教泽"、"学海节观"两方横额。在北京，琉璃牌楼很多，但国子监琉璃牌楼地位特殊，与众不同：一般琉璃牌楼顶上都覆盖着绿色琉璃瓦，只有国子监牌楼是黄色琉璃瓦；琉璃牌楼都建在寺庙内，这是唯一一座为学校设立的琉璃牌楼。国子监琉璃牌楼享有盛誉：1900年巴黎世博会中国馆的门面建筑就仿造国子监琉璃牌楼，气势恢宏；1913年中华民国以国子监琉璃牌楼为图案发行邮票，因邮票上琉璃牌楼图案印倒了，故称之为"倒宫门邮票"。

第二章 国子监匾联

琉璃牌楼全景

乾隆四十八年（1783年）下旨在国子监中院彝伦堂前建造辟雍、琉璃牌楼，建成后，五十年（1785年）乾隆皇帝在国子监举行"临雍大典"。

"乾隆四十八年，谕内阁：稽古国学之制，天子曰辟雍……念国学为人文荟萃之地，规制宜隆，而辟雍之立，自元明以来，典尚阙如，自应增建以臻美备。"[1] 乾隆皇帝原意"着照海宁海神庙石牌楼式样建石牌楼一座"，[2] 在辟雍前建造石质牌楼固然气派，但想寻得大量上好石料却不是易

1900年巴黎世界博览会中国馆正面照片

---

[1] [清]文庆、李宗昉等纂修：《钦定国子监志》，北京古籍出版社2000年版，351页。
[2] [清]纪昀等：《文渊阁四库全书》《史部·职官类·钦定国子监志·卷五十四》，上海古籍出版社2003年版，第600册，607页。

倒宫门邮票

事。负责建造辟雍工程的工部尚书金简上疏："如遵旨辟雍殿前建石牌楼一座，所需石料较多，恐于明春赶造不及。"①乾隆皇帝同意金简的请求，按照北海大西天琉璃牌楼式样建造辟雍牌楼。"又谕内阁：添派工部尚书金简办理辟雍工程。又，金简等奏建牌楼。谕内阁：着照大西天琉璃牌楼式样，建造琉璃牌楼一座。"②北海大西天又称万佛楼，乾隆三十五年(1770年)，乾隆皇帝为了给他母亲庆祝八十岁寿辰而下令修建。

"圜桥教泽"匾额

琉璃牌楼正面匾额为"圜桥教泽"，背面为"学海节观"。两方匾额大小形制完全一致，陶制横匾，横长299厘米，纵宽154厘米。四周边框为黄琉璃瓦雕刻的六组二龙戏珠，华美精致。匾额阴文红字，楷书"圜桥教泽"、"学海节观"，匾额两面有"乾隆御笔之宝"的钤章。

---

① [清]纪昀等：《文渊阁四库全书》《史部·职官类·钦定国子监志·卷五十四》，上海古籍出版社2003年版，第600册，607页。
② [清]文庆、李宗昉等纂修：《钦定国子监志》，北京古籍出版社2000年版，353页。

第二章 国子监匾联

"学海节观"匾额

辟雍大殿四周外圜水上设四座石桥作为通道，故称之为"圜桥"。"圜桥教泽"谓天子驾临辟雍讲学，教育的恩泽流布四方。"圜"有两个读音：yuán, huán。"圜桥教泽"中的"圜"字在此应读为huán。

《诗经·大雅·灵台》曰："於论鼓钟，於乐辟雍。"《毛诗注疏》注释为："水旋丘如璧曰辟雍，以节观者。"《毛诗注疏》解释辟雍为水环绕小丘，如玉璧。四周圜水起到节制观听的目的。《乐书》记载："汉明帝亲临辟雍……而观者盖亿万计。民到于今，称之真盛德之举也。"汉明帝驾临辟雍，观者亿万人，以水环丘，以节观者。乾隆五十年（1785年）临雍讲学，听讲学生及各级官员跪满圜桥以南中院、前院和集贤门外两侧街道，仅"圜桥观听"的学生就达3088人。"学海"常用来比喻广阔无边的学问领域，"学海无涯苦作舟"，在这里"学海"专指辟雍圜水。皇帝讲学庄严肃穆，不允许靠近皇帝，以圜水为界，节制观听，故题匾"学海节观"。

按：关于"圜"字的读音颇有争议。北京天坛有一圜丘，是明清两代皇帝每年冬至祭天的祭台。圜丘由汉白玉石砌成的三层圆台，四面有栏杆、台阶，外围有两道围墙。中心一块圆形石板称"天心石"，其外环砌石板九块，再外一圈为十八块，依次往外每圈递增九块，直至"九九"八十一块，寓意"九重天"。老北京人读为圜（huán）丘。为此，谷建军特别著文《天坛圜丘坛的"圜"读 yuán 还是读 huán？》，发表于《汉字文化》2002年第3期。作者运用古汉语音韵学知识，从东汉许慎的《说文解字》中"圜"的直注音，到后来的反切注音，认为"圜"的最初读音应为"yuán"，但是"圜"字在清《康熙字典》中就有"huán"和"yuán"两个读音。作者引用《辞源》和《辞海》，"圜"字读音不同，字义也有差别：

《辞源》1. yuán，意有两项：（一）天体。（二）通"圆"。"圜丘"，解为"古时祭天圆形高坛"。《周礼·春官·大司乐》解释："凡乐……冬日至，于地上之圜丘奏之。"又有疏："土之高者曰丘……圜者，象天圜。"

2. huán,（三）围绕。举"圜水"一词，意为：水环流。①

《辞海》1. yuán 指天体。《易·说卦》："乾为天，为圜。"《楚辞·天问》："圜则九重,孰营度之？"收"圜丘"词条,意为："占时祭天的坛。"亦引用《周礼·春官·大司乐》中记载："冬日至，于地上之圜丘奏之。"也引贾公彦疏："《尔雅》土之高者曰丘，取自然之丘圜者，象天圜。"

2. huán 通"环"。环绕。《列子·说符》："有悬水二十初，圜流九十单。"②

根据《辞海》和《辞源》的解释，可知，"圜"读"yuán"音，通"圆"，指天体。"圜丘"作为古人祭天的圆形祭台，应读"yuán"，这也是谷建军在其论文中的结论。"圜"读"huán"音，通"环"，意为环绕、围绕。举"圜水"一词为例，意为：水环流。辟雍四周有水环绕，辟雍建成后，乾隆皇帝曾作《国学新建辟雍圜水工成碑记》。"圜水"上架设四座石桥，故称之为"圜桥"，因此，"圜桥教泽"中的"圜"应读"huán"。

---

① 《辞源》，商务印书馆1984年版，582页。
② 《辞海》，上海辞书出版社1999年版，2003页。

第二章 国子监匾联

第五节 辟雍及其匾考辨

"辟雍"匾

站在国子监前院,透过太学门和琉璃牌楼门洞就远远看到辟雍的朱栏黄瓦,走进国子监中院,穿过牌楼,天圆地方造型独特的辟雍就全部呈现在眼前,磁青底金字的"辟雍"匾格外醒目。

辟雍大殿是唯一一座专供皇帝讲学的宫殿,是乾隆皇帝为登基五十年(1785年)"临雍讲学"而建。辟雍修建于乾隆四十八年(1783年)春,四十九年(1784年)冬竣工。辟雍大殿为重檐四角攒尖木结构建筑,坐落在圜水中央的石基上,殿顶覆盖黄色琉璃瓦,四条屋脊向上汇集于鎏金宝顶,金光闪闪,气势恢宏。大殿四面为隔扇门窗,面阔三间,每间两扇门四扇

辟雍大殿

窗，由立柱相隔。殿宇外周建有回廊，红色檐柱，廊柱多达数十根。方形辟雍大殿四面环水，水上东南西北各建一座汉白玉石桥通达四方，俯瞰辟雍，外圆内方，体现了"天圆地方"的中国传统宇宙观。大殿为正方形，按古代帝王规制，辟雍共为九间，意寓九州井田合为一宇，故天子讲学位居中央。殿内金砖墁地，上为团龙和玺井口式天花，中间无柱，抹角架梁，宽敞华贵且结构巧妙。

第二章 国子监匾联

云龙彩绘的"辟雍"匾悬挂在大殿外重檐正中。"辟雍"匾为木制华带竖匾,四边框为彩色祥云浮雕金色飞龙图案。匾芯纵长193厘米,横宽110厘米,包括边框,匾最宽为290厘米,最长296厘米。木质磁青底金字,楷书"辟雍"两个大字。匾上边框三条龙,左右边框各两条,下边框为二龙戏珠,九条金龙穿梭在彩色祥云之中,逼真生动,栩栩如生。这方匾精美绝伦,华丽而典雅,庄重而大方,自有一番帝王气派!

"辟雍"二字为乾隆皇帝题写,道光版《钦定国子监志》记载,在辟雍大殿"前檐恭悬高宗纯皇帝御书'辟雍'额。清汉文"。[①]现在看到匾上只剩下汉字,推测在民国年间维修辟雍时删去了满文。"辟雍"二字布局合理,疏朗大方,笔画刚柔相济。用笔灵活、遒劲、沉稳扎实,足见其书法功底。乾隆推崇赵孟𫖯和董其昌,仔细琢磨这两个字,兼有赵董之神韵。

乾隆兴建辟雍

乾隆时期是清朝鼎盛之际,文化也空前繁荣,乾隆四十八年(1783年)下旨在国子监中院彝伦堂前建造辟雍,堪称一文化盛事。乾隆修建辟雍的目的在他给内阁的谕旨中明确表现出来:

---

① [清] 文庆、李宗昉等纂修:《钦定国子监志》,北京古籍出版社2000年版,301页。

北京孔庙国子监匾联考辨

"辟雍"匾

> 稽古国学之制,天子曰辟雍,所以行礼乐,宣德化,昭文明,而流教泽,典至钜也。朕此次释奠礼成,念国学为人文荟萃之地,规制宜隆,而辟雍之立,自元明以来,典尚阙如,自应增建以臻美备。派礼部尚书德保、工部尚书兼管国子监事务刘墉、侍郎德成敬谨前往阅视,度地鸠工,诹吉兴建。落成之日,朕将举行临雍典礼,以昭久道化成之盛。①

辟雍是西周天子为教育贵族子弟所设的大学,取四周有水,形如璧环为名。西汉、魏晋、北宋建有辟雍,均为行乡饮、大射或祭祀之礼的地方。而自元明以来,再没有修建辟雍。国子监是国家最高学府,人文荟萃之

---
① [清]文庆、李宗昉等纂修:《钦定国子监志》,北京古籍出版社2000年版,351页。

第二章 国子监匾联

地,乾隆皇帝认为应当增建辟雍以臻美备,于是派德保、刘墉、德成仿照典籍旧制兴建辟雍。

辟雍究竟什么样子,谁也没见过,只能根据古籍上的只言片语来设计建造。德保等人将辟雍的设计草图和预算上报给乾隆皇帝,乾隆皇帝又将此交给户部尚书和珅再做复勘,审定预算。

> 谕内阁:交总理工程、户部尚书和珅另定做法,估核钱粮。寻和珅覆勘,奏将原估钻金柱四撤去,用抹角架海梁之法,较前议减费四千四百有奇,规模更为宏敞周密。诏从之。①

和珅减去四根柱子采用抹角架海梁之法,不仅节省了四千四百多两银子,而且令大殿在坚固结实的前提下视野宽敞通透,减少了声音散射的损

清末辟雍旧照

① [清] 文庆、李宗昉等纂修:《钦定国子监志》,北京古籍出版社2000年版,351页。

失，更适宜皇帝讲学。

乾隆四十九年（1784年）冬辟雍落成，五十年（1785年）早春二月，乾隆皇帝亲临孔庙国子监，祭祀先师孔子，举行"临雍"大典。二月丁亥日，乾隆皇帝先来到孔庙，祭祀至圣先师孔子，礼成后来到国子监彝伦堂内，将祭服脱去，换上衮服。讲学之前，鼓乐齐鸣，奏中和韶乐。王公大臣、衍圣公、大学士、国子监监生跪满圜桥以南中院、前院和集贤门外两侧街道，仅"圜桥观听"的学生就有3088人。当天朝鲜国的使臣也来观礼。鼓乐声止，乾隆皇帝赐进讲官座位。先由满汉大学士伍弥泰、蔡新进讲《大学》："为人君止于仁，为人臣止于敬，为人子止于孝，为人父止于慈，与国人交止于信。"讲毕，乾隆皇帝就此发表御论："此虽言文五止于至善，而实训万古五饱之要道也……"然后由满、汉祭酒觉罗吉善、邹奕孝进讲《周易》"天行健，君子以自强不息"。乾隆皇帝再就此发表御论："天一日一周，是行健也。然天之

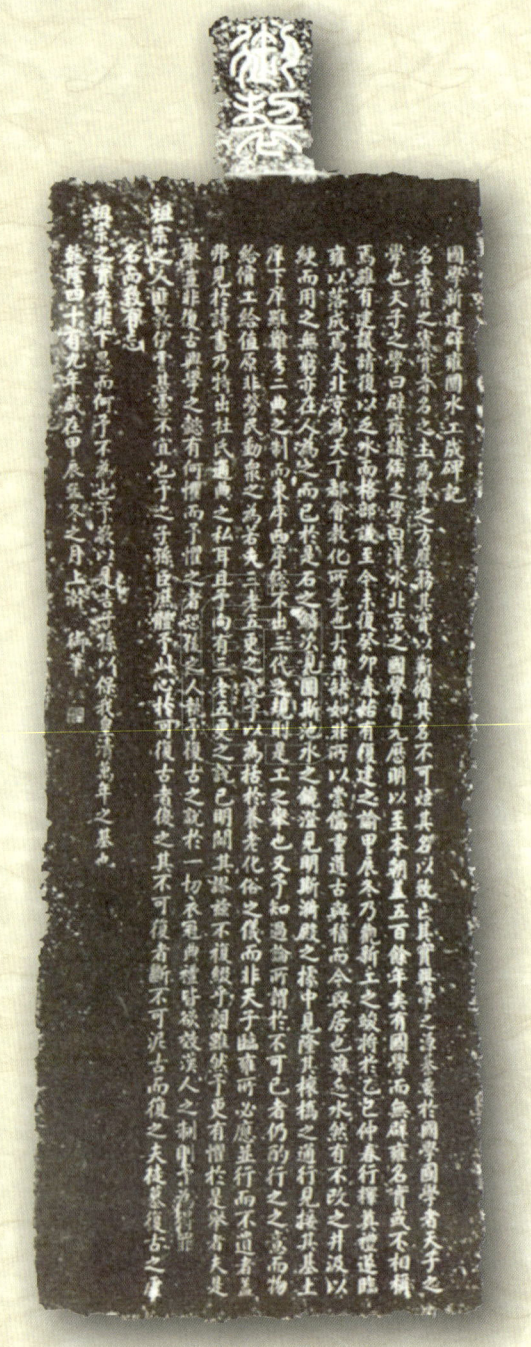

《御制国学新建辟雍圜水工成碑记》汉文拓片

运行。终古不息……"①跪在殿外的官员及学生是通过传胪官逐级高声传诵来聆听皇帝讲学的。

辟雍建成这一文化盛事，乾隆皇帝非常重视，作《御制国学新建辟雍圜水工成碑记》纪念，刻石立碑于辟雍大殿东南角和西南角，并建碑亭保护。东侧御碑正面刻汉文的《御制国学新建辟雍圜水工成碑记》，西侧正面则刻满文的《御制国学新建辟雍圜水工成碑记》：

名者实之宾，实者名之主。为学之方，应务其实以蕲循其名，不可炫其名以致亡其实。兴学之源，綦要于国学，国学者，天子之学也。天子之学曰辟雍，诸侯之学曰泮水。北京之国学，自元历明以至本朝，盖五百余年矣。有国学而无辟雍，名实或不相称焉。虽有建议请复，以乏水而格部议，至今未复。癸卯春，始有复建之谕，甲辰冬，乃观新工之竣。将于乙巳仲春行释奠礼，遂临雍以落成焉。夫北京为天下都会，教化所先也，大典缺如，非所以崇儒重道，古与稽而今与居也。虽乏水，然有不改之井，汲以绠而用之无穷，亦在人为之而已。于是石之鳞次，见圜斯池，水之镜澄，见明斯漪；殿之据中，见隆其棱；桥之通行，见接其基。上庠下庠，虽难考二典之制；而东序西序，总不出三代之规。则是工之举也，又予《知过论》所谓"于不可已者，仍酌行之"之意。而物给价，工给值，原非劳民动众之为。若夫三老五更之说，予以为括于养老化俗之仪，而非天子临雍所必应并行而不遗者。盖弗见于诗书，乃特出于杜佑《通典》之私耳。且予向有三老五更之说，已明辟其谬，兹不复缀乎词。虽然，予更有惧于是举者。夫是举岂非复古兴学之懿？有何惧而予惧之者？恐后之人执予复古之说，于一切衣冠典礼，皆欲效汉人之制，则予为得罪祖宗之人。匪教伊虐，甚虑不宜也。予之子孙臣庶，体予此心，于可复

---

① [清]文庆、李宗昉等纂修：《钦定国子监志》，北京古籍出版社2000年版，372页、935页、1001页。

> 古者复之，其不可复古者，断不可泥古而复之。夫徒慕复古之虚名，而致有亡祖宗之实，失非下愚而何？予不为也。予敬以是告子孙，以保我皇清万年之基也。①

这里面就涉及了传统中国哲学的名实问题。"名"指事物的名称、概念；"实"指实际存在的事物、内容。孔子主张"正名"，"君子于其所不知，盖阙如也。名不正，则言不顺。言不顺，则事不成。事不成，则礼乐不兴。礼乐不兴，则刑罚不中。刑罚不中，则民无所措手足。故君子名之必可言也，言之必可行也。君子于其言，无所苟而已矣"（《论语·子路》）。孔子处在礼崩乐坏的春秋之际，周代固有礼乐之名与实际情况早已不相符，孔子认为应该以名正实。"君君，臣臣，父父，子子。"（《论语·颜渊》）孔子这里更强调了名分的重要性：君王像个君王，臣子像个臣子，父亲像个父亲，儿子像个儿子。君王之实要与君王之名相符，人们各安其位，各尽其责，每个人明确自己的身份，做自己该做之事，社会才能秩序井然。

老子、墨子、荀子等哲学家都谈到"名实"关系，汉代的董仲舒、魏晋时期的徐幹、刘廙等人对"名实"问题也都有继承和发展。

乾隆皇帝认为实为主，名为宾，做学问应该务实，不能徒有虚名，炫耀自夸，以致"亡其实"。国学之地，天子之学，"天子之学曰辟雍，诸侯之学曰泮水"，北京国学自元、明以来虽有"国学"之名，却无"辟雍"之实，"临雍讲学"也无"辟雍"可临，名实不符。之前也有提议修建辟雍，但因缺水而无法完成。而今取井水，人力为之，肇建辟雍，圜桥碧水，朱栏黄瓦。兴建辟雍之举，并非复古。后人也许会以一味效仿汉人之制，复古守旧，来指责批评。但是，京师为首善之地，教化为先，兴建辟雍，崇儒重教。"于可复古者复之，其不可复古者，断不可泥古而复之。"乾隆最后说，不会为了复古的虚名，而做数典忘祖之事。修建辟雍是为了重视教化，

---

① [清] 文庆、李宗昉等纂修：《钦定国子监志》，北京古籍出版社2000年版，353页。

名实相符，复古而不泥古，乾隆明确他不会为了虚名而丢掉"实"。

按："辟雍"考辨

中国最早的诗歌总集《诗经》多次出现"辟雍"。《诗经·大雅·灵台》：

> 经始灵台，经之营之。庶民攻之，不日成之。经始勿亟，庶民子来。王在灵囿，麀鹿攸伏；麀鹿濯濯，白鸟翯翯。王在灵沼，於牣鱼跃。虡业维枞，贲鼓维镛。於论鼓钟，於乐辟廱。於论鼓钟，於乐辟廱。鼍鼓逢逢，矇瞍奏公。

《诗经·大雅·文王有声》：

> 文王有声，遹骏有声，遹求厥宁，遹观厥成。文王烝哉！文王受命，有此武功；既伐于崇，作邑于丰。文王烝哉！筑城伊淢，作丰伊匹，匪棘其欲，遹追来孝。王后烝哉！王公伊濯，维丰之垣。四方攸同，王后维翰。王后烝哉！丰水东注，维禹之绩。四方攸同，皇王维辟。皇王烝哉！镐京辟廱，自西自东，自南自北，无思不服，皇王烝哉！考卜维王，宅是镐京。维龟正之，武王成之。武王烝哉！丰水有芑，武王岂不仕？诒厥孙谋，以燕翼子。武王烝哉！

"於乐辟廱"、"镐京辟廱"，辟廱即辟雍，这是明言辟雍的。《诗经·大雅·灵台》描写了周王修建灵台，"於乐辟廱"，在辟雍奏乐。《诗经·大雅·文王有声》赞颂文王迁都丰京，武王迁都镐京。郑玄笺释"镐京辟廱，自西自东，自南自北，无思不服"云："武王于镐京行辟雍之礼，自四方来观者，皆感化其德，心无不归服。"辟雍是周天子行礼仪、宣教化的场所。

《诗经》也有很多语句间接写辟雍的。《诗经·大雅·思齐》：

> 思齐大任，文王之母。思媚周姜，京室之妇。大姒嗣徽音，则百斯男。惠于宗公，神罔时怨，神罔时恫。刑于寡妻，至于兄弟，以御于家邦。雍雍在宫，肃肃在庙。不显亦临，无射亦保。肆戎疾不殄，烈假不瑕。不闻亦式，不谏亦入。肆成人有德，小子有造。古人之无斁，誉髦斯士。

《郑笺》："宫谓辟雍宫也。"《诗经·周颂·振鹭》：

> 振鹭于飞，于彼西雍。我客戾止，亦有斯容。在彼无恶，在此无斁。庶几夙夜，以永终誉。

《毛传》："雍，泽也。"《郑笺》："白鸟集于西雍之泽。"言云集于辟雍之学士皆高洁之人也。

《诗经》中的"辟雍"被描绘为一个四周为水环绕的场所，周天子及贵族在此钟鼓奏乐，和谐融洽。在《礼记·王制》中明确提出辟雍为天子之学：

> 天子命之教，然后为学。小学在公宫南之左，大学在郊。天子曰辟廱，诸侯曰頖宫。

《白虎通义·辟雍》解释辟雍、泮宫云：

第二章 国子监匾联

> 天子立辟雍何？所以行礼乐，宣德化也。辟者，璧也，象璧圆，以法天也。于雍水，侧象教化流行也。辟之言积也，积天下之道德。雍之为言壅也，壅天下之残贼，故谓之辟雍也。……诸侯曰泮宫者，半于天子宫也。明尊卑有差，所化少也。半者，象磺也。独南面礼仪之方有水耳，其余雍之言垣，宫名之别尊卑也。

这里对辟雍和泮宫做以详细解释：辟雍为天子之学，行礼乐、宣德化之地，圜水围绕形如圆璧，效法天圆；泮宫为诸侯之学，半水围绕形如玉璜。《白虎通义》对辟雍、泮宫不仅描绘了外形，更表现了周代天子、诸侯之间的尊卑差异：天子之学为圜水，诸侯之学为半水。此种解释普遍为后世学者接受和认同。

辟雍的功用，东汉蔡邕在《名堂月令论》解释为：

> (明堂)取其宗庙之清貌，则曰清庙；取其正室之貌，则曰太庙；取其尊崇矣，则曰太室；取其堂，则曰明堂；取其四门之学，则曰太学；取其四面周水圆如璧，则曰辟雍。异名而同事，其实一也。

在蔡邕看来，周代的辟雍是一座综合性的礼乐建筑，集清庙、太庙、太室、明堂、太学、辟雍功能于一身。"异名而同事，其实一也"，因功能不同，名称也随之不同，实际就是一座建筑。

关于"辟雍为天子之学，泮宫为诸侯之学"的说法，自宋以来，多有学者质疑。

宋人戴埴首先质疑泮宫为诸侯之学，可疑之处有五点："《鲁颂》言泮宫而无言及教化群才，其可疑者一；《泮水》颂鲁僖公，而《春秋》无僖公兴学的记载，其可疑者二；史克作颂，以修伯禽之法，使果能典崇学校，克何不表而出之？其可疑者三；他国不闻有泮宫，其可疑者四；郑玄解《诗》，谓泮言半，解《礼》又以頖宫之頖为班，自相矛盾，其可疑者五。泮宫为地名，与楚之泮宫、晋虖祈之宫无异。"① 他根据《庄子》言历代乐名，认为"辟雍"是周文王的乐名。

明代杨慎继承戴埴观点，认为"泮宫"是因宫在泮水之旁故云"泮宫"，辟雍是天子之宫，古代不存在天子学曰辟雍、诸侯学曰泮宫的制度：

> 辟雍为天子之学名，泮宫为诸侯之学名，自《王制》始有此说。《王制》者，汉文帝时曲儒之笔也，而可信乎？孟子曰：夏曰校，商曰序，周曰庠。学则三代共之，使天子学曰辟雍为周之制，则孟子固言之矣。既曰辟雍，而《颂》云："于彼西雍"，《考古图》又有胥雍。则辟雍也，西雍也，胥雍也，皆为宫名无疑也。既曰泮宫，又曰泮水，又曰泮林，则泮宫者，泮水傍之宫；泮林者，泮水傍之林无疑也。鲁有泮水，故因水名以名宫。即使鲁之学在水傍而名泮宫，如《王制》之说，当时天下百二十国之学，岂皆在泮水之傍乎？而皆名泮宫邪？②

杨慎认为，"辟雍为天子之学"这一说法始于《礼记·王制》，而《王制》是汉儒曲笔，不可信。《孟子》中言夏、商、周学，如果辟雍为周代天子之学，《孟子》为何没有提及呢？

清代王夫之、戴震等人也对"辟雍为周天子之学"持怀疑态度。王夫之认为辟雍、泮宫不是大学，而是"泽宫"，是学习射箭之地。

出土周代青铜器的铭文为我们深入理解辟雍提供了新的材料。《麦方尊》铭文："在辟雍，王乘于舟，为大丰（礼），王射大龚禽，侯乘于赤旗舟从。"刑侯有一次去宗周（镐京）朝见周王，周王

---

① 刘毓庆：《从经学到文学——明代诗经学史论》，商务出版社2001年版，126页。
② 同上，127页。

第二章 国子监匾联

不在。第二天，"王乘于舟，为大丰"，刑侯乘着赤旗舟在后而随行。在辟雍，周王和王宫诸侯进行划船、钓鱼、射箭活动。《静簋》铭文："佳六月初吉，王在茸京。丁卯，王令静司射学宫，学宫小子众服……射于大池。""静"是一位教官，周天子任命其主管学宫的学射之事，即在大学中教习射箭。《史记·封禅书》载："沣镐有昭明、天子辟池。"司马贞《索隐》云："辟池即周天子辟雍之地。"铭文中的"大池"即《史记》中的辟池，也就是辟雍。据此，杨树达、郭沫若考证璧廱即辟雍，为周代大学，传授贵族子弟技艺的场所。"射"是一项非常重要的技能，周王通过"射"选拔人才，祭祀神灵。《礼记·射义》载：

> 天子将祭，必先习射于泽……已射于泽，而后射于射宫。射中者得与于祭，不中者不得与于祭。不得与于祭者，有让削以地。得与祭者，有庆益以地。进爵、绌地是也。

战时，"射"是将士必备的一种技能，关乎国家安危；平日，以"射"选拔人才参与祭祀。"国之大事，唯祀与戎"，"射"兼备了"祀与戎"两方面，重要性可见一斑，所以贵族子弟都要习"射"。在辟雍贵族子弟既要学"射"，也参与行"射"礼。朱熹《诗集传》曰："辟雍，天子之学，大射行礼之处也。"《说文解字注》云："五经异义引韩诗说：辟雍所以教天下，春射秋飨。"

通过《诗经》中关于"辟雍"的记载和出土青铜器的铭文，我们能推断出，辟雍在周代是周王和贵族们进行礼乐和骑射等活动的场所。"六艺"包括礼、乐、射、御、书、数，是周代贵族子弟学习的内容。辟雍位于京郊，是建在水中高地上的大型建筑，四面围水，草木繁盛，鸟兽丰富，适宜学习骑射、钟鼓奏乐。因此，周代辟雍有大学的功能，教授贵族子弟礼、乐、射、御等技能。

辟雍不仅是贵族子弟学习的场所，还是国家举行重大活动的场所。《礼记·王制》载：

> 天子命之教，然后为学。小学在公宫南之左，大学在郊。天子曰辟廱，诸侯曰頖宫。……天子将出征……受命于祖，告祖也。受成于学。定兵谋也。出征执有罪，反释奠于学，以讯馘告。

"祀与戎"是国家大事，天子出征打仗之前，要来辟雍告慰祖先，不敢擅专，故言"受命"。辟雍为学宫，在此学习兵谋，成败与否，在此之谋，故曰"受成于学"。馘，截左耳之意。出征归来，以敌人左耳释奠先师先圣。辟雍是战前祭祀誓师，战后庆功的场所。北京孔庙院内有13座御碑亭，其中一大部分是清代出征凯旋后的碑文，如：康熙四十二年（1703年）《御制平定朔漠告成太学碑》，雍正三年（1725年）的《御制平定青海告成太学碑》，乾隆十四年（1749年）《御制平定金川告成太学碑》等。起初，很是疑惑为什么将战争胜利的石碑立于国子监孔庙，仅仅是为了昭告学子国家大事吗？通过考证辟雍的功能，对此就很容易理解了，学宫不仅是教育场所，还是祭祀、庆功场所。清代的国子监作为国家最高学府，还保留着"受成于学"、"释奠于学"的传统。

周代辟雍兼有多种功能，是集宗教、政治和教育为一体的礼乐性建筑。东汉蔡邕对辟雍的理解是合理的。清代皮锡瑞也持相同看法，他在《经学通论·卷四·三礼》的《论明堂辟雍封禅当从阮三之言为定论》中说："古人无多宫室，故祭天、祭祖、军礼、学礼、布月令、行政、朝诸侯、望星象，皆在乎是。"刘师培对于蔡邕之论，进一步解释说："古人宫室无多，凡祭礼、军礼、学礼，以及望气、治历、养老、习射、尊贤之典，咸行于明堂。而明堂、太庙、太学、灵台，成为一地，就事殊名，故明堂为大教之宫。……古代学校，统于明堂。故戴德以明堂、辟雍为一物；许慎谓明堂立于辟雍中；卢植谓明堂环之以水，别曰辟雍；辟雍者，即大学也。古代只有太学在明堂之中，而明堂之外无学。"[①] 古代生产力有限，古人没有足够物力修建独具一种功能的建筑，一处建筑多种功能，这是完全可能的。辟雍具有祭祀、太庙、学宫、习射、养老等多种功能，因功能不同，其称谓也不同。后代，生产力发展，祭祀、学宫、治历等各种功能逐渐分开：祭祖功能建筑发展为太庙，学宫功能建筑逐渐发展为太学，治历功能建筑逐渐发展为天文台，祭天功能建筑逐渐发展为天坛……明永乐帝迁都北京，永乐十八年（1420年）在北京正阳门外南3.5公里偏东的位置修建天地坛，用于"合祀天地"。明嘉靖九年（1530年）改行"天地分祀"，北、东、西郊分别建造地坛、日坛、月坛，嘉靖十三年（1534年）天地坛改称天坛，分祀天、地、日、月。明代"四郊分祀"充分体现了礼制建筑功能独立是一个渐进的历史过程。

　　随着经济的发展和帝王对礼制、教育的重视，西汉出现辟雍，并且功用逐渐单一化。汉成帝时刘向上奏："宜兴辟雍。"（《汉书·礼乐志》）汉成帝驾崩后，此事作罢。王莽掌权，为了效法周公制礼作乐，在长安城南郊按儒家传统的礼制观念和汉代流行的阴阳五行学说兴建了辟雍。近年来在陕西西安考古发掘出辟雍遗址，根据建筑形制以及遗址所在方位，考古学家推断它是西汉元始四年（4年）建造的"辟雍"。东汉光武建武中元元年（56年），在洛阳修建辟雍，行射礼。关于东汉辟雍情况张衡在《东京赋》中有所描述："春日载阳，合射辟雍。""造舟清池，惟水泱泱，左制辟雍，右立灵台。"东汉辟雍仍然是行大射礼之处，根据周制，其建筑形式依然是四周为池泽，中间筑宫室。

[①] 刘师培：《刘申叔先生遗书·卷十九·古政原始论·学校原始论》，宁武南氏校印本，中华民国二十三年本。

1930年在洛阳县城外东大郊出土"晋辟雍碑"。碑额题："皇帝三临辟雍。"碑文云："泰始三年十月,始行乡饮酒、乡射礼。六年正月,又奏行大射礼。其年十月,行乡饮酒礼。皇帝躬临幸之……"碑文记载晋武帝司马炎曾三临辟雍,皇太子司马衷两次来到辟雍,考察太学生,行乡饮酒礼、乡射礼、大射礼。碑阴还刻有随皇帝出行参加大礼官员四百余人。这块碑证明了魏晋时期在洛阳,沿袭东汉辟雍旧制,修建辟雍,皇帝及太子驾临辟雍。

宋神宗时,王安石变法,立"三舍法"。把太学分为外舍、内舍、上舍三等,生徒始入学为外舍生,经考试后,优秀者升为内舍生,再升为上舍生。宋徽宗崇宁年间,蔡亮建议,在京城开封南郊,修建辟雍。宋代王栐《燕翼诒谋录·卷五》曰:"徽宗创立辟雍,增生徒共三千八百人。内上舍生二百人,内舍生六百人,教养于太学;外舍生三千人,教养于辟雍。"徽宗时,"外舍生三千人。教养于辟雍",辟雍发展成为太学的一部分。

第二章 国子监匾联

第六节 辟雍殿内匾联

辟雍殿内御书匾联概况

乾隆皇帝修建辟雍，落成后，第二年（1785年）早春，亲临辟雍，举行了盛大的"临雍讲学"大典。乾隆皇帝为辟雍殿内题写匾联："殿中恭悬高宗纯皇帝御书额一，曰'雅涵於乐'。御制联一，曰'金元明宅于兹，天邑万年今大备；虞夏殷阙有间，周京四学古堪循'。乾隆五十年。南向。"[①]这副匾联现悬挂在大殿正中梁柱上，面南。原楹联无存，现悬

---

① [清] 文庆、李宗昉等纂修：《钦定国子监志》，北京古籍出版社2000年版，301页。

辟雍内全景

挂的楹联为20世纪90年代国子监工作人员根据辟雍内景旧照复制而成。乾隆之后的嘉庆皇帝于嘉庆三年（1798年）临雍讲学，[1]当时乾隆为太上皇，尚健在，儿子嘉庆只是代太上皇临雍讲学，因此没有留下匾联。道光三年（1823年）二月癸丑，"临雍讲学，圜桥观听"，[2]照例御题匾联："皇上御书额一，曰'涵泳圣涯'。御制联一，曰：'绳武肄隆仪，仰礼乐诗

---
[1] [清] 文庆、李宗昉等纂修：《钦定国子监志》，北京古籍出版社2000年版，29页。
[2] 同上，33页。

第二章 国子监匾联

书,制犹丰镐;观文敷雅化,勖子臣弟友,责在师儒。'道光三年。北向。"①现在只剩下匾"涵泳圣涯",与"雅涵於乐"相对,面北悬挂,楹联无存。咸丰三年(1853年)二月癸未,"上临雍讲学"。②《清史稿》、《清实录》等史书都记载咸丰三年临雍讲学,但没有记载题写过匾联,现在悬挂在辟雍大殿东侧梁柱上的"万流仰镜"匾,根据匾上方正中的钤章"咸丰御笔之宝",可以断定确为咸丰御书,时间应该是在咸丰三年临雍讲学时题写的。近期查阅民国年间国子监档案资料,其中记载辟雍大殿有匾联三副。这样看来,除了乾隆、道光的两副外,咸丰也题写了一副匾联,可惜现在也只有匾额保存下来。关于咸丰这副楹联的文字内容,目前还没查找到。以上论及的三副匾联,现在都只有匾,没有联。根据目前所掌握的资料,民国元年(1912年)"北京历史博物馆筹备处"(中国国家博物馆前身)在国子监成立,于1918年迁至午门和端门上,作为最初的馆藏文物,国子监绝大部分文物随之迁移,保藏。据此,可以推测,三副楹联目前应该仍收藏在国家博物馆。现在,辟雍大殿内南、北、东三面都悬挂御书匾额,西侧空留出来,按照中国古代左为上尊的规制,西侧应是为同治皇帝临雍题匾预留出的位置,只因清末国力衰退,同治年幼登基,过早病亡,根本无力也无暇于讲学,"辟雍讲学"典礼至此终断。咸丰皇帝便成为清代最后一位来国子监"临雍讲学"的皇帝。

---

① [清] 文庆、李宗昉等纂修:《钦定国子监志》,北京古籍出版社2000年版,301页。
②《清史稿•卷二十•文宗本纪》。

乾隆御书匾联

乾隆御题匾联除了道光版《钦定国子监志》有记载外,《日下旧闻考》也有记载:"辟雍殿前檐御书立额曰'辟雍',内额曰'雅涵於乐'。联曰:'金元明宅于兹,天邑万年今大备;虞夏殷阙有间,周京四学古堪循。'"①

"雅涵於乐"匾

"雅涵於乐"匾,横长495厘米,纵宽192厘米,厚14厘米。木质,黑底,正中为"雅涵於乐"四个大金字,四个字上方正中钤篆书章"古稀天子之宝"。匾四周边框金漆,雕有群龙戏珠图案,工艺精美。乾隆师法赵孟頫和董其昌,"雅涵於乐"四字笔画圆润,字体沉稳而不失灵动,书风内敛、中和。

"於乐"出自《诗经·大雅·灵台》:

---
① [清]于敏中等编纂:《日下旧闻考·卷六十六》,北京古籍出版社2000年版,1094页。

第二章 国子监匾联

> 经始灵台，经之营之。庶民攻之，不日成之。经始勿亟，庶民子来。王在灵囿，麀鹿攸伏；麀鹿濯濯，白鸟翯翯。王在灵沼，於牣鱼跃。虡业维枞，贲鼓维镛。於论鼓钟，於乐辟廱。於论鼓钟，於乐辟廱。鼍鼓逢逢，矇瞍奏公。

"辟雍"一词也出自这首《诗经·大雅·灵台》。这首诗描写了周文王修建灵台，在辟雍作乐（yuè），钟鼓齐鸣，与民同乐（lè）。郑玄《笺》曰："以为音声之道与政通，故合乐以详之，於得其伦理乎？鼓与钟也。於喜乐乎？诸在辟雍中者，言感於中和之至……於音乌，郑如字。"周公制礼作乐，"礼乐"制度是周代的统治制度，维护周朝的宗法制度和君权。其中"乐"是重要部分。"乐"也是古代贵族子弟学习"六艺"之一。"礼别异，乐和同"。"乐"能够让人在精神上得到愉悦，这种感受由"乐"引起，称之为乐（lè）。君臣上下一起来听音乐，就会协和于恭敬；在家庭之中，父子兄弟一起来听音乐，就会协和于亲爱；在乡里族长之中，年长者与年幼者一起来听音乐，就会协和于温顺。"乐"可以调和人际的关系，协和整个社会。辟雍内，钟鼓齐鸣，君臣同乐，中和之至。辟雍奏乐，"观其和否"，以此检验是否政通人和。

"古稀天子之宝"印章

通过郑玄对此所作之《笺》，及对辟雍内钟鼓奏乐内涵的分析，"於乐"二字的读音为於（wū）乐（yuè）。於音"wū"，为发语词，无实际意义。乐音"yuè",为奏乐、音乐之意。涵,涵泳,深入体会。"雅涵於乐"意为在辟雍作乐(yuè),钟鼓齐鸣,深入体会,反复玩味,以得圣人之道。

"人生七十古来稀"出自杜甫的《曲江二首》:"酒债寻常行处有,人生七十古来稀。"七十岁高龄的人从古以来就不多见,指得享高寿不易。后来"古稀"指七十岁。乾隆四十五年(1780年)正值乾隆帝七十岁寿辰,工部尚书彭元瑞作了一篇《古稀天子颂》,引用杜甫诗"人生七十古来稀"一句加以赞颂。乾隆帝非常欣赏这句话"用意新而遣词雅",一语双关。既说明了乾隆帝已是七十岁高龄的老人,又赞颂了他是自古以来稀有之天子,即命人刻成印章。在这一年,乾隆作《御制古稀说》:"余以今年登七袠,因用杜甫句,刻古稀天子之宝。"① "古稀天子之宝"是乾隆皇帝七十岁之后使用的印章。乾隆五十年(1785年)临雍讲学之时,他已经七十四岁。在《御制古稀说》中乾隆写道:"自三代以下,帝王年逾七十者,汉武帝、梁高祖、唐明皇、宋高宗、元世祖、明太祖凡六帝,昨七旬庆典诗,有七旬屈指数……古稀之六帝元明二祖为创业之君,其余四帝予所不足为法。"乾隆对夏、商、周三代以来年逾七十的六位帝王(汉武帝、梁高祖、唐明皇、宋高宗、元世祖、明太祖)给以品评,他认为元世祖、明太祖为创业之君,可以效法,其余不足称道。此钤章表现了

乾隆御书楹联

虞夏殷閟有間周京四學古堪循

金元明宅於茲天邑萬年令大備

---

① [清]乾隆官修:《清朝通典·卷五十四》,浙江古籍出版社2000年版。

第二章 国子监匾联

乾隆皇帝夸耀自己长寿而圣明。

"金、元、明宅于兹,天邑万年今大备;虞、夏、殷阙有间,周京四学古堪循。"这副楹联,纵长537厘米,横宽60厘米,木质,黑底金字。四周边框金漆群龙围绕,富丽堂皇。这副楹联是20世纪90年代,国子监工作人员根据这副楹联的旧照,以及乾隆书法的特点复制而成的。

"天邑",天子之都也。四学,周四郊之虞庠也。金、元、明都以北京为都城,历史悠久,现今按周制在此建造辟雍,典章制度才算完备。虞、夏、殷有所欠缺,周代四学可做遵循,辟雍就是依照周朝式样建造的。此联表现了乾隆皇帝建造辟雍,遵循古制,舍我其谁的气魄。

道光御书匾联

道光三年(1823年),"二月上丁,躬亲释奠。越六日癸丑,临雍讲学,圜桥观听"。①道光皇帝先来孔庙释奠先师孔子,六天后又驾临国子监,临雍

"涵泳圣涯"匾

---

① [清] 文庆、李宗昉等纂修:《钦定国子监志》,北京古籍出版社2000年版,33页。

讲学，道光皇帝也御题匾联，悬挂在辟雍大殿内："皇上御书额一，曰'涵泳圣涯'。御制联一，曰：'绳武肆隆仪，仰礼乐诗书，制犹丰镐；观文敷雅化，勖子臣弟友，责在师儒。'道光三年。北向。"①现在只有"涵泳圣涯"匾面北悬挂，与"雅涵於乐"相对。

"涵泳圣涯"匾，横长495厘米，纵宽191厘米，厚14厘米。木质，黑底，正中为"涵泳圣涯"四个大金字，匾左侧题曰"道光三年二月"，右侧曰"御笔"，钤章"道光御笔之宝"，"庄敬日强"。匾额四周边框金漆，雕有群龙戏珠图案，工艺精美。"涵泳圣涯"这四个字笔画舒展，结字方正，道光皇帝书法作品传世不多，御题匾额也很少，这方匾较为珍贵。

"涵泳圣涯"出自《新唐书·卷二百零一·文艺上》："大历、贞元年间，美才辈出，擩哜道真，涵泳圣涯……此其极也。"朱熹《论语集注》曰："而涵泳从容，忽不自知其入于圣贤之域矣。"涵泳，宋明理学家主张的一种读书方法。认为读书时要体悟圣贤之道，需涵泳玩味。古圣先贤未尝言尽其意，需后辈沉潜其中，从容不迫，反复玩味，不断体会，久之，自有所得。涵泳有深入领会之意。"涵泳圣涯"意为反复玩味圣人之道，体会其中内涵。

"道光御笔之宝"印章　　"庄敬日强"印章

匾左侧题款表明题写匾额的时间"道光三年二月"，右侧题款"御笔"表明为道光皇帝御笔题写。钤章"道光御笔之宝"也有同样的意思。钤章"庄敬日强"出自《礼记》："子曰：'君子庄敬日强，安肆日偷。'""庄敬日强"，意思是要有庄严持重、敬慎严谨的态度，使自己的修养每日都能提高，才能进步自强。"日强"即是自强不息之意，以进德修

---

① [清]文庆、李宗昉等纂修：《钦定国子监志》，北京古籍出版社2000年版，301页。

第二章 国子监匾联

业为己任,日日修养,不间断。

道光御题的楹联不存,但是还有文字记载。"绳武肄隆仪,仰礼乐诗书,制犹丰镐;观文敷雅化,勖子臣弟友,责在师儒。""绳武",典出《诗经·大雅·下武》:"昭兹来许,绳其祖武。于万斯年,受天之祜。"绳,继;武,迹。朱熹《诗集传》解作"绳武",继承武王之事迹。后世称继承先祖事业为绳武。肄,习。隆仪,盛大的典礼。仰,敬慕。制,制度。丰,今陕西户县。文王灭崇,迁都于此。镐,在今陕西西安西南,武王灭商,迁都于此。观,观察,仔细看。文,指艺文礼乐等古典,广义包括文化教育、社会制度等。敷,施,施行。雅化,纯正的教化。勖,勉励。师儒,以儒家为师,以儒者为师。全联意思为:继承先祖的事业,演习盛大的临雍典礼,仰慕周代的礼乐诗书,效仿周代的制度;学习传统礼乐制度,实施纯正的教化,勉励学子的责任在老师身上。这副楹联用典甚多,但气势大不如乾隆的楹联,且有生拼硬凑之嫌。

咸丰御书匾

辟雍大殿东侧梁柱上悬挂着咸丰皇帝御笔题写的"万流仰镜"匾。道光版《钦定国子监志》是目前记载孔庙国子监最为全面的志书,其下限为道光十三年(1833年),之后孔庙国子监的历史就没有专门的志书记载,只是散见在各种史料中。《清实录·文宗显皇帝实录·卷之八十四》载:"(咸丰三年二月)癸未诣文庙行释奠礼,礼成,御彝伦堂,更衮衣,亲临辟雍讲学。"《清史稿·本纪二十·文宗本纪》也记载:"(咸丰三年二月)癸未,上临雍讲学,加衍圣公孔繁灏太子太保。"咸丰三年(1853

"万流仰镜"匾

年)二月癸未日,咸丰皇帝驾临孔庙释奠先师,礼成后,来到国子监彝伦堂,更换衮服,临雍讲学。根据先例,乾隆皇帝和道光皇帝都是在临雍讲学时为辟雍大殿题写匾联,照此推断,"万流仰镜"这方匾应该是在咸丰三年来国子监临雍讲学时题写的。近期查阅民国年间国子监老档案资料,其中记载辟雍大殿有楹联三副。这样看来,除了乾隆、道光题写的两副匾联外,咸丰也题写了一副匾联,现在殿内只剩下这方匾,楹联应收藏于国家博物馆。但关于咸丰这副楹联的文字内容,目前还没查找到。

"万流仰镜"匾,横长492厘米,纵宽186厘米,厚14厘米。木质,磁青底,正中为"万流仰镜"四个大金字,四个字上方正中钤篆书章"咸丰御笔之宝"。匾四周边框金漆,雕有群龙戏珠图案,工艺精美。钤章"咸丰御笔之宝"表明为咸丰皇帝御笔题写此匾。

万流,指各方面的人,万民。仰,敬仰。镜,喻明道也。《论语·子张》:"人皆仰之。""万流仰镜"言孔子之明道令天下人都尊敬、仰慕。

第二章 国子监匾联

第七节 东西六堂匾

国子监中院东西两侧长长的廊房为最高学府学生上课的教室：东边三堂，从北至南依次为率性堂、诚心堂、崇志堂；西边三堂，从北至南依次为修道堂、正义堂、广业堂。每堂11间，共计66间，统称东西六堂。

元代国子监学生上课的场所称之为"六斋"。据《元史·选举志》载：

> 集贤学士赵孟頫、礼部尚书元明善等议定国子学贡试之法：一曰升斋等第。六斋东西相向，下两斋左曰"游艺"，右曰"依仁"。凡诵书、讲说《小学》、属对者隶焉。中两斋左曰"据德"，右曰"志道"。讲说《四书》、课肄诗律者隶焉。上两斋左曰"时习"，右曰"日新"。讲说《易》、《书》、《诗》、《春秋》，习经义、程文者隶焉。①

---

① [清] 文庆、李宗昉等纂修：《钦定国子监志》，北京古籍出版社2000年版，209页。

西三堂　　　　　　　東三堂

第二章 国子监匾联

延祐二年（1315年），集贤学士赵孟頫、礼部尚书元明善等议定国子学法，立游艺、依仁、据德、志道、时习、日新"六斋"。初级诵读《小学》，在"游艺""依仁"二斋；中级学习"四书"，在"据德""志道"二斋；高级研习"五经"，在"时习""日新"二斋。赵孟頫、元明善建立分级教学方法科学合理，它遵循学习循序渐进的原则，根据学生的水平分出级别便于教学，"升斋"法对学生学习也是一种激励和鞭策。

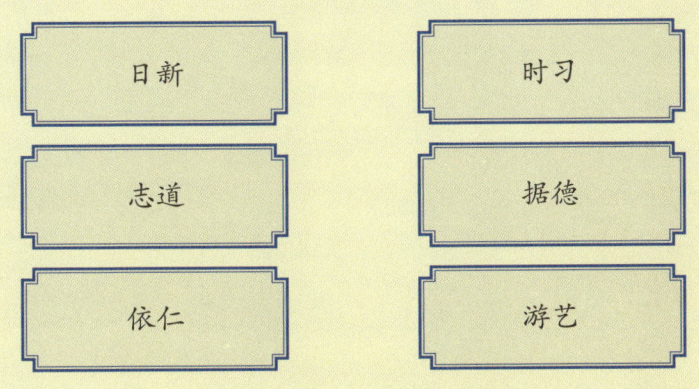

元代"六斋"示意图

元代国子监"六斋"的斋名都取自儒家经典。《论语·述而》："志于道，据于德，依于仁，游于艺。"朱熹《四书章句集注》解释为：

> 志者，心之所之之谓。道，则人伦日用之间所当行者是也。如此而心必之焉，则所适者正，而无他歧之惑矣。……据者，执守之意。德者，得也，得其道于心而不失之谓也。得之于心而守之不失，则终始惟一，而有日新之功矣。……依者，不违之谓。仁，则私欲尽去而心德之全也。功夫至此而无终食之违，则存养之

> 熟，无适而非天理之流行矣。……游者，玩物适情之谓。艺，则礼乐之文，射、御、书、数之法，皆至理所寓，而日用之不可阙者也。……盖学莫先于立志，志道，则心存于正而不他；据德，则道得于心而不失；依仁，则德性常用而物欲不行；游艺，则小物不遗而动息有养。学者于此，有以不失其先后之序、轻重之伦焉，则本末兼该，内外交养，日用之间，无少间隙，而涵泳从容，忽不自知其入于圣贤之域矣。①

孔子认为学习首先要立志，"志当存高远"，"道"就是日常生活中所应当做的，以"道"为志，这是学习的动力和目标。坚守心中所得之"道"，始终如一。将"仁"作为行事之准则。以"六艺" 礼、乐、射、御、书、数②陶冶性情，勿因玩物而丧志。

"时习"出自《论语》首篇《学而》："子曰：'学而时习之，不亦说乎？'"孔子认为要时时温习，温故知新，自得其乐。"日新"出自《周易》："富有之谓大业，日新之谓盛德。"《大学》："汤之盘铭曰：'苟日新，日日新，又日新。'"商汤王的脸盆上刻着九个字："苟日新，日日新，又日新。"以此警示自己。学生每日都要进德修业，修身正心，提升自己，自强不息。

明初朱元璋在南京设立国子监，"六斋"改为"六堂"。永乐十八年（1420年）朱棣迁都北京，北京国子监改称京师国子监，沿用"六堂"分级制度。《明史·选举志》载：

---

① [宋]朱熹撰：《四书章句集注》，中华书局2003年版，94页。
② 古代儒家要求学生掌握的六种基本才能：礼、乐、射、御、书、数。出自《周礼·保氏》："养国子以道，乃教之六艺：一曰五礼，二曰六乐，三曰五射，四曰五驭，五曰六书，六曰九数。"

第二章 国子监匾联

> 洪武初年，设祭酒等官掌教。设六堂，曰率性、修道、诚心、正义、崇志、广业。……凡通《四书》，未通经者，居正义、崇志、广业；一年半以上，文理条畅者，升修道、诚心；又一年半，经史兼通，文理俱优者，乃升率性。①

明代六堂分级

---

① [清] 文庆、李宗昉等纂修：《钦定国子监志》，北京古籍出版社2000年版，210页。

率性堂内景

洪武初年，在南京国子监设置"六堂"，虽然名称与元代的"六斋"有所不同，但是延续了元代分级教学的方法：正义堂、崇志堂、广业堂为初级班，学生通"四书"而未通经；一年半之后，所作文章条理通顺，升入修道、诚心中级班；再过一年半，经史兼通，文理俱优，进入高级班——率性堂。元、明两代，分级教学具体内容不同，明代还具体规定出每一级的学习时间。

清朝入主中原，将明代国子监旧址作为国家教育管理机构和最高学府。"六堂"被保存下来，但是，清代主要以教学内容（侧重所学何种经典）分班，级别的区分逐渐淡化。国子监助教（副教授）、学正、学录（讲师、助教）主管六堂学生的学习。每堂的中间位置是他们的办公地点。监生在六堂自修，如有问题，上前向老师请教，若有质疑，则要跪下向老师提问，以示对老师的尊敬。

雍正年间进士王云廷作诗《太学十咏》[1]，歌咏国子监内十处著名景

---

[1] [清]文庆、李宗昉等纂修：《钦定国子监志》，北京古籍出版社2000年版，1462页。

第二章 国子监匾联

物：周宣石鼓、元代老槐、柏庭翠荫、石井甘泉、两庑书声、六堂灯火、长廊步雨、射圃归鸦、辇道月明、桥门雪霁。其中两庑书声、六堂灯火、长廊步雨是描绘六堂的。六堂是国子监学生们的学习场所，白日里"书声喧两庑，无复辩朗朗"，晚上还要挑灯读书，"传柝三更静，挑灯六馆明"，这是监生们昼夜苦读的真实描绘。东西六堂都有相通的长长廊檐，大雨滂沱时，廊檐上如同挂了一副珍珠帘子，坐在堂内，听着哗哗雨声，看着时断时续的雨帘，"积雨长廊寂，蛩然听足声"。

雍正九年（1731年），国子监祭酒孙嘉淦上疏雍正皇帝《请给官房疏》："查国子监门外方家胡同官房一所……而与国子监甚近，相去不过数步。仰恳圣恩，将此官房赏给国子监衙门。"[1]雍正皇帝同意祭酒孙嘉淦的提议，将国子监南方家胡同辟为学舍，俗称南学。自此，南学为国子监学生学习的场所，路北作为管理全国教育的机构，称之为北学。南学也有六堂，六堂的名称与北学一致："学舍在成贤街南方家胡同。分公所、六堂，计一百九十间。因在署南，亦称'南学'。……中为公所，东为率性、修道、广业，西为诚心、正义、崇志。"[2]

乾隆五十六年（1791年），为勘正经典，统一教材，乾隆皇帝谕旨以江苏金坛贡生蒋衡耗时十二年书写的"十三经"为底本刻石，立于北京国子监六堂，称之为"十三经刻石"或"乾隆石经"。"十三经"指《易经》、《尚书》、《诗经》、《周礼》、《仪礼》、《礼记》、《春秋左传》、《春秋公羊传》、《春秋穀梁传》、《论语》、《孝经》、《尔雅》、《孟子》十三部儒家经典。"十三经"是儒家学说的基础，伴随着儒家思想在封建时代主导地位的确立，"十三经"也获得了历代统治者的推崇，成为学子必读之书和步入仕途的考量标准，影响之深远，是其他任何典籍所无法比拟的。"十三经"开刻于乾隆五十六年（1791年）十一月，五十九年

---

[1] [清] 文庆、李宗昉等纂修：《钦定国子监志》，北京古籍出版社2000年版，1179页。
[2] 同上，125页。

（1794年）九月间刊刻完竣。全部"十三经刻石"包括《周易》6碑、《尚书》8碑、《诗经》13碑、《周礼》15碑、《仪礼》17碑、《礼记》28碑、《春秋左传》60碑、《春秋公羊传》12碑、《春秋穀梁传》11碑、《论语》5碑、《孝经》1碑、《尔雅》3碑、《孟子》10碑，共189碑，加上末一碑"圣谕及进石刻告成表文"共190块，约63万字。190块刻石最初立于国子监六堂，"六堂中恭立乾隆六十年高宗纯皇帝御定石经之碑一百九十座。碑序：西由修道堂迤南，至广业堂止；东由崇志堂迤北，至率性堂止"。[1]1956年国子监辟为首都图书馆，"十三经刻石"与国子监其他一些石刻迁至国子监孔庙之间的堧垣，后加盖保护，对外开放。

国子监东西六堂现都悬有竖匾，样式尺寸一致。以"率性堂"匾为例，此匾为木制华带竖匾，纵长200厘米，横宽182厘米，四边框红漆底，如意云纹。匾红底黄字，楷书"率性堂"三个大字。根据道光版《钦定国子监志》记载，六堂匾有满汉两种文字："次率性、诚心、崇志三堂，助教、学正、学录莅之。堂各十一间，西向。……次修道、正义、广业三堂，助教、学正、学录莅之。堂各十一间，东向。……均有竖额。清汉文。"[2]乾隆版《钦定国子监志》记载了匾额添加满文的时间："乾隆五十年诏建辟雍，绳愆、博士两厅及六堂并易清汉文竖额。"[3]六堂匾额是在乾隆五十年（1785年）修建辟雍时与绳愆厅、博士厅一同由横匾换为竖匾，并添加满文。现在六堂的匾只有汉文，同孔庙国子监其他清代有满汉文的匾一样，也是在后来删除掉的。乾隆五十年后北学六堂匾为竖匾，满汉文，而南学六堂仍是横匾，[4]推断乾隆兴建辟雍后只将北学六堂匾更换为满汉文竖匾，而没有改动南学六堂匾。

六堂名称叫作"堂号"，也都出自儒家经典。"率性"、"修道"出自

---

[1] [清] 文庆、李宗昉等纂修：《钦定国子监志》，北京古籍出版社2000年版，112页。
[2] 同上。
[3] [清] 纪昀等：《文渊阁四库全书》《史部·职官类·钦定国子监志·卷六十一》，上海古籍出版社2003年版，第600册，777页。
[4] [清] 文庆、李宗昉等纂修：《钦定国子监志》，北京古籍出版社2000年版，129—139页。

第二章 国子监匾联

《中庸》:"天命之谓性;率性之谓道;修道之谓教。" 上天所赋予,人所禀受,谓之性。性,天性也。率,循也。遵循人自然之本性谓之道。循性而为,即是道。率性而为,各得其所。先天性、道相同,而后天才德却有差异,故须修养教化,以致圣贤。"率性"就是遵循人自然之本性。"修道"先天性、道相同,而后天才德却有差异,所以需要后天的修养教化。

"诚心"出自《孟子·离娄上》:"诚者,天之道也;思诚者,人之道也。"诚,真实无妄。自然之道是真实无妄的,人之道同样也应该追求真诚。为人要心意真诚恳切。

所谓义,指道德原则。孔子说:"君子义以为上。"(《论语·阳货》)孔子又说:"君子喻于义,小人喻于利。"(《论语·里仁》)以"正义"为堂号,表现儒家以道德为最高价值的人生追求。

儒家很看重人的志向,孔子说:"三军可夺帅也,匹夫不可夺志也。"(《论语·子罕》)"崇志"告诫学子要树立高远的志向。

"广业"出自《易经·系辞上》:"夫《易》,圣人所以崇德而广业也。"广业,扩大功业建树。国子监学生当以为国家建功立业为己任。

第八节 绳愆、博士二厅匾

国子监中院东西两侧北端分别为绳愆厅和博士厅,简称二厅,二厅东西相对。明代国子监就有绳愆厅和博士厅。清代于敏中编纂的《日下旧闻考》记录了明代国子监二厅情况:"监丞称太学司直,所居曰绳愆厅,亦曰东厅。博士别有厅,称为西厅。"①监丞居于绳愆厅,因在东侧,又称"东厅";博士居于博士厅,因在西侧,故称"西厅"。

二厅匾额样式尺寸都一致。匾为木制华带竖匾,纵长200厘米,横宽182厘米,四边框红漆底,如意云纹。匾红底黄字,中间楷书"博士厅"和"绳愆厅"。道光版《钦定国子监志》记载二厅匾有满汉两种文字:"东序近北为绳愆厅,厅三间,监丞莅之……西序近北为博士厅,与绳愆厅相直……厅堂均有竖额。清汉文。"②乾隆版《钦定国子监志》记载了匾额添加满

---

① [清]于敏中等编纂:《日下旧闻考·卷六十六》,北京古籍出版社2000年版,1103页。
② [清]文庆、李宗昉等纂修:《钦定国子监志》,北京古籍出版社2000年版,112页。

第二章 国子监匾联

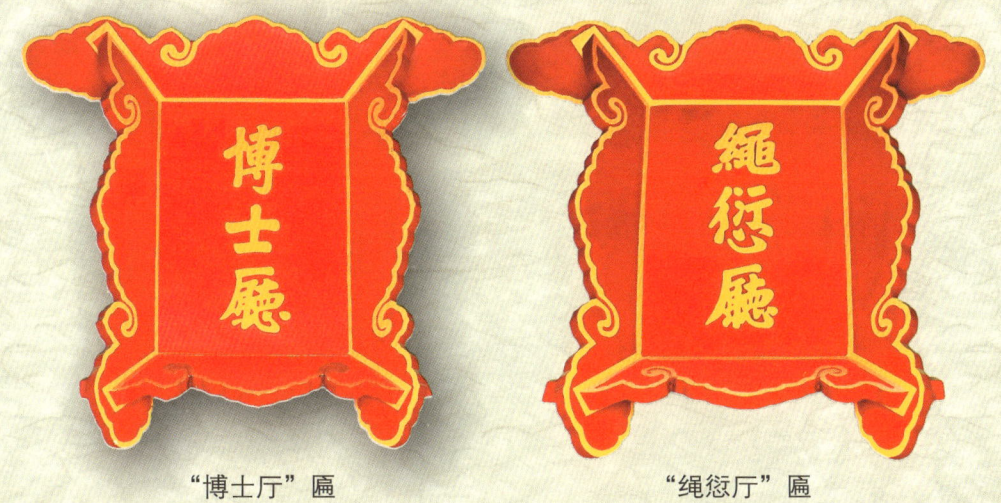

"博士厅"匾　　　　　　　　　"绳愆厅"匾

文的时间："乾隆五十年诏建辟雍，绳愆、博士两厅及六堂并易清汉文竖额。"[1]二厅匾额是在乾隆五十年（1785年）修建辟雍时与六堂一同由横匾换为竖匾，并添加满文。后删去满文，现在匾上只有汉文。

"绳"本义是木工用以测定直线的墨线，进而引申为以绳正之，有"纠正"之意。"愆"为罪过、过失之意。"绳愆"常与"纠谬"一起搭配使用，谓举发过失，纠正错误。出自《尚书·冏命》："绳愆纠谬，格其非心，俾克绍先烈。"孔颖达疏："木不正者，以绳正之，绳谓弹正，纠谓发举，有愆过则弹正之，有错谬则发举之。"从"绳愆"词义，我们可知国子监绳愆厅的职能是训导和惩戒违规师生的，国子监博士以下所有的教职员工和学生，凡是违反规章制度的，都归绳愆厅处罚。绳愆厅的行政长官称之为"监丞"，清代设满汉监丞负责此厅事务，正七品。在国子监内，这是仅次于祭酒（校长）从四品、司业（副校长）正六品的职位，可见绳愆厅在国子监内的重要性。从绳愆厅的职能看，有些类似现代学校中的教导处，但是惩罚措施却比现代学校严厉得多。绳愆厅内设有行扑红凳、红黑板、竹篦

---

[1] [清]纪昀等：《文渊阁四库全书》《史部·职官类·钦定国子监志·卷六十一》，上海古籍出版社2003年版，第600册，777页。

板、木枷等刑具，专为惩戒违规师生而设。如有重大罪责，还要戴枷锁，甚至枭首示众。监生稍有不慎，轻者开除、关押，重者丢了性命。

现代"博士"是学位名称，这是引入西方教育体系后才有的概念。而"博士"一词，古已有之，是古代学官名。博士源于战国。秦及汉初，博士的职务主要是掌管图书，通古今以备顾问。汉文帝时设置一经博士。汉武帝采纳董仲舒《举贤良对策》中的建议："臣愚以为，诸不在六艺之科、孔子之术者，皆绝其道，勿使并进"，"兴太学，置明师，以养天下之士"。元朔五年（公元前124年），汉武帝在长安建立太学，立五经博士，职责是教授、课试，或奉使、议政。从此博士成为专门传授儒家经学的学官。汉初，《易》、《书》、《诗》、《礼》、《春秋》每经只有一家，每经置一博士，各以家法教授，故称五经博士。晋代设置国子博士。唐代有太学博士、太常博士、太医博士、律学博士、书学博士、算学博士等。明代设博士五人，清代设满汉两位博士。清初博士为正八品，乾隆元年（1736年）升为从七品。

明、清国子监设置博士厅是国子监负责管理教务的部门。国子监博士主要负责教学管理，也负责出题考试，给监生上大课，做学术引导等。国子监内最著名的博士就是清代孔子第六十四代孙、《桃花扇》的作者孔尚任了。

孔尚任（1648—1718），字聘之，又字季重，号东塘，别号岸堂，自称

孔尚任画像

《桃花扇》

第二章 国子监匾联

云亭山人。山东曲阜人，孔子六十四代孙，清初诗人、戏曲作家。孔尚任早年参加科举考试屡屡受挫。康熙二十三年（1684年），康熙皇帝南巡后来到曲阜祭拜孔子。孔尚任在御前进讲《大学》，颇得康熙的赏识，破格授为国子博士，康熙二十四年（1685年）孔尚任赴京就任。孔尚任在其著作《出山异数记》中讲到，初到国子监任博士时，就在彝伦堂前露台西阶设座讲大课，"集八旗十五省满汉弟子数百人，绕座三拜……"康熙三十八年（1699年），孔尚任三易其稿终于完成《桃花扇》的写作，轰动一时。

第九节　六堂及绳愆厅满文号牌

孔庙和国子监博物馆文物库房内还保存着三方满文匾（牌）。在清代很多匾都是用满汉两种文字来书写的，袁世凯复辟帝制后为消除民怨，将故宫前朝等处匾去掉满文，只保留汉文。根据道光版《钦定国子监志》记载，在清代孔庙国子监院内很多匾也是满汉两种文字，现在只剩下汉文，推测是在袁世凯祭孔时期或是后来维修时去掉的。满汉双文的匾较常见，现在，在故宫和颐和园还能见到，而纯粹满文匾（牌）并不多见。请教满文专家，我们知道这三方满文匾（牌）是国子监的"东西六堂"的堂号和"绳愆厅"的厅号，称其为"满文号牌"。

第二章 国子监匾联

"率性堂、诚心堂、崇志堂"满文号牌

编号11.26满文号牌,为东三堂堂号"率性堂、诚心堂、崇志堂",横长170厘米,纵宽129厘米,厚6厘米。木制号牌,素边框将三堂号牌拼接为一块,每块正中满文金字书写堂号。此匾保存较差,漆皮脱落,有裂纹,且有蛀洞,个别笔画脱落。

"修道堂、正义堂、广业堂"满文号牌

编号11.25满文号牌,为西三堂堂号"修道堂、正义堂、广业堂",横长170厘米,纵宽129厘米,厚6厘米。木制号牌,素边框将三堂号牌拼接为一块,每块正中满文金字书写堂号。此匾保存较差,漆皮脱落,有裂纹,个别笔画脱落。

第二章 国子监匾联

"绳愆厅"满文号牌

编号11.27满文号牌，为"绳愆厅"，横宽77厘米，纵长129厘米，厚6厘米。木制竖牌，素边框，号牌正中满文金字书写"绳愆厅"。此匾保存较差，漆皮脱落，有裂纹，个别笔画脱落。

这三方满文号牌都是在2006年清理大成殿库房时发现的，因无文献记载，目前并不知晓其悬挂地点、历史功用等，有待深入研究。

第十节 彝伦堂及堂内匾

彝伦堂内悬匾概况

  辟雍大殿正北是彝伦堂，堂外屋檐上悬挂着康熙皇帝御笔亲书的"彝伦堂"匾。彝伦堂建筑形式为单檐悬山顶，面阔七间，后有抱厦三间，总面积600多平方米，是国子监里最大的厅堂式建筑。在辟雍建成之前，彝伦堂是国子监的主要建筑，皇帝在此设座讲学，彝伦堂前的露台是国子监监生上大课的地方，状元率领新科进士来此拜谢祭酒、司业，举行释褐簪花礼。辟雍建成后，彝伦堂内的暖阁是皇帝来国子监临雍讲学时休息和更换衣服的场所。彝伦堂的重要性可见一斑。

第二章 国子监匾联

彝伦堂，元代名为崇文阁，藏书之所。元代著名理学家吴澄，时任国子祭酒，作《崇文阁碑记》，从中我们对元代崇文阁有所认识：

> 乃于监学之北，构架书阁。阁四阿，檐三重，度以工师之引，其崇四常由一尺，南北之深六寻有奇，东西之广，倍差其深。延祐四年夏经始。六年冬绩成。材木瓦甓诸物之直，工役饮食之费，一皆出御史府。雄伟壮丽，焕然增监学之辉。名其阁曰"崇文"。……臣闻若古有训，戡定祸乱曰武；经纬天地曰文。武之与文，各适所用。然戡定祸乱，用于一时而已；经纬天地，则亘古今不可无也。何也？日月星辰，天之文也；山川草木，地之文也。人文与天地相为经纬，则亦与天地相为长久，而可一日无也哉！……盖创业之初，非武无以弭乱；守成之后，非文无以致治。武犹毒药之治病，病除即止；文犹五谷之养生，无时可弃也。①

崇文阁始建于元延祐四年（1317年），建成于延祐六年（1319年），崇文阁三重屋檐，"雄伟壮丽，焕然增监学之辉"。取名为"崇文阁"，蕴含深意：戡定祸乱为武，经纬天地为文，文武之道，各有所用。创业之初，以武力平定天下，用于一时；而守成之后，则需文治。吴澄最后说："武犹毒药之治病，病除即止；文犹五谷之养生，无时可弃也。"游牧民族马上得了天下，但不能马上治天下，"崇文"即重视文化教育，这才是治理国家的长久大计。

元末明初的战争给国子监带来严重的破坏。朱棣夺取皇位，迁都北京，以此为京师国子监。在元代崇文阁旧址上修建彝伦堂，"正堂七间，曰'彝伦堂'，元之'崇文阁'也。中一间，车驾幸学，设座于此，上悬敕谕五通"。②

关于清代彝伦堂，道光版《钦定国子监志》这样记载：

---

① [清]文庆、李宗昉等纂修：《钦定国子监志》，北京古籍出版社2000年版，162页。
② 同上，156页。

> 后为彝伦堂，堂七间，南向。中悬圣祖仁皇帝御书"彝伦堂"额。康熙四十五年颁揭。列圣暨我皇上敕谕共六道。世宗宪皇帝御书"文行忠信"额，额首题辞曰："学者文行并重，尤以忠信为本。故孔子垂为四教。成均造士之法，无逾于此。赐国子监。"雍正四年颁揭。高宗纯皇帝御书"福畴攸叙"额，乾隆五十年颁揭。均南向。皇上御书"振德育才"额，道光三年颁揭。北向。堂前中壁恭勒圣祖仁皇帝御书圣经石刻。……堂中左右恭立乾隆六十年高宗纯皇帝《御制说经文》石刻十三座。……其东西隅恭立乾隆六十年《御制石刻蒋衡书十三经于辟雍序》，清、汉文石刻各一座。……西南石刻一座，恭刊《御制丁祭释奠诗》。①

清道光年彝伦堂内陈列着：皇帝敕谕匾6道，皇帝御书大字匾4方，还有石刻17通。近年整理孔庙大成殿库房，发现50余方匾额，其中皇帝御书四字大匾5方：除了道光版《钦定国子监志》所载，雍正的"文行忠信"，乾隆的"福畴攸叙"，道光的"振德育才"外，还有咸丰的"敬敷五教"和光绪的"敬教劝学"。根据先例，这两方匾也应该悬挂在彝伦堂内。新发现的匾额中还有从顺治到咸丰的敕谕匾7方，《钦定国子监志》记载为6方，多出来的正好是咸丰的那方。

根据这张旧照，我们大致了解"彝伦堂"内原有匾额、碑刻悬挂摆放方位。"彝伦堂"匾现悬挂在彝伦堂大殿外，从旧照上看，这方匾悬挂在殿内屋檐上。乾隆的"福畴攸叙"悬挂在正中康熙御书《大学》碑上；雍正的"文行忠信"悬挂在这两方匾之间的梁柱上。这三方匾都面南悬挂，这与《钦定国子监志》记载相同。在第2张彝伦堂旧照右上角，可见匾额一角，推断应为道光的"振德育才"，悬挂在彝伦堂内大

---

① [清] 文庆、李宗昉等纂修：《钦定国子监志》，北京古籍出版社2000年版，111—112页。

第二章 国子监匾联

彝伦堂内景旧照①

门的梁柱上,与以上三方匾相对,面北,这也与《钦定国子监志》记载吻合:"皇上御书'振德育才'额,道光三年颁揭。北向。"由于照片拍摄的角度,还不清楚咸丰的"敬敷五教"和光绪的"敬教劝学"悬挂于何处。另外,在彝伦堂北面梁柱上还悬挂一些匾,字迹细小,应该是从顺治到咸丰的7方敕谕匾。

彝伦堂内景旧照②

"彝伦堂"匾

"彝伦堂"匾为木制横匾,四边框浮雕云龙彩绘图案。匾横长252厘米,纵宽121厘米。磁青底,金字楷书"彝伦堂"三个大字。匾上下边框为二龙戏珠,左右边框各一条龙。金龙张牙舞爪,龙须弯曲,穿梭在七彩祥云之中,逼真生动,栩栩如生。这方匾精美绝伦,华丽不失典雅,庄重不失大方。在"彝伦堂"三个字上钤有"康熙御笔之宝"印章。"彝伦堂"三字,结字开合有度,用笔爽利痛快,自有一番帝王气派。

"彝伦堂"匾

彝伦堂外景

《钦定国子监志》记载，此匾为"康熙四十五年颁揭"。《清实录·圣祖仁皇帝实录·卷之二百二十三》载："（康熙四十四年十一月甲戌）新修国子监告成，御书'彝伦堂'匾悬之。"《清史稿·圣祖本纪三》也载："（康熙四十四年十一月）甲戌，国子监落成，御书'彝伦堂'额。"《清实录》和《清史稿》都记载康熙四十四年（1705年）十一月，修缮一新的国子监落成，康熙皇帝御书"彝伦堂"匾。推断，此匾书写于康熙四十四年，颁揭悬挂于康熙四十五年（1706年）。

"彝伦"出自《尚书·洪范》：

"康熙御笔之宝"印章

> 鲧陻洪水，汩陈其五行。帝乃震怒，不畀洪范九畴，彝伦攸斁。鲧则殛死，禹乃嗣兴，天乃锡禹洪范九畴，彝伦攸叙。

《诗·大雅·烝民》："民之秉彝，好是懿德。"毛传："彝，常。"朱熹集传："是乃民所执之常性，故其情无不好此美德者。"《国语·周语》："天道赏善而罚淫，故凡我造国，无从非彝，无即慆淫，各守尔典，以承天休。"韦昭注："彝，常也。"彝，常；伦，理。彝伦为天之常道，一成不变的法度。攸斁，败坏之意；攸叙，次序，不乱之意。攸，所，因此。意思是说：鲧用堵塞的方法治洪水，乱陈五行逆天道。帝大怒，不赐予鲧九类大法，天之常道所以败坏。鲧死后禹继承治水的事业，用疏通的方法治理洪水，天帝于是赐禹九类大法，天之常道所以得其次序。《尚书·洪范》不止一处出现"彝伦"："王乃言曰：'呜呼，箕子！惟天阴骘下民，相协厥居，我不知其彝伦攸叙。'"蔡沈集传："彝，常也；伦，理也。"清代学者顾炎武在《日知录·彝伦》中专门阐述"彝伦"：

> 彝伦者，天地人之常道，如下所谓五行五事八政五纪皇极三德稽疑庶征微五福六极皆在其中，不止孟子之言人伦而已。能尽其性，以至能尽人之性，尽物之性，则可以赞天地之化育，而彝伦叙矣。①

顾炎武认为"彝伦"是天地人的常道，包括五行、五事、八政、五纪等等，不仅仅是孟子所言之人伦。中国传统的"天人合一"哲学思想认为：天有天之道，地有地之道，人有人之道，人类只是天地万物中的一个部分，天地人各行其道，并行不悖，和谐共生。"尽人之性，尽物之性"，万物各安其

---

① [清]顾炎武著，陈垣校注：《日知录校注》，安徽大学出版社2007年版，85页。

第二章 国子监匾联

位,各尽其职,各得其所,"可以赞天地之化育"。如此,秩序井然,宇宙和谐,万物生发。

古代地方府州县学都有"明伦堂","明伦"出自《孟子·滕文公上》:"夏曰校,殷曰序,周曰庠,学则三代共之,皆所以明人伦也。"朱熹在《孟子集注》中解释人伦为:"父子有亲,君臣有义,夫妇有别,长幼有序,朋友有信,此人之大伦也。"这就是顾炎武所说孟子言之人伦,这只是"彝伦"中人道的部分。人生活于天地之间,仅仅明人伦还不够,还要知晓"天之道"、"地之道"。

为何以"彝伦"为国家最高学府主体建筑之名呢?朱熹《〈大学章句〉序》中的一段话做了最好的诠释:

> 夫以学校之设,其广如此,教之之术,其次第节目之详又如此,而其所以为教,则又皆本之人君躬行心得之余,不待求之民生日用彝伦之外,是以当世之人无不学。其学焉者,无不有以知其性分之所固有,职分之所当为,而各俛焉以尽其力。此古昔盛时所以治隆于上,俗美于下,而非后世之所能及也![1]

设立学校,教化万民,教育内容不无外乎"民生日用彝伦","当世之人无不学"。"彝伦"为世人学习之内容,"知其性分之所固有,职分之所当为","以尽其力",这样才能秩序井然,风调雨顺,国家昌盛。国子监是古代最高学府和管理教育的机构,教化天下学子,为国家培养人才,学习天之道,学习地之道,学习人之道,由此,以"彝伦"为主体建筑之名,可见其深意。

---

[1] [宋]朱熹撰:《四书章句集注》,中华书局2003年版,1页。

"文行忠信"匾

"文行忠信"匾现存于孔庙和国子监博物馆库房内,木制横匾,横长317厘米,纵宽131厘米,厚15厘米。匾芯磁青底金字,正中楷书"文行忠信"四个大字,上方钤章"雍正御笔之宝",额首题辞曰:"学者文行并重,尤以忠信为本。故孔子垂为四教。成均造士之法,无逾于此。赐国子监。"匾四周边框描金九龙祥云浮雕,栩栩如生。雍正大字榜书学赵孟頫,而小字则受父亲康熙皇帝影响,有董其昌秀美书法的影子,这方匾正好体现了雍正书法的特点:"文行忠信"四个大字结构沉稳,气脉贯通,笔力遒劲;额首三行小字,秀美流畅,一气呵成。相对其他几方御书匾,这方匾保存尚好,磁青的底子,金漆的字体仍能看出来,朱红的印章也很清晰。

道光版《钦定国子监志》记载:

"文行忠信"匾

第二章 国子监匾联

> 世宗宪皇帝御书"文行忠信"额，额首题辞曰："学者文行并重，尤以忠信为本。故孔子垂为四教。成均造士之法，无逾于此。赐国子监。"雍正四年颁揭。①

"文行忠信"匾为雍正御笔亲书，雍正四年（1726年）颁赐给国子监，悬挂在彝伦堂内梁柱上，面南。（前文已述）

《清实录·世宗宪皇帝实录·卷之四十一》记载：

> （雍正四年二月壬申）颁赐在京各衙门御书扁额：宗人府曰敦崇孝弟，内务府曰职思总理，吏部曰公正持衡，户部曰九式经邦，礼部曰寅清赞化，兵部曰整肃中枢，刑部曰明刑弼教，工部曰敬饬百工，銮仪卫曰恪恭舆卫，通政司曰慎司喉舌，大理寺曰执法持平，理藩院曰宣化遐方，提督九门步军统领衙门曰风清辇毂，太常寺曰祗肃明禋，太仆寺曰勤字天育，光禄寺曰敬慎有节，国子监曰文行忠信，鸿胪寺曰肃赞朝仪，钦天监曰奉时敬授，顺天府曰肃清畿甸，仓场总督衙门曰慎储九谷。

根据《清实录》记载可知，在雍正四年（1726年）二月，集中为京师各个衙门颁赐御书匾，其中为国子监颁赐的就是"文行忠信"这方匾。道光版《钦定国子监志》载："（雍正二年）春三月乙亥朔，世宗宪皇帝视学，亲诣先师庙释奠后，御彝伦堂。"②"雍正四年秋八月丁亥，世宗宪皇帝亲诣先师庙释奠。"③雍正皇帝在雍正二年（1724年）三月亲诣孔庙，释奠先师，来国子监视学，雍正四年（1726年）八月只是来孔庙祭孔。"文行忠信"这方匾不是雍正来孔庙祭孔、来国子监视学时所赐，而是在雍正四年（1726年）二

---

① [清]文庆、李宗昉等纂修：《钦定国子监志》，北京古籍出版社2000年版，111—112页。
② 同上。
③ 同上，382页。

月统一颁赐给各衙门匾额中的一方。

"文行忠信"是儒家的四教。《论语·述而》："予以四教,文、行、忠、信。"文,文献知识。行,社会实践。忠,待人忠诚。信,为人守信。教人以学文、修行而存忠信也。孔子教导学生学习文献知识,但也要有社会实践,知行合一,为人要忠诚而守信。孔子的教育内容包括学识、实践和品德三个方面,反映了孔子教育思想的全面性,时至今日,仍为教育之圭臬。雍正御书"文行忠信"匾颁赐给国子监的深刻用意在额首的题款中已经表明:国子监学生应文行并重,忠信为本,这是孔子流传下来的,是教育学生的法则,应时刻遵守。

"福畴攸叙"匾

"福畴攸叙"匾现存于孔庙和国子监博物馆库房内,匾体量大:横长313厘米,纵宽134厘米,厚15厘米。匾芯磁青底金字,正中楷书"福畴攸叙"四个大字,上方钤章"乾隆御笔之宝"。匾四周边框描金九龙祥云浮雕,九条龙刻画生动,气势蓬勃。乾隆此四字,用笔丰润,结构严谨。整方匾虽然描金脱落,颜色暗哑,但从那俊美的书法、华丽的浮雕,仍能想象得出当年是如何之精美。

关于这方匾,道光版《钦定国子监志》中有明确记载:"后为彝伦堂……高宗纯皇帝御书'福畴攸叙',乾隆五十年颁揭。均南向。"[1]"福畴攸叙"这方匾原悬挂于彝伦堂内,面向南,乾隆五十年(1785年)乾隆皇帝御书颁赐给国子监。但是具体悬挂于何处,仅从文字记

---

[1] [清]文庆、李宗昉等纂修:《钦定国子监志》,北京古籍出版社2000年版,111页。

第二章 国子监匾联

"福畴攸叙"匾

彝伦堂内景旧照

载,无从知晓。近期发现一些国子监旧照,其中有彝伦堂内景的照片,从中我们知道"福畴攸叙"这方匾悬挂在彝伦堂正中,它的下方是康熙御笔的"大学碑"。

"福畴攸叙"出自《尚书·洪范》：

> 武王胜殷，杀受，立武庚，以箕子归。作《洪范》①。
>
> 惟十有三祀②，王访于箕子。王乃言曰："呜呼！箕子。惟天阴骘下民③，相协厥居④，我不知其彝伦攸叙⑤。"
>
> 箕子乃言曰："我闻在昔，鲧陻洪水⑥，汩陈其五行⑦。帝乃震怒，不畀洪范九畴⑧，彝伦攸斁⑨。鲧则殛⑩死，禹乃嗣兴，天乃锡禹⑪洪范九畴，彝伦攸叙。"
>
> 初一曰五行，次二曰敬用五事，次三曰农用八政，次四曰协用五纪，次五曰建用皇极，次六曰乂用三德，次七曰明用稽疑，次八曰念用庶征，次九曰向用五福，威用六极。
>
> ……
>
> 九、五福：一曰寿，二曰富，三曰康宁，四曰攸好德，五曰考终命。六极：一曰凶、短、折，二曰疾，三曰忧，四曰贫，五曰恶，六曰弱。

周武王即位的第二年，在盟津大会诸侯，准备伐商。商朝王族微子、箕子、比干预感到大难临头，向商纣王反复进谏，商纣王不听，比干被杀，箕子被囚，微子避难远走。武王于牧野大败商纣王，纣王登鹿台自焚而死。纣之子武庚得到加封。箕子归镐京，作《洪范》。

---

① 洪，大。范，法也。洪范言天地之大法。
② 商曰祀，周曰年，箕子称祀，不忘本。有，又。"惟十有三祀"指周文王受命十三年，也是周武王即位后的第四年。
③ 阴骘，意思是庇护，保护。"天阴骘下民"指上天不言而庇护下民。
④ 相，助也。协，和也。厥，他们，指下民。"相协厥居"，帮助他们和睦地居住在一起。
⑤ 彝伦，常理。攸，所以。叙，顺序。"我不知其彝伦攸叙"，我不知常理其次序如何。
⑥ 鲧，夏禹的父亲。陻，堵塞。
⑦ 汩，乱。陈，列。
⑧ 畀，给予。畴，种类，九畴指治理国家的九种大法。
⑨ 斁，败坏。
⑩ 殛，诛，流放。
⑪ 锡，赐，给予。

第二章 国子监匾联

武王拜访箕子,箕子说:"我听说以前鲧用堵塞的方法治洪水,乱陈五行逆天道。天帝大怒,没有赐予鲧九种治国大法,天之常道所以败坏。鲧在流放中死去,禹继承治水的事业,用疏通的方法治理洪水,天帝于是赐禹九类大法,天之常道所以得其次序。"

"洪范九畴"为:第一是五行,第二是慎重做好五件事,第三是努力办好八种政务,第四是合用五种记时方法,第五是建立最高法则,第六是用三种德行治理臣民,第七是明智地用卜筮来排除疑惑,第八是细致研究各种征兆,第九是用五福劝勉下民,用六极惩戒罪恶。

其中第九畴中的"五福"为:"一曰寿,二曰富,三曰康宁,四曰攸好德,五曰考终命。"孔颖达疏:"一曰寿,年得长也。二曰富,家丰财货也。三曰康宁,无疾病也。四曰攸好德,性所好者美德也。五曰考终命,成终长短之命,不横夭也。"古人认为,"福"包括五个方面:长寿、富有、康宁、遵行美德和人老善终。《尚书》是中国现存最早的史书,保存了商周特别是西周初期的一些重要史料。这"五福"体现了中国古代最早对幸福的认识,是中国古人的幸福观。除了长寿、富有、健康、善终之外,古人认为遵行美德也是"福"的一部分,把福与德联系起来,认为对于同一主体有道德与享幸福应该是一致的,德福相关的信念体现了古人对道德正义的推崇,也体现了义利统一的思想。

"福畴攸叙"匾是乾隆五十年(1785年)题写颁赐给国子监的。老年乾隆自封"十全老人",五代同堂,五福得享,这种盛况千载不遇。乾隆皇帝沉浸在"五福五代"喜悦之中的同时,更有对后代子孙的深深忧虑。祖先创下丰功伟业,我辈得享,后世子孙如何能保守基业,永享五福呢?作为一国之君,"普天之下莫非王土","富"自不必说;长寿、康宁和年老善终,非人力所能掌控。而完善道德修养则是个人的分内之事。"仁远乎哉?我欲仁,斯仁至矣。"(《论语·述而》)"为仁由己,而由人乎哉?"(《论语·颜渊》)为善致福,为恶致极,为人君者当修好德,此非君主一人之福也，乃天下苍生之福。若此，天下定将井然有序。乾隆皇帝晚年谆谆告诫子孙，希望后世子孙永享福畴。乾隆已经看到盛世背后的隐忧，他的忧虑不幸在他身后得到验证，嘉庆时各地起义不断，道光时国门被洋人打开……"福畴攸叙"只能是乾隆皇帝美好的愿望，而国子监近百年来衰落的历史正是大清王朝日薄西山的缩影。

"振德育才"匾

"振德育才"匾现存于孔庙和国子监博物馆库房内，木制横匾，横长307厘米，纵宽125厘米，厚12厘米。匾芯磁青底金字，正中楷书"振德育才"四个大字，左侧上款楷书小字题"道光三年二月"，右侧下款楷书小字题"御笔"两字，并钤章二枚"道光御笔之宝"、"恭俭惟德"。匾四周边框描金九龙祥云浮雕，工艺精美。"振德育才"四个字，笔画粗壮，端庄

"振德育才"匾

第二章 国子监匾联

肃穆。这个"德"字与大成殿内咸丰题写的"德齐帱载"的"德"字一样,"心"上少一横。心字四画,如果再加一横,就成了"五心",整个"德"字也就成了十五画,正应了俗语"七上八下"、"五心不定"的不祥之语。"德"字少一横,以避不祥。匾保存也不是很好,匾底子和字体的漆皮脱落,颜色暗哑。

道光版《钦定国子监志》记载:"皇上御书'振德育才'额,道光三年颁揭。北向。"[①] "振德育才"匾为道光三年(1823年)二月颁赐给国子监的。"道光三年春二月丁未,皇上亲诣先师庙释奠。"[②] 道光三年(1823年)二月丁未日,道光皇帝来孔庙祭孔行释奠礼,六天之后,癸丑日,道光皇帝再次驾临国子监孔庙,祭孔,临雍讲学,"道光三年春二月癸丑,皇上临雍讲学,亲诣先师庙释奠后,御辟雍殿。"[③] 此匾应是道光祭孔、临雍讲学时御笔题写颁揭给国子监的。"振德育才"匾悬挂于彝伦堂大门内侧,面向北。(前文已述)

"道光御笔之宝"表明匾文为道光皇帝亲笔题写。"恭俭惟德"出自《尚书·周官》:"位不期骄,禄不期侈。恭俭惟德,无载尔伪。作德,心逸日休。作伪,心劳日拙。""恭俭惟德"意思是为人当态度恭敬,生活中要勤俭,以修身立德为本。

"振德育才"出自儒家经典《孟子·告子下》:"再命曰:'尊贤育才,以彰有德。'"《孟子·滕文公上》:"放勋有曰:'劳之来之,匡之直之,辅之翼之,使自得之,又从而振德之。'"振,提携、提高。育,培育、培养。道光皇帝以此为匾文,意在鼓励国子监师生提高道德修养,为国家培养栋梁之材。

---

① [清] 文庆、李宗昉等纂修:《钦定国子监志》,北京古籍出版社2000年版,111页。
② 同上,393页。
③ 同上,370页。

"敬敷五教"匾

"敬敷五教"匾现存于孔庙和国子监博物馆库房内，木制横匾，横长310厘米，纵宽127厘米，厚15厘米。匾芯磁青底金字，正中楷书"敬敷五教"四个大字，上方钤章"咸丰御笔之宝"。匾四周边框描金九龙祥云浮雕，工艺精美。咸丰书法存世不多，孔庙大成殿内还悬有咸丰御笔书写的"德齐帱载"匾，从这两方匾上的字体来看，咸丰的书法结字开张，笔画圆润。匾保存较差，整方匾芯漆皮脱落，颜色暗哑，但边框精细的雕工仍透露出皇家御制匾的气派。

史书中没有关于此匾的记载，道光版《钦定国子监志》记载了雍正、乾隆、道光皇帝临雍讲学之后为彝伦堂颁揭匾额，根据先例，这方匾应是咸丰皇帝临雍讲学时候颁赐给国子监彝伦堂的。《清实录·文宗显皇帝实

"敬敷五教"匾

录·卷之八十四》载："（咸丰三年二月）癸未诣文庙行释奠礼，礼成，御彝伦堂，更衮衣，亲临辟雍讲学。"《清史稿·本纪二十·文宗本纪》也记载："（咸丰三年二月）癸未，上临雍讲学，加衍圣公孔繁灏太子太保。"咸丰三年（1853年）二月癸未日，咸丰皇帝驾临孔庙释奠先师，礼成后，来到国子监彝伦堂，更换衮服，临雍讲学。由此推测此匾为咸丰三年二月御书颁揭。

根据彝伦堂旧照和道光版《钦定国子监志》的记载，可以明确雍正的"文行忠信"、乾隆的"福畴攸叙"和道光"振德育才"三方匾的悬挂位置。（前文已述）由于目前资料所限，只能判定"敬敷五教"悬挂于彝伦堂内，但具体位置还无法确定。

"敬敷五教"出自儒家经典《尚书·尧典》："契，百姓不亲，五品不逊，汝作司徒，敬敷五教，在宽。"《左传·文公十八年》："举八元，使布五教于四方：父义，母慈，兄友，弟共（恭），子孝。"敷，布施，施行。敬，谨肃、恭敬。五教是指父、母、兄、弟、子五者之间的关系准则。"敬敷五教"就是谨敬地宣传、实行五教的内容。孟子将"五教"表述为"父子有亲、君臣有义、夫妇有别、长幼有序、朋友有信"，其成为儒家教育思想的核心内容。咸丰皇帝以"敬敷五教"题匾，告诫学子要身体力行五教的内容。

"敬教劝学"匾

"敬教劝学"匾现存于孔庙和国子监博物馆库房内，木制横匾，横长331厘米，纵宽133厘米，厚11厘米。匾芯磁青底金字，正中楷书"敬教劝学"四个大字,上方钤章"光绪御笔之宝"。匾四周边框描金九龙祥云浮雕,匾上边框两条龙还保存完好,龙首高昂,神气活现。光绪的书法,端正大方,笔画规矩,此匾"敬教劝学"四个字正好体现了光绪书法的特点。匾芯的磁青色底子还隐约可见,而字迹上的金漆却已脱落。

《清实录·景皇帝实录·卷之五百五十八》载:

"敬教劝学"匾

(光绪三十二年夏四月甲子)颁学部扁额曰"敬教劝学"。

光绪三十二年(1906年)四月向学部颁匾"敬教劝学"。光绪皇帝御笔亲书颁给学部的匾怎么会在国子监呢?国子监是国家最高学府,也是国家教育行政管理机构。清朝末年,旧有的教育体制弊端早已显现,科举选拔人才的方法也已成为禁锢人才发展的镣铐。在教育改革的呼声中,光绪三十一年(1905年)9月废除科举制度,随之,11月设立学部,兴办学堂,撤销国子监,国子监所有事务归并学部。国子监管理全国教育的职能由学部代替,从此,国子监退出历史舞台,成为供人游览的遗迹。《清实录·景皇帝实录·卷之五百五十一》载:

第二章 国子监匾联

> （光绪三十一年十一月己卯）谕内阁、本日政务处学务大臣会奏、议覆宝熙等条陈一摺：前经降旨停止科举，亟应振兴学务，广育人才。现在各省学堂，已次第兴办，必须总汇之区，以资董率而专责成。著即设立学部，荣庆著调补学部尚书，学部左侍郎著熙瑛补授，翰林院编修严修，著以三品京堂候补，署理学部右侍郎。国子监即古之成均，本系大学，所有该监事务，著即归并学部。其余未尽事宜，著该尚书等即行妥议具奏。该部创设伊始，兴学育才，责任甚重。务当悉心考核，加意培养，其于敦崇正学，造就通才，用副朝廷建学明伦化民成俗之至意。
>
> ……
>
> （光绪三十一年十一月庚辰）谕军机大臣等：学部次序，著在礼部之前。奉恩镇国公全荣府第，著作为学部衙署。全荣著赏银一万三千两，由学部给发。

光绪三十一年建立学部后，规定了学部的位次在礼部之前，将镇国公全荣的府第作为学部的衙署。学部的衙署虽然设在镇国公全荣的府第，但并未一下子全部搬至全荣府第，此时国子监仍发挥一部分管理国家教育的职能。

光绪三十二年，也就是学部成立第二年，颁发给学部的匾，沿袭旧例，仍然悬挂在国子监彝伦堂内。囿于资料所限，还无法断定，"敬教劝学"匾悬挂在彝伦堂内的具体位置。这方匾是中国近代旧式教育被废，新式教育兴起这一特殊历史时期的见证。

"敬教劝学"出自《左传·闵公二年》："卫文公大布之衣，大帛之冠，务材训农，通商惠工，敬教劝学，授方任能。"敬，重视。劝，鼓励、劝勉。光绪皇帝意在鼓励劝勉学子苦读，并告诫他们对圣人之道、对儒教保持一份敬畏之心。

彝伦堂内谕旨匾

彝伦堂内除了皇帝御题的大字匾外，还有从清顺治皇帝到咸丰皇帝给国子监颁布的7方谕旨匾，这些匾原悬挂在彝伦堂内廊柱上，现保存于孔庙和国子监博物馆文物库房内。道光版《钦定国子监志》载："列圣暨我皇上敕谕共六道。"[①]《钦定国子监志》下限为道光十三年（1833年），因此，《志》中没有记载咸丰的这方谕旨匾。

彝伦堂内景旧照

清朝皇帝重视教育，重视国子监，皇帝亲诣孔庙，行释奠礼，再来国子监视学，向国子监发布谕旨，教诲师生。为了让师生时刻谨记，就将谕旨内容刻匾悬挂于彝伦堂内。这些谕旨内容大致都差不多，不外乎表彰儒家，要求官师严格教学，生员勤奋求学，学有所成师生皆有功，学无长进都难辞其咎。这些谕旨匾形制一致：左侧汉文，右侧满文，相互对照，红底金字，四周边框有描金二龙戏珠纹饰。

---

① [清] 文庆、李宗昉等纂修：《钦定国子监志》，北京古籍出版社2000年版，111—112页。

第二章 国子监匾联

道光版《钦定国子监志》记录了从顺治到道光六位清代皇帝敕谕国子监祭酒、司业的内容，[1]《志》中圣谕格式为：年代（顺治九年） 敕谕国子监祭酒、司业等官……圣谕制作成匾，匾文格式为：皇帝敕谕国子监祭酒、司业等官……年代（顺治九年）。两者略有差别。笔者结合道光版《钦定国子监志》中的记载，将匾文内容整理出来。

顺治九年谕旨匾

顺治九年（1652年）谕旨匾，横长247厘米，纵宽121厘米，厚7厘米。此匾损坏严重，匾开裂，油漆剥落，字迹斑驳，谕写内容为：

> 皇帝敕谕国子监祭酒、司业等官：圣人之道，如日中天，上资之以图治，下学之以事君。尔等当严督诸生，尽心训诲；诸生当敬奉师教，身体力行。教有成效，时维师长之功；学有实用，方尽弟子之职。如训导不严，怠肆失学，尔师生俱难免咎，尚其勉之。顺治九年。

---

① [清] 文庆、李宗昉等纂修：《钦定国子监志》，北京古籍出版社2000年版，2页、4页、13页、20页、29页、33页。

"顺治九年秋九月辛卯,世祖章皇帝视学。亲诣先师庙释奠后,御彝伦堂。"①顺治九年(1652年)九月辛卯日,清代入关后皇帝首次来京师孔庙祭拜孔子,行释奠礼。顺治在给国子监祭酒、司业的谕旨中肯定儒家学说、圣人之道可以治国安邦,官师要严格要求监生,监生也当身体力行。教有成效,学有所成,这是师生共同的功劳。如果训导不严,荒废学业,师生都难辞其咎。除了给祭酒、司业这道谕旨外,顺治皇帝还训示学生,其中"军民一切利病,不许生员上书陈言","生员不许纠党多人,立盟结社"②等,反映清初统治者对教育的高压管制。训示学生的内容刻碑立于太学门外,俗称"晓示生员卧碑"。

康熙八年谕旨匾

康熙八年(1669年)谕旨匾,横长259厘米,纵宽123厘米,厚7厘米。该匾保存较为完好,下边框二龙戏珠仍清晰可见,字迹清楚,谕旨内容为:

---

① [清]文庆、李宗昉等纂修:《钦定国子监志》,北京古籍出版社2000年版,355页。
② 同上,3页。

第二章 国子监匾联

皇帝敕谕国子监祭酒、司业等官：朕惟圣人之道，高明广大，昭垂万世，所以兴道、致治、敦伦、善俗，莫能外也。朕缵承丕业，文治诞敷，景仰先圣至德。今行辟雍释奠之典，将以鼓舞人材，宣布教化。尔监臣当严督诸生，潜心肆业；诸生亦宜身体力行，朝夕勤励。若学业成立，可裨实用，则教育有功；其或董率不严，荒乃职业，尔师生难辞厥咎，尚其勉之，毋忽。故谕。康熙八年四月十六日。

"康熙八年夏四月辛丑，圣祖仁皇帝视学。亲诣先师庙释奠后，御彝伦堂。"①即位后第八年（1669年）四月辛丑日，康熙皇帝来孔庙祭孔，"行辟雍释奠之礼"。谕旨告诫官师，"严督诸生"，监生则要"朝夕勤励"。学业有成，可为国家所用，否则"师生难辞厥咎"。

雍正二年（1724年）谕旨匾，横长251厘米，纵宽126厘米，厚7厘米。该匾开裂，油漆剥落，字迹可识，谕旨内容为：

雍正二年谕旨匾

---

① [清] 文庆、李宗昉等纂修：《钦定国子监志》，北京古籍出版社2000年版，355页。

> 皇帝敕谕国子监祭酒、司业等官：朕惟圣人之道，昭揭日月，弥纶天地万世。帝王下逮公卿士庶，罔不仰遵成宪，率由教言。我国家尊崇至圣，远迈前代。朕缵承大统，古训是学，惟日孜孜。兹雍正二年三月朔日，亲诣辟雍，祗谒先师孔子，行释奠礼，思以鼓励群英，丕隆文治。尔监臣宜严督诸生，善为导诱；尔诸生亦当殚心肄业，实践躬行。秉端方以立身，敦忠孝以兴谊。勿营奔竞，勿事浮华。文必贵乎明经，学务期乎济世。俾品成诣进，以副朕教育至意。此尔多士之休，亦惟尔监臣董率之功也。慎勿怠荒职业，以贻尔羞。诸师生其共勉之。故谕。雍正二年三月初一日。

"是年（雍正二年）春三月乙亥朔，世宗宪皇帝视学，亲诣先师庙释奠后，御彝伦堂。"① 雍正二年（1724年）三月乙亥日，雍正皇帝照例来孔庙祭孔，释奠先师，来国子监视学。谕旨内容仍旧是表彰圣人之道，鼓励师生，为师严加教导学生，学生则殚心肄业，切勿荒怠学业。这是雍正皇帝登基后第一次来孔庙国子监祭孔视学，在他短短十三年的皇帝生涯中，共有6次来祭孔视学。

乾隆三年（1738年）谕旨匾，横长266厘米，纵宽129厘米，厚7厘米。该匾保存一般，多处开裂，右下角破损，字迹尚清晰：

> 皇帝敕谕国子监祭酒、司业等官：仰惟我朝列祖，以圣人之道治天下，用开太平洪业。圣祖、世宗重道隆师，超越百代。作人造士，化洽寰区。朕嗣守丕基，勤求至道。思所以广励学宫，祗绍前烈。越乾隆三年三月二日，亲诣辟雍释奠于先师孔子。升堂进讲，嘉与诸生，阐明圣教之本原，帝治之盛轨。夫端教术，育贤才，厥惟师

---

① [清]文庆、李宗昉等纂修：《钦定国子监志》，北京古籍出版社2000年版，356页。

第二章 国子监匾联

> 儒之功;正身心,修德业以为国家之用。诸生其可弗勉哉?《诗》曰:"古之人无斁,誉髦斯士。"放勋曰:"使自得之,又从而振德之。"我祖宗教泽涵濡,熏陶长养,百年于兹。正学昭明,揭若日月。尔监臣钦承至训,振作而鼓舞之,固有怠斁。诸生率乃攸行,敦本务实,希贤希圣,夙夜罔怠,俾国家文治光裕于亿万年。懋哉,懋哉。特谕。乾隆三年三月初四日。

"乾隆三年春三月甲寅,高宗纯皇帝视学。亲诣先师庙释奠后,御彝伦

乾隆三年谕旨匾

堂。"①乾隆三年(1738年)三月二日亲诣孔庙,举行盛大的释奠礼,四日,乾隆皇帝发布此谕旨:先祖以圣人之道治理天下,开创伟业,我继承大统,崇儒重道,广励学官。三年三月二日,亲诣孔庙释奠先师孔子,临雍讲学,阐述儒家之本源。化育人才,是师儒之功,为国家所用。师生当自勉,振奋鼓舞,不应懈怠。"懋哉,懋哉",要勤奋、勤奋呀!

因孔庙改用黄色琉璃瓦工程结束,乾隆皇帝曾于三年春二月丁酉日来孔

---

① [清]文庆、李宗昉等纂修:《钦定国子监志》,北京古籍出版社2000年版,357页。

庙，行三献礼。这次来孔庙不是大规模正式地祭拜孔子，只是行三献礼，也没有到国子监，因此没有给国子监师生发布圣谕。"乾隆三年春二月丁酉，圣庙易用黄瓦工成，高宗纯皇帝亲诣先师庙释奠，始行三献礼。"①三月份这次则是祭孔与视学一起举行，后为国子监师生发布此谕旨。在清朝诸位皇帝中乾隆祭孔、视学的次数最多，达11次。

嘉庆八年（1803年）谕旨匾，横长271厘米，纵宽131厘米，厚8厘米。该匾保存较好，满汉文金漆尚存，字迹清晰，谕旨内容为：

嘉庆八年谕旨匾

皇帝敕谕管理国子监事大学士刘墉、祭酒润祥、顾德庆等：我国家列圣重光，以典学亲师为首务。群士沾濡化雨，浃髓沦肌。朕绍承大烈，嘉庆三年即举临雍之典。八年于兹，兢兢业业，不敢昕夕怠忘。今仰荷洪慈，武功蒇事，文教宜修。首善之地，尤加意焉。夫学以明伦为本，士以喻义为先。伦不修而以文贲饰，义不明而以利计私，何以为士子之倡乎？学校之科条，非不灿然，顾或于伦物不躬行，则三德六行皆空华矣；或于义利不明辨，则服古入官皆市道矣。尔监臣可不孜孜以是道其国子？尔多士可不汲汲以是臻

---

① [清] 文庆、李宗昉等纂修：《钦定国子监志》，北京古籍出版社2000年版，385页。

第二章 国子监匾联

于高明？毋以为迂阔而远于事情，毋以为陈言而不求切己。朕所厚望于臣工庶士，涤濯其心，诚勤无懈，以培植贤才，为国桢干焉。各宜交勉。特谕。嘉庆八年九月十九日。

根据道光版《钦定国子监志》记载，嘉庆皇帝曾6次来孔庙祭孔，其中只在嘉庆三年（1798年）这次来国子监临雍讲学："嘉庆三年春二月丁酉，仁宗睿皇帝恭奉高宗纯皇帝敕旨，临雍讲学。亲诣先师庙释奠。"[1] 嘉庆二十五年（1820年）曾谕内阁："朕自嘉庆三年，奉皇考高宗纯皇帝敕旨，临雍讲学。一时圜桥观听，称盛典焉。迄今已阅二十余年，未经举行，明年仲春上丁朕亲祭先师，再举临雍讲学之礼"。[2] 嘉庆皇帝本打算于嘉庆二十六年再来国子监临雍讲学，只可惜他已于嘉庆二十五年（1820年）七月病逝于承德避暑山庄行宫。嘉庆三年（1799年）来国子监临雍讲学，此时，乾隆皇帝还在世，为太上皇，嘉庆没有颁布谕旨，嘉庆四年（1798年）乾隆皇帝驾崩于紫禁城养心殿，嘉庆皇帝亲政。四年后，嘉庆八年（1803年），嘉庆皇帝为国子监补发了圣谕，并制作谕旨匾悬挂于彝伦堂。对此，匾文上也有记载："朕绍承大烈，嘉庆三年即举临雍之典。八年于兹，兢兢业业，不敢昕夕愆忘。……特谕。嘉庆八年九月十九日。"

道光三年（1823年）谕旨匾，横长257厘米，纵宽125厘米，厚6厘米。该匾除中间开裂外，其余保存完好，边框龙饰清晰，字迹清楚，谕旨内容为：

皇帝敕谕国子监祭酒、司业等官：朕惟化民成俗，基于学校；兴贤育德，责在师儒。矧夫成均首善之地，风励天下，实始于兹。洪惟列圣稽古右文，二百年来，人材蔚起。粤我皇祖，肇建辟雍。鼓钟之风，有迈前代。逮我皇考，武功既戢，文德诞敷。朕嗣位之三年，聿修茂典，爰于二月上丁，躬亲释奠。越六日癸丑，临雍讲学，圜桥观

---

[1] [清] 文庆、李宗昉等纂修：《钦定国子监志》，北京古籍出版社2000年版，391页。
[2] 同上，370页。

> 听，云集景从，朕甚嘉焉。夫学有本原，士先器识。渐摩濡染，厥有由来。咨尔监臣，式兹多士。尚其端乃教术，正乃典型。毋即于华，毋邻于固。入孝出弟，择友亲师。庶几成风，绍休圣绪。惟尔监臣，无旷厥职。钦哉特谕。道光三年二月十三日。

"道光三年春二月丁未，皇上亲诣先师庙释奠。"①道光三年（1823年）二月丁未日，道光皇帝来孔庙祭孔行释奠礼，"爰于二月上丁，躬亲释奠"。六天之后，癸丑日，道光皇帝再次驾临国子监孔庙，祭孔，临雍讲学，"越六日癸丑，临雍讲学"。"道光三年春二月癸丑，皇上临雍讲学，亲诣先师庙释奠后，御辟雍殿。"②道光皇帝在谕旨中，首先肯定国子监二百年来为国家培养

道光三年谕旨匾

大量栋梁之材。接着回顾祖父乾隆皇帝"肇建辟雍"，父亲嘉庆皇帝文治武功。然后描述癸丑日临雍讲学的胜景，"云集景从"。最后教导监生"入孝出弟，择友亲师"，教导老师"无旷厥职"。道光时期，清王朝已走下坡路，虽

---

① [清] 文庆、李宗昉等纂修：《钦定国子监志》，北京古籍出版社2000年版，393页。
② 同上，370页。

第二章 国子监匾联

然还很重视教育,但已无法与前朝相比,除了道光三年二月、三月两次外,道光九年(1829年)还曾来孔庙祭孔。"道光九年春二月丁卯,以平定回疆,生擒逆裔至京,皇上御午门受俘,亲诣先师庙释奠。"①

咸丰三年(1853年)谕旨匾,横长265厘米,纵宽128厘米,厚8厘米。该匾开裂,油漆剥落,字迹尚可辨识。由于道光版《钦定国子监志》中没有记载此匾情况,笔者根据匾文,将谕旨内容录入出来:

咸丰三年谕旨匾

皇帝敕谕国子监祭酒、司业等官:朕惟古者建国,教学为先。矧成均为首先之地,四方于是观型,尊贤育才,诞敷文德,致治之原,实基于此。我朝重道崇儒,超越前代。列圣涵濡乐育,化洽寰区。皇考临御天下三十年,无日不以阐明圣教,培养人才为首务。朕缵承大统,茂典绍修,爰于咸丰三年二月上丁,亲诣先师孔子庙行礼。越六日癸未,临雍释奠讲学,圜桥观听,济济栽栽,朕甚嘉焉。夫教术隆则士习端,士习端则风俗懋,正谊明道,坊表群伦。尔监臣所以奉职也。进德修业,砥砺廉隅。尔多士所以植品也。陶淑渐摩,交修勿

---
① [清]文庆、李宗昉等纂修:《钦定国子监志》,北京古籍出版社2000年版,393页。

> 替。先之以入孝出弟，敦之以言物行恒。毋惊浮华，毋矜声誉，鼓舞
> 而振兴之。是诚董劝者之责矣。钦哉特谕。咸丰三年二月初八日。

《钦定国子监志》只记载到道光十三年（1833年）之前孔庙国子监情况，因此，没有咸丰皇帝祭孔临雍的记载。在《清实录》等史书中有咸丰皇帝祭孔、临雍的记载："（咸丰三年二月）己巳。谕内阁，朕于本年仲春上丁，亲诣先师孔子庙行礼。其临雍释奠之典，著于二月初八日举行。所有应行事宜，著各该衙门敬谨豫备。"（《清实录·文宗显皇帝实录·卷之八十三》）"（咸丰三年二月）丁丑，祭先师孔子，上亲诣行释奠礼。"（《清实录·文宗显皇帝实录·卷之八十四》）"（咸丰三年二月）丁丑，释奠先师孔子。……癸未，上临雍讲学，加衍圣公孔繁灏太子太保。"（《清史稿·本纪二十·文宗本纪》）咸丰皇帝于咸丰三年二月丁丑日来孔庙祭孔，六天后二月初八癸未日，再次来国子监临雍讲学，发布此圣谕。但是史书中没有谕旨内容的记载，笔者根据匾文，将谕旨内容录入出来。匾记载的与《清实录》、《清史稿》记载一致："爰于咸丰三年二月上丁，亲诣先师孔子庙行礼。越六日癸未，临雍释奠讲学。"谕旨除了交代祭孔、临雍的时间，也还是老一套，鼓励并警醒国子监师生。咸丰皇帝只这一次来孔庙国子监祭孔临雍。

在洋人坚船利炮面前，大清王朝已无暇顾及帝国的最高学府。而后光绪皇帝虽然也曾来孔庙祭孔，但再没有临雍讲学，也没有发布过圣谕。1905年撤销国子监归并学部，国子监退出历史舞台，成为民众游览的遗迹。皇帝祭孔与临雍讲学都已成为历史往事，而这七方谕旨匾，正是清代皇帝祭孔临雍、崇儒重教的最好见证。

第二章 国子监匾联

第十一节 敬一亭与敬一之门

彝伦堂后为国子监第三进院落——敬一亭，因存放明代嘉靖皇帝御制敬一箴石碑而得名，所以这是座御碑亭。名为"亭"，却不是"亭"的建筑样式，敬一亭是座单檐歇顶殿堂式建筑，面阔五间，内外双面五彩斗拱檐，"敬一亭"匾悬挂在大门正上方。敬一亭四周砌有红墙，自成院落，围墙南为正门，上方门楣镌刻"敬一之门"四个大字，两边屏墙有砖刻团龙图案，建筑形式、规格都别具一格。

关于敬一亭，道光版《钦定国子监志》这样记载：

> 敬一亭在彝伦堂后，南向，五间。高二丈六尺，广七丈四尺，深二丈五尺余，基高二尺五寸。题曰："敬一亭"。中间恭立康熙四十一年圣祖仁皇帝御制训饬士子文碑。东西分列御笔膀书碑四，曰"嵩高峻极"、曰"灵渎安澜"、曰"功存河洛"、曰"昌明仁义"，均南向。后置明御碑七。庭东西广十三丈三尺，南北深十二丈，缭以周垣。前为门，题曰："敬一之门"。门东西复各有门，乃众所由也。①

敬一亭外景

除了御制敬一箴石碑外，敬一亭内还存放嘉靖皇帝御注宋儒范浚心箴石刻、御注程颐四箴石刻、颁发五箴圣谕石刻，共七通明代石碑。清代康熙皇帝的御制训饬士子文碑、康熙皇帝御书四块卧碑"嵩高峻极"、"灵渎安澜"、"功存河洛"、"昌明仁义"五通清代石碑也存放在敬一亭内。这十二通

---

① [清]文庆、李宗昉等纂修：《钦定国子监志》，北京古籍出版社2000年版，116页。

第二章 国子监匾联

敬一之门

石碑在1956年随同十三经刻石等一同移至孔庙国子监之间的堧垣。"后置明御碑七",清代五通石碑列前排,面南,明代七通石碑列后排。乾隆版《钦定国子监志》中的记载,还明确了明代七通碑的具体位置:

> 敬一箴居中,左为圣谕,右为心箴,又左为视箴,又右为听箴,又再左为言箴,又再右为动箴,皆南向。①

| 动箴 | 听箴 | 范氏心箴 | 敬一箴 | 颁发五箴圣谕 | 视箴 | 言箴 |

敬一亭明碑排列位置

"敬一亭"匾为木制华带竖匾,四边框红漆底,如意云纹图案。磁青底金字,楷书"敬一亭"三个字。匾纵长177厘米,横宽161厘米。"敬一之门"双钩题刻在敬一亭大门门楣上。关于何人书写"敬一亭"、"敬一之门",文献中没有记载。"敬一亭"、"敬一之门"之名源自嘉靖皇帝的《敬一箴》,《敬一箴》序文首云:"敬者,存其心而不忽之谓也。……一者,纯乎理而无杂之谓也。""敬一"就是要以敬畏、专一、谨慎之心学习孔子之道,治理天下。

---

① [清]纪昀等:《文渊阁四库全书》《史部·职官类·钦定国子监志·卷四十七》,上海古籍出版社2003年版,第600册,526页。

敬一亭

道光版《钦定国子监志》载：

> 世宗御制敬一箴石刻：嘉靖五年六月立。在敬一亭正中，南向。世宗御注宋儒范氏心箴石刻：嘉靖六年立。在敬一亭右，南向。御注程子四箴石刻：共四石，刻御注程子视、听、言、动四箴。嘉靖六年立。在敬一亭左、右，南向。颁发五箴圣谕石刻：嘉靖六年十一月立。字多磨泐。在敬一亭左，南向。①

这里记载敬一箴石刻是嘉靖五年（1526年）六月立，御注宋儒范氏心箴石刻是嘉靖六年（1527年）立，御注程子视、听、言、动四箴是嘉靖六年（1527年）立，颁发五箴圣谕石刻是嘉靖六年（1527年）十一月立。敬一箴石刻碑文最后题写："钦文嘉靖五年六月二十一日"，《钦定国子监志》据此断定敬一箴石碑立石于嘉靖五年六月。碑文落款的时间应是撰文的时间，而不是立石的时间。

---

① [清] 文庆、李宗昉等纂修：《钦定国子监志》，北京古籍出版社2000年版，933页。

第二章 国子监匾联

"敬一亭"匾

动箴碑文最后题写:"斯四箴者……嘉靖丁亥岁季冬越三日注。""嘉靖丁亥"即嘉靖六年(1527年),"季冬"指冬季最末一个月也就是十二月,"越三日"即初三日。碑文上明确写出是嘉靖六年(1527年)十二月初三,嘉靖皇帝对程颐的四箴作了注释。这样看来《钦定国子监志》对明代七块碑立石时间的记载是错误的,混淆了撰文时间、注释时间和立碑时间。乾隆版《钦定国子监志》载:

嘉靖五年六月二十日立石有亭曰敬一,碑在亭正中。①

这里记载嘉靖五年六月立石之际,就有敬一亭。嘉靖五年六月是嘉靖皇帝撰写《敬一箴》的时间,此时怎么会已建好碑亭了呢?

国子监敬一亭的修建时间和立碑时间究竟是什么时候呢?这要从嘉靖皇帝撰写《敬一箴》说起。

朱厚熜(1507—1567),嘉靖皇帝,明武宗的堂弟,兴王朱祐杬的独子。武宗身后没有子嗣,无人继承皇位,慈寿皇太后和大学士杨延和商议,由16岁的朱厚熜以藩王身份继承大统。朱厚熜初承大统时,对国事有所作为,采取大赦、蠲免、减贡、赈灾等措施,朝政为之一振。嘉靖五年(1526年)六月二十一日,作《敬一箴》,告诫自己作为一国之主,一言一行都要小心谨慎,心怀敬畏,德行纯粹,"承天明命,作万方之君。一言一动一

---

① [清]纪昀等:《文渊阁四库全书》,《史部·职官类·钦定国子监志·卷四十七》,上海古籍出版社2003年版,第600册,526页。

政一令，实理乱安危之所系"。"惟敬是持，惟一是协，所以尽为天子之职。"嘉靖皇帝还勉励自己尽天子之职。嘉靖六年（1527年）又对程颐的视听言动四箴和范浚的心箴作了注释，表明自己的言行举止皆要合乎礼教，"非礼勿视，非礼勿听，非礼勿言，非礼勿动"。嘉靖皇帝以旁支入继大统，即位之初，有宏图大志，加之根基不稳，行事小心谨慎。嘉靖皇帝若言行真能遵循自己文中所写，定是一代明君。可惜，后来玩弄权术，迷恋修道，二十余年不理朝政，致使严嵩专权乱政。

《明实录·明世宗肃皇帝实录·卷之六十九》记载，嘉靖皇帝御制《敬一箴》等文后，颁赐给大学士费宏等人，费宏等人上疏，请求刻石立于翰林院、府州县学及两京国子监。

> 上制敬一箴及注范浚心箴、程颐视听言动四箴，颁赐大学士费宏等。宏等疏谢，因言："此帝王传心之要法，致治之要道，请敕工部，于翰林院盖亭竖立，以垂永久。仍敕礼部通行两京国学并摹刻于府州县学，使天下人士服膺圣训，有所兴起。"上谕："如议行。"

《明世宗肃皇帝实录·卷之九十三》载：

> （嘉靖七年十月）敬一亭成，工部奏列与事官员以闻。……本因朕学有粗得辅臣奏请于翰林院隙地建亭竖立箴石。

嘉靖七年（1528年）翰林院内敬一亭竣工。翰林院是培育高级文官的摇篮和涵养高层次学者的场所，明代内阁大学士均出自翰林院。嘉靖御制《敬一箴》及"五箴"注，首先应是在翰林院刊刻立碑，敬一亭也应首先在翰林院修建。国子监修建敬一亭的时间一定要晚于此。《明史·列传第七十四》记载了许诰任国子监祭酒时，请求在太学也就是国子监内建敬一亭，将《敬一箴》及"五箴"注刻石。

> 嘉靖初，起南京通政参议，改侍讲学士，直经筵，迁太常卿掌国子监。请于太学中建敬一亭，勒御制《敬一箴注》、程子《四箴》、范浚《心箴》于石。帝悦从之。

许诰，字廷纶，为许进次子也，弘治十二年（1499年）进士。许诰的请求，嘉靖皇帝很高兴，并且应允了，"帝悦从之"。《明史》记载了许诰请建敬一亭之事，但是并没有具体时间。《明实录·明世宗肃皇帝实录·卷一百十四》载：

> 嘉靖九年六月己未朔，诏国子监建敬一亭，勒御制敬一箴及范氏心箴程子视听言动箴注于石，从祭酒许诰请也。

在《明世宗肃皇帝实录》中明确国子监建造敬一亭的时间为嘉靖九年（1530年）六月，而且是"从祭酒许诰请也"。这与《明史》中的记载正好吻合。

由此可知，嘉靖五年（1526年），嘉靖皇帝撰写《敬一箴》，嘉靖六年（1527年）为"五箴"作注，嘉靖七年（1528年）在翰林院修建敬一亭，嘉靖九年（1530年）在国子监修建敬一亭。而全国各地府州县学也陆续修建敬一亭，刻石立碑。

第十二节 东西厢匾联

在敬一亭东西两侧有两个长方形二进小院落,为国子监的东西厢:东厢是祭酒、司业办公场所;西厢是琉球留学生学舍,在没有琉球学生学习时,西厢也是司业办公的场所。东西厢在民国年间已经损毁,现已无建筑,经勘查,东西厢的地基还有留存。当年在东厢悬挂了很多文人题写的匾、楹联,现今绝大部分已经遗失,只有一方"业精于勤"匾还保存在博物馆文物库房内。

道光版《钦定国子监志》详细记载了东厢悬挂匾联情况:

第二章 国子监匾联

> 厅中祭酒孙岳颁题额曰："进德修业"。东西房各一间，后轩五间，均南向。轩外额曰："敬思堂"，内额北向曰："程材毓俊"。均嘉庆癸酉铁保、多山、蒋予蒲、善庆、德亮、朱方增立。……左偏"古训是式"额一。乾隆甲辰蔡新、觉罗吉善、邹奕孝、运昌、额尔克图、邹炳泰立。……右偏"横经造士"额一。刘墉书。东壁南隅"业精于勤"额一，道光癸巳李宗昉、宗室桂森、程恩泽、柏葰、嵩安、王煜立。有联曰："万国贤才归首善，千秋教育重东胶"。又曰："立德、立言、立功，信今传后；有猷、有为、有守，修己治人。"均不署款。轩前厢房各二间，东额曰"崇实"，西额曰"振雅"。均祭酒李周望建，作记勒石于东轩之壁。①

"进德修业"匾

东厢厅中悬匾"进德修业"，"进德修业"出自《易·乾·文言》："君子进德修业。" 进德修业指提高道德修养，扩大功业建树。此匾为孙岳颁所题，孙岳颁曾任国子监祭酒。

按：孙岳颁（1639—1708），字云韶，号树峰，吴县（今江苏苏州）人。康熙二十一年（1682年）进士，官至礼部侍郎。康熙三十四年（1695年）任国子监祭酒，四十一年（1702年）以侍郎兼任国子监祭酒。②孙岳颁擅长书法，深受康熙皇帝赏识。康熙皇帝钟爱董其昌的书

---

① [清]文庆、李宗昉等纂修：《钦定国子监志》，北京古籍出版社2000年版，113页。
② 同上，713页。

153

法，孙岳颁曾以擅长书法、专学董其昌的沈荃为师。后来，孙岳颁以精湛的学董功夫获得康熙皇帝的信任和器重，使董其昌书法风靡天下。孙岳颁的书法多为行草，结体优雅匀称，风格秀美精致，笔致率意自然，轻盈飘逸，寓秀润于雄强之中。因此，"每有御制碑版必命书之"，每当有御制碑版，康熙皇帝必然命孙岳颁书写。孙岳颁书法功底深厚，为国子监东厢题写"进德修业"匾，我们可以想象，"进德修业"四字一定秀美飘逸，只可惜，此匾现已遗失。

"敬思堂"和"程材毓俊"匾

东厢后轩外额为"敬思堂"，内额为"程材毓俊"，这两方匾均为嘉庆癸酉（嘉庆十八年，1813年）铁保、多山、蒋予蒲、善庆、德亮、朱方增立。《诗经·大雅·常武》："既敬既戒。"笺："敬之言警也。"敬，慎重，谨慎，不怠慢。《论语·为政》："学而不思则罔，思而不学则殆。"思，思考，考虑。以"敬思"为匾警示国子监官师要谨慎思考。"程材"为汉代王充《论衡》中的一章。程，计量，考核；材，才干，才德；毓，生养，养育；俊，才俊。"程材毓俊"就是考核才干，培育才俊。

按：铁保（1752—1824），字冶亭，一字铁卿，号梅庵，满洲正黄旗人，清代书法家。《清史稿·卷三五三·列传一百四十》载："乾隆三十七年进士，授吏部主事……优于文学，词翰并美……留心文献，为八旗通志总裁。"铁保早年书法曾学"馆阁体"，后学颜真卿，纠正"馆阁"带来的板滞之病。铁保与成亲王、刘墉、翁方纲，并称为清代四大书家。以楷书见长。

第二章 国子监匾联

多山（？—1855），赫舍里氏，字云笏，号云湖，满洲镶蓝旗人，嘉庆十五年（1810年）任国子监祭酒。①

蒋予蒲，字元庭，河南睢州人，乾隆四十六年（1781年）进士，选为翰林院庶吉士，升内阁侍读学士，调通政司副使，嘉庆十七年（1812年）任国子监祭酒。②蒋予蒲祖父蒋辰祥，父蒋日纶，都是翰林院庶吉士，蒋氏父子祖孙有"三代翰林"的美称。

善庆（1833—1888），张佳氏，满洲正黄旗人，清代将领，攻战骁勇，屡立战功。为黑龙江骑兵统领，又调为杭州副都统、宁夏将军、江宁将军等职，与庆亲王奕劻、大学士李鸿章等创办海军。嘉庆十九年（1814年）任国子监祭酒。③

德亮，蒙古正蓝旗人，嘉庆六年（1801年）任国子监司业。④

朱方增（？—1830），字虹舫，浙江海盐人，嘉庆六年（1801年）进士，选庶吉士，授编修。《清史稿·卷三五四·列传一百四十一》载其："典云南乡试，迁国子监司业。⑤……入直懋勤殿，编纂石渠宝笈、秘殿珠林。寻督广西学政，累迁翰林院侍读学士。道光四年，大考第一，擢内阁学士。典山东乡试。七年，督江苏学政。"

"古训是式"匾

"古训是式"出自《诗经·大雅·烝民》："古训是式，威仪是力。"

---

① [清]文庆、李宗昉等纂修：《钦定国子监志》，北京古籍出版社2000年版，721页。
② 同上。
③ 同上，722页。
④ 同上，726页。
⑤ 嘉庆十六年（1811年）任国子监司业。参见[清]文庆、李宗昉等纂修：《钦定国子监志》，北京古籍出版社2000年版，727页。

古，故。训，道。式，法也。郑玄笺："故训，先王之遗典也。""古训是式"，以古昔先王之训典，遵法而行。此匾为乾隆甲辰（乾隆四十九年，1784年）蔡新、觉罗吉善、邹奕孝、运昌、额尔克图、邹炳泰立。

按：蔡新（1707—1799），字次明，号葛山，福建漳浦人。乾隆元年（1736年）进士，选庶吉士，授翰林院编修，累迁刑部、工部侍郎。三十二年（1767年），擢工部尚书，移礼部。乾隆三十四年（1769年）以尚书监管国子监事务，四十八年（1783年）拜文华殿大学士，以大学士监管国子监。①乾隆四十六年（1781年）十月，充《四库全书》馆正总裁之一。蔡新处事谨严，言行必忠于礼法。又善著古文，深得乾隆信任。

"乾隆五十年春二月丁亥，高宗纯皇帝肇建辟雍，临雍讲学。……临辟雍殿，特命大学士伍弥泰、监管监事蔡新进讲《四书》，命祭酒觉罗吉善、邹奕孝进讲《周易》。"②乾隆五十年（1785年），传说中的天子之学——辟雍建成，乾隆皇帝亲临国子监，举行"临雍讲学"，在乾隆讲学之前由满汉大学士进讲，蔡新以大学士统领国子监进讲《四书》。乾隆皇帝为了纪念"临雍讲学"作《上丁释奠后，临新建辟雍讲学，得近体四首》，其中第三首有诗句"蔡新或备伯兄行"，并自注"若今之群臣，孰可当老、更之席者？独大学士蔡新长于予四岁，或可居兄事之列"。③乾隆皇帝以蔡新长自己四岁，而称其可居兄弟之列，给了蔡新无上的荣耀。蔡新诚惶诚恐，面恳乞休。乾隆皇帝允许以原官致仕，加授太子太师。

觉罗吉善，满洲镶蓝旗人，乾隆二十四年（1759年）举人，乾隆四十二年（1777年）任国子监祭酒。④乾隆五十年（1785年），乾隆皇帝"临雍讲学"时觉罗吉善以祭酒身份进讲《周易》。

---

① [清]文庆、李宗昉等纂修：《钦定国子监志》，北京古籍出版社2000年版，710页。
② 同上，362页。
③ 同上，364页。
④ 同上，719页。

第二章 国子监匾联

邹奕孝（1728—1791），字念乔，江南常州府金匮县人（今江苏无锡）人。清乾隆二十二年（1757年）丁丑科探花，授编修。任内阁学士，福建、山东学政，会试副考官，顺天府副考官，殿试读卷官，武会主考官，礼部右侍郎，工部左侍郎等。乾隆四十五年（1780年）任国子监祭酒。[①]乾隆五十年（1785年），乾隆皇帝"临雍讲学"时邹奕孝以祭酒身份进讲《周易》。邹奕孝以理学造诣深得乾隆宠信，又通音律，郊祀大典、中和韶乐皆由其编定。他编纂了《律吕正义续编》，奉敕令定《诗经乐谱》，他还修正《乐律全书》、《律吕正义》。

运昌（1753—1822），字开文，别号时帆、梧门、陶庐，蒙古正黄旗人，清代著名的文学家、诗人和史学家，著有《陶庐杂录》。因乾隆皇帝盛赞其为奇才，赐其名为"法式善"，满语为"奋勉有为"之意。乾隆四十八年（1783年）任国子监司业，五十九年（1794年）任国子监祭酒。[②]

额尔克图，蒙古镶白旗人，乾隆四十五年（1780年）任国子监司业。[③]

邹炳泰（？—1820），字仲文，江苏无锡人，清朝大臣。乾隆三十七年（1772年）进士，选庶吉士，授编修，纂修《四库全书》。乾隆四十六年（1781年）任国子监司业，五十二年（1787年）任国子监祭酒。[④]《清史稿·卷三五一·列传一百三十八》载："国学因元、明旧，未立辟雍，炳泰援古制疏请。四十八年，高宗释奠礼成，因下诏增建辟雍。逾两年，始举临雍礼，称盛典焉。寻超擢炳泰为祭酒。累迁内阁学士，历山东、江西学政。"清以元、明国子监旧址为国家最高学府和管理国家教育的机构，没有辟雍大殿，邹炳泰上疏请求按照古制修建辟雍。乾隆四十八年（1783年），乾隆皇帝释奠祭孔后，下诏修建辟雍。乾隆五十年（1785年）辟雍建成，并举行"临雍讲学"，邹炳泰因此擢升为祭酒。

---

① [清] 文庆、李宗昉等纂修：《钦定国子监志》，北京古籍出版社2000年版，719页。
② 同上，719、724页。
③ 同上，724页。
④ 同上，719、724页。

"横经造士"匾

"横经"出自李白《上安州裴长史书》:"常横经籍书,制作不倦,迄于今三十春矣。"横经,指受业或读书。"造士"出自《礼记·王制》:"顺先王诗、书、礼、乐以造士。"造士,造就学业有成就的士子。此匾为刘墉题写,刘墉曾以尚书监管国子监。

按:刘墉(1719—1804),字崇如,号石庵,另有青原、香岩、东武、穆庵、溟华、日观峰道人等字号,清代书画家、政治家。山东高密人,祖籍江苏徐州丰县。乾隆十六年(1751年)辛未科第二甲第二名,刘统勋之子。官至内阁大学士、吏部尚书等职。乾隆四十八年(1783年)以尚书监署,五十年(1785年)以尚书监管国子监,五十六年(1791年)复以尚书监管国子监。[①]刘墉是清代著名的书法家,帖学之集大成者,与成亲王、翁方纲、铁保并称清代四大书家。清人徐珂在其《清稗类钞》中称赞刘墉道:"文清书法,论者譬之以黄钟大吕之音,清庙明堂之器,推为一代书家之冠。盖以其融会历代诸大家书法而自成一家。所谓金声玉振,集群圣之大成也。其自入词馆以迄登台阁,体格屡变,神妙莫测。"刘墉书法早年学习董其昌,字体秀媚妍润;中年学习颜真卿、苏轼各家,笔力雄健,丰泽厚实;晚年则锋芒内敛,造诣达到了高峰。著有《石庵诗集》刊行于世。如果刘墉题写的"横经造士"这方匾还留存至今的话,定是书法精品。

---

① [清] 文庆、李宗昉等纂修:《钦定国子监志》,北京古籍出版社2000年版,710页。

"业精于勤"匾

东厢后轩东壁南隅悬"业精于勤"匾，这是东厢诸多匾额中，仅存的一方。是道光癸巳（道光十三年，1833年）李宗昉、宗室桂森、程恩泽、柏葰、嵩安、王煜立。"业精于勤"出自韩愈《进学解》："业精于勤，荒于嬉；行成于思，毁于随。"业，学业；精，精通；于，在于；勤，勤奋。学业精深是由勤奋得来的。

"业精于勤"匾横长222厘米，纵宽79厘米，厚6厘米，黑底红字，正中楷书"业精于勤"四个大字，左侧上款题写"道光癸巳正月壬辰立"，右侧下款题写"兰友宗室桂森，芝龄李宗昉，春海程恩泽，寿山嵩安，静涛柏葰，绚斋王煜"，钤章二枚"李宗昉印"、"芝龄"。此匾保存较差，多处开裂，中间有一通裂纹。从匾额上的题款、印章可知，此匾由李宗昉题写，宗室桂森、程恩泽、柏葰、嵩安、王煜立，这些都与《钦定国子监志》的记载吻合。

"业精于勤"匾

北京孔庙国子监匾联考辨

按：宗室桂森，满洲镶蓝旗人，嘉庆二十五年（1820年）进士，道光九年（1829年）任国子监祭酒。①

李宗昉（1779—1846），"字芝龄，江苏山阳人。嘉庆七年一甲二名进士，授编修，典陕甘乡试。大考二等，擢赞善。督贵州学政，累迁侍读学士，督浙江学政。历詹事、内阁学士。"（《清史稿·卷三七五·列传一百六十二》）。嘉庆二十年（1815年）任国子监祭酒，道光八年（1828年）以侍郎监管国子监事务。②目前研究清代国子监最全面的道光版《钦定国子监志》就是由李宗昉主持编纂的。此匾为李宗昉题写，"业精于勤"四个大字，笔力雄厚，结字严谨，书风敦厚而不失灵动。

程恩泽（1785—1837），字云芬，号春海，安徽歙县人，嘉庆十六年（1811年）进士，授翰林院编修，历官贵州学政、侍读学士、内阁学士，官至户部侍郎。"恩泽博闻强识，于六艺九流皆深思心知其意，天象、地舆、壬遁、太乙、脉经莫不穷究。"（《清史稿·卷三七六·列传一百六十三》）著有《国策地名考》、《程侍郎遗集》。道光六年（1826年），调湖南学政。道光八年（1828年）任国子监祭酒，十三年（1833年）复任祭酒。③

嵩安，蒙古正白旗人，道光二年（1822年），任国子监司业。④

柏葰（？—1859），原名松葰（道光十年改为柏葰），字静涛，巴鲁特氏，蒙古正蓝旗人。柏葰出生于北京，自小聪明好学，道光六年（1826年）考中进士，选庶吉士，授编修。曾任工部、刑部侍郎、正黄旗汉军副都统等职，为官清廉。道光十二年（1832年），任国子监司业。⑤

王煜，安徽滁州人，道光十二年（1832年），任国子监司业。⑥

---

① [清] 文庆、李宗昉等纂修：《钦定国子监志》，北京古籍出版社2000年版，723页。
② 同上，712、722页。
③ 同上，723页。
④ 同上，728页。
⑤ 同上，729页。
⑥ 同上。

第二章 国子监匾联

"万国贤才归首善,千秋教育重东胶"楹联

东厢后轩东壁有两副楹联,都已遗失,题写者均未署名。其一为"万国贤才归首善,千秋教育重东胶"。

《礼记·王制》曰:"有虞氏养国老于上庠,养庶老于下庠。夏后氏养国老于东序,养庶老于西序。殷人养国老于右学,养庶老于左学。周人养国老于东胶,养庶老于虞庠,虞庠在国之西郊。"郑玄注:"上庠、右学,大学也,在西郊;下庠、左学,小学也,在国中王宫之东;东序、东胶,亦大学,在国中王宫之东;西序、虞庠亦小学也,西序在西郊,周立小学于西郊。胶之言纠也,庠之言养也。周之小学为有虞氏之庠制,是以名庠。云其立乡学亦如之。胶,或作㲄。""东序、东胶,亦大学,在国中王宫之东;西序、虞序亦小学也,西序在西郊,周立小学于西郊。"东胶泛指兴化教育、养老之所。《史记·儒林列传》曰:"故教化之行也,建首善自京师始,由内及外。"意谓实施教化自京师开始,京师为四方的模范。"首善"指首都。

"立德、立言、立功,信今传后;有猷、有为、有守,修己治人"楹联

其二为"立德、立言、立功,信今传后;有猷、有为、有守,修己治人"。

后人称"立德、立言、立功"为"三不朽",出自《左传·襄公十四年》,叔孙豹说他听古人说过:"太上有立德,其次有立功,其次有立言。""三不朽"指一个人在道德、事功、言论的任何一个方面都有所建树,传之久远,他们虽死犹生,其名永远立于世人之心,才是不朽。"有猷、有为、有守"出自《尚书·洪范》。猷,谋略、计划。为,作为。守,操守。"有猷、有为、有守"的意思就是有计划,有谋略;有作为,有实际行动;有人格操守,有原则。

"崇实"、"振雅"匾

后轩前有厢房两间,东边为东轩题额"崇实",西边为西轩题额"振雅",东西轩是康熙五十七年(1718年),祭酒李周望所建。"崇实"、"振雅"两方匾为李周望题写,李周望还为二轩作记并书写,刻石后镶嵌在东轩墙壁上。可惜这两方匾现已无存,所幸二轩壁记还保存至今,现镶嵌在国子监十三经碑林南端。为何以"崇实"、"振雅"为二轩之名呢?李周望在记中写到:"实则祛名,雅则远俗。"儒家讲究名实相符,学习应务实,以雅静之心学习,远离世俗杂务。

> 往予备员成均,为司业。方期振兴文教,修举废坠。未期月,迁翰林院侍讲以去。迨视学二楚,事竣还朝,复拜祭酒之命。自甲午迄今,屡膺教育人材之职,异数有加。其同以胜任而无负乎?夫京师为首善要地,师儒之官,海内圭表,典礼于是乎成,贤才于是乎出。而教习贡、监诸生之执经讲业者,旅进旅退,曾无憩息之所,非所以居业也。季试、月考,风雨寒暑,授简操笔,未及卒业,惴惴焉以禁

第二章 国子监匾联

> 城锁钥为忧,非所以敬事也。乃于彝伦堂后东厢左右构二楹焉。其东轩曰"崇实",其西轩曰"振雅"。明窗暖室,笔床茶灶,几席帘幕之属,纤悉毕具。诸生较艺角胜,优游啸咏。思夫实则祛名,雅则远俗,研精覃虑,一以古人为准的,而不屑屑于凡近。则寻丈之地,不为无补焉。又惧人杂而事稠也,更广葺官舍而鼎新之,使诸师分曹勤事,庶几各共厥职,无相凌夺之意也。昔宋儒胡翼之教授湖州,设经义、治事二斋,俾之分居其中,专心肄业。其才皆可为世用。后居太学,其徒益众。太学不能容,取旁官舍处之。元儒许文正为祭酒,亦大葺学舍,令其子弟处各斋为之长,儒教大兴。予何能?方驾前贤。惟是遭逢右文之世,圣天子垂意辟雍,乐育多士。一时同官,精白乃心,协恭共济,予与诸生析疑订义,朝斯夕斯,庆大化之有成也,讵非承乏之幸欤?若夫遵守规则,久而弗替,或加式廓焉,则不能无望于后之君子。①

康熙五十七年(1718年),李周望任国子监祭酒,在康熙五十三年(1714年)还曾任国子监司业,"往予备员成均,为司业……未期月,迁翰林院侍讲以去。……复拜祭酒之命"。国子监是全国最高学府,国子监老师为人表率,"师儒之官,海内圭表"。国子监老师教授学业,却无休息之地,"曾无憩息之所"。当年国子监老师生活在城外,尤其在季试、月考之际,再遇上寒暑风雨,总是担心城门被关,"季试、月考,风雨寒暑,授简操笔,未及卒业,惴惴焉以禁城锁钥为忧"。李周望有感于此,在东厢修建二轩作为办公之地,东轩为"崇实",西轩为"振雅"。

按:李周望(1668—1730),字渭湄,号南屏,清直隶蔚州(今张家口蔚县大蔡庄)人。康熙三十六年(1697年)进士,入选翰林院,之后就

---

① [清] 文庆、李宗昉等纂修:《钦定国子监志》,北京古籍出版社2000年版,1139页。

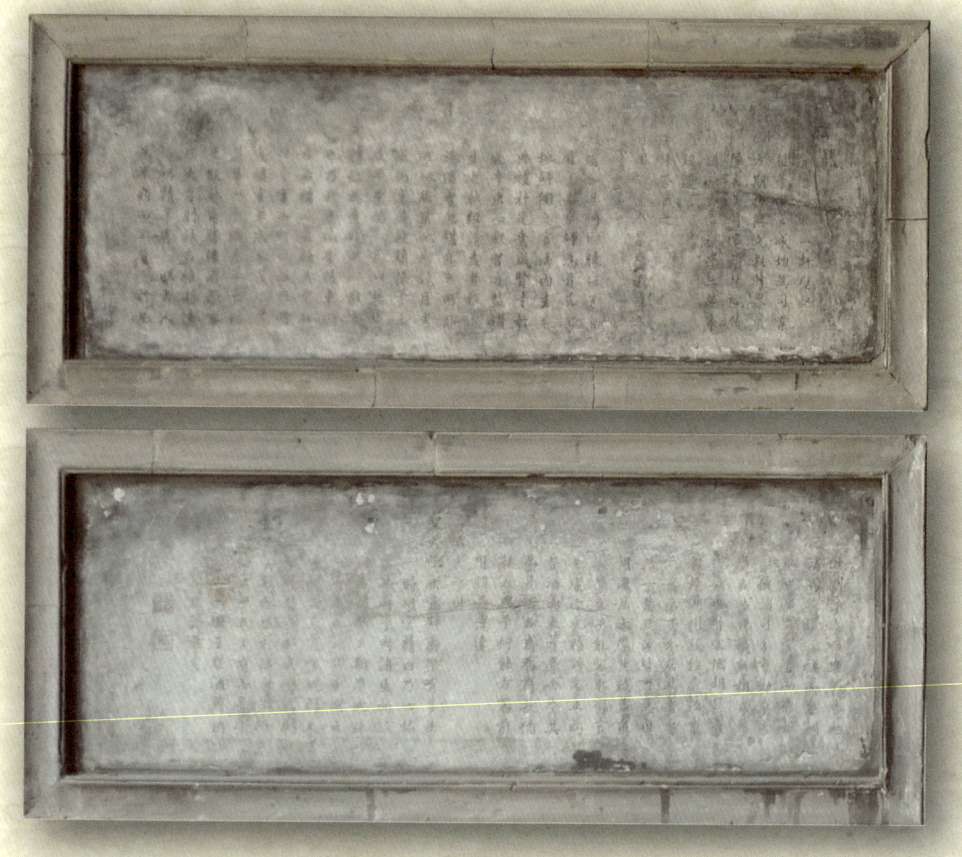

"崇实"、"振雅"二轩碑记

长期担任教育方面的官员,先后任会试同考官、国子监司业、祭酒、翰林院侍讲、湖广学政等职。康熙五十三年(1714年)任国子监司业,康熙五十七年(1718年)任国子监祭酒。①李周望在礼乐方面建树卓著,雍正三年(1725年)完成的《国学礼乐录》,是对清代国学礼制乐舞制度的全面总结,由朝廷颁布全国执行,在清代产生了重要影响。另著有《太学进士题名碑录》和诗文集《六槐堂集》。

---

① [清] 文庆、李宗昉等纂修:《钦定国子监志》,北京古籍出版社2000年版,714、717页。

第十三节 国子监土地祠匾联

孔庙和国子监博物馆文物库房内现存匾五十余方，由于年代久远，这些匾何人题写、题写于何时、悬挂于何处等问题都有待考证。其中"优入圣域"这方匾引起笔者的注意，经过深入研究，笔者不仅揭开了这方匾的庐山真面目，而且还有意外的发现。

"优入圣域"匾

"优入圣域"匾黑底红字，横长171厘米，纵宽61厘米，厚4厘米，该匾保存不是很好，一些地方已经掉漆，但还是可以辨认出：正中楷书"优入圣

"优入圣域"匾

域"四个大字，左侧上款题写"嘉庆十八年孟夏吉日"，右侧下款题写"助教金特赫敬书"。看到"优入圣域"这四个字，一下子想起韩愈《进学解》来："昔者孟轲好辩……荀卿守正……是二儒者，吐辞为经，举足为法，绝类离伦，优入圣域，其遇于世何如也？"《进学解》是韩愈在元和七、八年（812—813年）任国子博士①时所作，假借向学生训话，勉励他们在学业、德行方面取得进步，学生提出质问，他再进行解释，故名"进学解"，借以抒发个人怀才不遇、仕途不顺的牢骚。文中说孟子和荀子德才俱佳，"优入圣域"，可以进入并达到圣人的境界。由此，初步判断此匾可能褒扬的是孟子、荀子或韩愈三人中的一个。

孔庙和国子监博物馆研究部高彦老主任曾经说过，以前国子监还有一座土地祠，供奉的是韩愈。"优入圣域"这方匾会不会就是悬挂在土地祠，褒扬韩愈的呢？笔者查阅道光十三年修订的《钦定国子监志》，果然在有关记载土地祠的章节中找到："又额曰'优入圣域'。嘉庆癸酉，助教金特赫题。"②书中记载与该匾实际情况一致，可以断定笔者的猜测是正确的，"优入圣域"这方匾是嘉庆癸酉年（嘉庆十八年，1813年）国子监助教③金特赫为韩愈题写的，悬匾于国子监土地祠中。

---
① 博士，国子监专门从事教学的官员。清代为七品。
② [清] 文庆、李宗昉等纂修：《钦定国子监志》，北京古籍出版社2000年版，44页。
③ 助教，国子监教官，协助博士教学。清初为从八品，乾隆元年（1736年）升为从七品。

第二章 国子监匾联

土地祠

国子监土地祠又称昌黎祠（因世称韩愈为韩昌黎，故名），在明嘉靖年间王材、郭鎜等专门为国子监纂修的志书——《皇明太学志》[1]中就有记载，但是具体建造年代书中并未提及。乾隆四十三年编修的《钦定国子监志》，即"四库本"也记载："祠之始立无考。"[2]可见，土地祠至少在明代就已有。

虽然没有记载土地祠的建造年代，但是《皇明太学志》对土地祠的位置、大小、环境等都有详细的描述：

> 土地祠五间，在馔堂门之右。庭植松树二株，周缭以垣，中门一座，折而西，门一座，即由广储之路以入者（旧名小广储门）。[3]

土地祠面阔五间，在馔堂[4]门右侧。庭院内种了两棵松树，四周以墙围绕，中间有一座门，向西转，有一座门，就是小广储门，从广储之路就可以进入国子监。

除了祭祀孔子外，国子监师生每年十二月二十四日祭祀国子监土地等神："每十二月二十四日祭本监土地等神。"[5]《皇明太学志·卷之五》详细记载了明代国子监师生祭拜土地神的情况：

---

[1] [明]王材、郭鎜等纂修：《皇明太学志》，首都图书馆编辑《太学文献大成·卷五》，学苑出版社1996年版。
[2] [清]纪昀等：《文渊阁四库全书》《史部·职官类·钦定国子监志·卷九》，上海古籍出版社2003年版，第600册，104页。
[3] [明]王材、郭鎜等纂修：《皇明太学志》，首都图书馆编辑《太学文献大成·卷五》，学苑出版社1996年版，45页。
[4] 馔堂，明代国子监食堂，在国子监东北，清代已无。
[5] [明]王材、郭鎜等纂修：《皇明太学志》，首都图书馆编辑《太学文献大成·卷五》，学苑出版社1996年版，543页。

> 斋期前期一日，本监□典簿□□□□祭器，午后省牲。至日□
> 明本监祭酒率合属官员，躬行祭礼于祠内。祭品：羊一，豕一，鸡，
> 鱼，馒头，时果，酒。祭器：锡爵三，锡酒壶一，木方盘五，铁香炉
> 一，铁烛台二。陈设：王日，执事监生各诣坛所，依式陈设，以俟祭
> 酒行礼。①

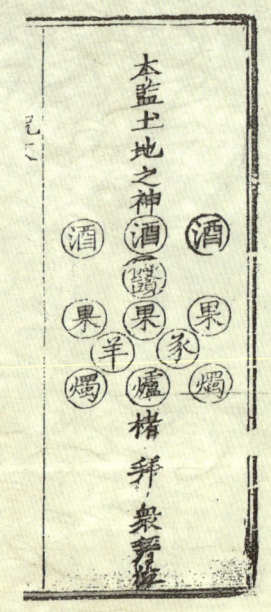

《皇明太学志》中国子监土地祠陈设图

虽然文中缺字，但不影响我们的理解。祭祀的前一天，准备好祭器；为了显示虔诚，前一天午后，一一审查祭祀用的牲口——省牲。二十四日当天国子监祭酒率领全体师生，在土地祠内躬行祭礼，祭拜土地。祭品有：一只羊，一头猪，还有鸡、鱼、馒头、时令水果和酒。祭器有：三只锡爵，一把锡酒壶，五个方木盘，一个铁香炉，两个铁烛台。祭祀时，国子监祭酒还要宣读祝文：

---

① [明]王材、郭鏊等纂修：《皇明太学志》，首都图书馆编辑《太学文献大成·卷五》，学苑出版社1996年版，543—544页。

第二章 国子监匾联

> 某年岁次，某甲子，某月，某朔越，某日某，国子监祭酒某等，敢昭告于本监土地之神曰："国朝设立太学，以作养人才，凡师生朝夕起居，赖神之庇，岁云暮矣，礼宜报祀。谨以牲帛果品式陈，明荐尚飨。"①

太学之地，化育人才，一年苦读，神灵庇佑，年终将至，不敢怠慢，陈设牲帛果品，祭献土地。从此处记载，可以看出明代师生祭祀土地神之恭敬虔诚。

乾隆四十三年编修的《钦定国子监志》记载了清朝乾隆时期的土地祠，较《皇明太学志》的记载更为详细：

> 土地祠在崇圣祠后迤西。正祠三楹，南向，高一丈七尺五寸，广一丈一尺，深一丈八尺左右；披房各一楹，高一丈四尺一寸，广九尺，深一丈四尺；前抱厦一楹，高一丈一尺三寸；又前左右厢房各二楹，高一丈三尺九寸，广一丈八尺四寸，深一丈二尺；均覆以版瓦，周缭以垣；前为大门，高七尺九寸，广一丈，深五尺，左右小门各一。
>
> 谨案：祠之始立无考。《明太学志》云：土地祠五间，在馔堂门之右。疑即此也。国朝康熙戊辰、丙戌，乾隆己巳、甲申，节经丹艧。三十二年附先师庙大工，一体庀材加焕饰焉。②

这里不仅写出了土地祠的方位、建筑布局，还交代了建筑的高度、长度和进深。"谨案"中的内容也值得研究。土地祠始建于何时，在清乾隆年

---

① [明]王材、郭鎜等纂修：《皇明太学志》，首都图书馆编辑《太学文献大成·卷五》，学苑出版社1996年版，545页。
② [清]纪昀等：《文渊阁四库全书》《史部·职官类·钦定国子监志·卷九》，上海古籍出版社2003年版，第600册，104页。

文渊阁四库全书《钦定国子监志》国子监土地祠全图

间就已经无从考证了，最早关于它的记载就是在《皇明太学志》中，前文已述。此清代土地祠是否就是彼明代土地祠，清人存疑，不敢妄下断言，"疑即此也"。从明清两代国子监全图土地祠的位置来看，此即是彼，彼即是此。清代对土地祠还是很重视的，多次修缮油饰：康熙戊辰（康熙二十七年，1688年）、丙戌（康熙四十五年，1706年），乾隆己巳（乾隆十四年，1749年）、甲申（乾隆二十九年，1764年）土地祠的斗拱（节，斗拱）经过染料涂饰。乾隆三十二年（1767年），孔庙大修，土地祠也随同一起修缮，一同备齐建筑材料，增加新的装饰。

土地祠正祠内悬挂着众多赞颂褒扬韩愈的匾联，乾隆版《钦定国子监志》载：

第二章 国子监匾联

联曰:"进学解成,闲官一席曾三任;起衰力任,巨学千秋本六经。"康熙戊辰,司业彭定求题。

又匾曰:"泰山北斗。"联曰:"贯日矢天,正气衍千秋之俎豆;驱邪辟异,精英振八代之文章。"俱康熙戊辰,典簿张璿题。

又匾曰:"浩气独存。"联曰:"道统接邹鲁而后,功在千秋;儒修开濂洛之先,泽流多士。"皆康熙丙戌,祭酒孙岳颁书。①

司业②彭定求和典簿③张璿为土地祠题写的匾联都是在康熙戊辰年,也就是康熙二十七年(1688年),祭酒④孙岳颁书的匾联、楹联在康熙丙戌年,也就是康熙四十五年(1706年)。与乾隆版《钦定国子监志·卷九》中有关记载相对照,"国朝康熙戊辰、丙戌……节经丹艧",会发现这两个年代土地祠恰好修缮、油饰。笔者推测,很有可能在康熙二十七年和四十五年对土地祠油饰过后,国子监的官员为表示对韩愈的尊敬,对土地的虔诚,题写以上匾联。这些匾联的内容不外乎概述韩愈的生平,表现韩愈的思想,表彰韩愈的贡献。

彭定求(1645—1719),字勤止,江南长洲人,康熙十五年(1676年)状元。康熙二十四年(1685年)任国子监司业。⑤康熙二十七年(1688年)题写楹联:"进学解成,闲官一席曾三任;起衰力任,巨学千秋本六经。"

"进学解成",这里指韩愈散文名篇《进学解》;"闲官一席曾三任",韩愈多次出任国子监官员⑥,三,多次之意,国子监官员主管教学,无实权,故被认为是"闲官";"起衰力任",韩愈散文开一代之风气,在继承先秦、两汉古文的基础上,加以创新和发展,一扫骈文奢华之风,居

---

① [清]纪昀等:《文渊阁四库全书》《史部·职官类·钦定国子监志·卷六十一》,上海古籍出版社2003年版,第600册,777页。
② 司业,为国子监内的副长官,协助祭酒,掌儒学训导之政。清代为正六品。
③ 典簿,国子监主管人事和财务的官员。清代为从八品。
④ 祭酒,古代飨宴时酹酒祭神的长者,后亦泛称年长或位尊者。隋唐以后,专指国子监的主管官员。清代为从四品。
⑤ [清]文庆、李宗昉等纂修:《钦定国子监志》,北京古籍出版社2000年版,714页。
⑥ 唐元和元年至元和四年(806—809年),元和七年至八年间(812—813年),韩愈任国子博士;元和十三年(818年),元和十五年至长庆元年(820—821年),任国子祭酒。

"唐宋八大家"之首，苏轼评价其"文起八代之衰"，"八代"指东汉、魏、晋、宋、齐、梁、陈、隋，这几个朝代正是骈文由形成到鼎盛的时代；"巨学千秋本六经"，韩愈在哲学思想上尊孔孟反佛老，因谏阻宪宗迎佛骨，贬为潮州刺史，韩愈创造性地构造出儒家的"道统"来对抗佛教的"祖统"，他的学问以儒家的"六经"为根本。

张璠，生卒年不详，顺天人，康熙二十三年（1684年）任国子监典簿。康熙二十七年（1688年）题匾："泰山北斗。"楹联："贯日矢天，正气衍千秋之俎豆；驱邪辟异，精英振八代之文章。"

韩愈的"道统"说对宋明理学影响深远，他的散文是后人习作的范本，因此称得上"泰山北斗"，《新唐书·列传一〇一·韩愈传》："自愈没，其学盛行，学者仰之如泰山北斗。""贯日矢天"，韩愈的忠心天地日月可鉴，精诚感天；"正气衍千秋之俎豆"，韩愈生前为国为民，力谏皇帝被贬潮州，正气被后人称颂，所以身后入祀孔庙，享受俎豆之礼；"驱邪辟异"，韩愈力辟佛老，尊儒家为正统；"精英振八代之文章"，韩愈散文开唐宋散文之先河，"文起八代之衰"。

孙岳颁（1639—1708），字云韶，江南吴县人，康熙二十一年（1682年）进士，康熙三十四年至三十五年（1695—1696年）任国子监祭酒，康熙四十一年（1702年）以侍郎兼任国子监祭酒[①]。康熙四十五年（1706年）题匾："浩气独存。"楹联："道统接邹鲁而后，功在千秋；儒修开濂洛之先，泽流多士。"

"浩气独存"，韩愈之浩然正气千百年来尤在。"道统接邹鲁而后"，韩愈的"道统"说认为儒家的道的内容是"仁义"，他认为从孟子以后，"道统"就失传了，韩愈接续了孔孟这个道统；"功在千秋"，韩愈的"道统"说直接开启了宋明理学，功在千秋；"儒修开濂洛之先"，北宋的周敦颐、程颢、程颐是宋明理学的重要人物，周敦颐的老家有条濂溪，后世称之

[①] [清]文庆、李宗昉等纂修：《钦定国子监志》，北京古籍出版社2000年版，713页。

第二章 国子监匾联

为"濂溪先生",二程的老家在洛阳,有洛水,世称其学为"洛学",韩愈的"道统"说直接影响了周敦颐和二程兄弟;"泽流多士",韩愈的哲学思想、散文等对后代士人影响深远,泽被后世。

道光十三年修订的《钦定国子监志》对土地祠也有记载:

> 土地祠在崇圣祠后迤西,正祠三间,南向。高一丈七尺五寸,广一丈一尺,深一丈八尺。
>
> 内悬联曰:"进学解成,闲官一席曾三仕;起衰力任,巨学千秋本六经。"康熙戊辰,司业彭定求题。
>
> 又额曰:"泰山北斗。"联曰:"贯日矢天,正气衍千秋之俎豆;驱邪辟异,精英振八代之文章。"康熙戊辰,典簿张璿题。
>
> 又额曰:"浩气独存。"联曰:"道统接邹鲁而后,功在千秋;儒修开濂洛之先,泽流多士。"康熙丙戌,祭酒孙岳颁题。
>
> 又额曰:"昭垂宇宙。"乾隆丙申,助教嵩龄题。
>
> 又额曰:"斯文在兹。"联曰:"起八代衰,自昔文章尊北斗;兴四门学,即今俎豆重东胶。"嘉庆丁巳,祭酒法式善题。
>
> 又额曰:"优入圣域。"嘉庆癸酉,助教金特赫题。
>
> 又额曰:"忠直正大。"道光己丑,伯庆阿题。
>
> 左右披房各一间,高一丈四尺一寸,广九尺,深一丈四尺。前抱厦一间,高一丈一尺三寸。又前左右厢房各三间,高一丈三尺九寸,广一丈八尺四寸,深一丈二尺。均覆以筒瓦,周缭以垣。庭中杂植各树。前为大门,高七尺九寸,广一丈,深五尺,左右小门各一。
>
> 谨案:祠之始立无考。《皇明太学志》云:土地祠五间,在馔堂门之右。疑即此也。国朝康熙戊辰、丙戌,乾隆己巳、甲申,节经丹艧。三十二年附先师庙大工,一体庀材加焕饰焉。[1]

---

[1] [清]文庆、李宗昉等纂修:《钦定国子监志》,北京古籍出版社2000年版,44页。

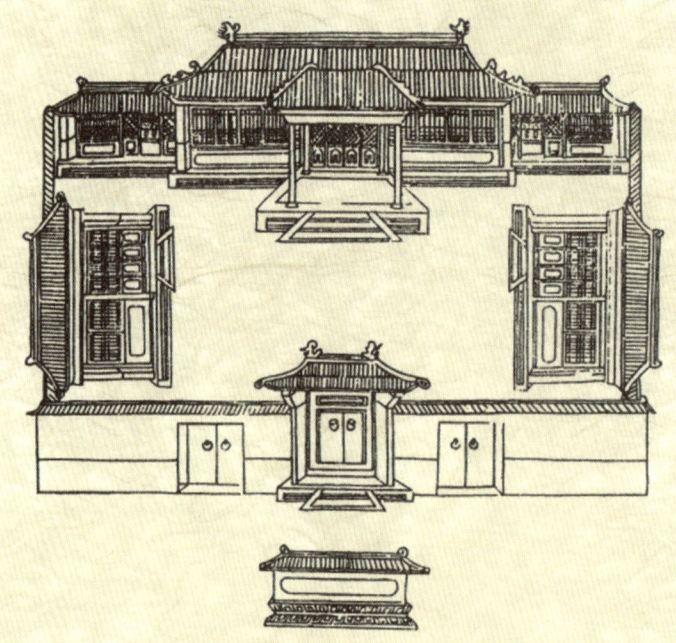

道光年《钦定国子监志》国子监土地祠全图

将《钦定国子监志》乾隆"四库本"和道光"修订本"两个版本中对土地祠的记载及两个时期的土地祠全图相比较,发现土地祠的位置、建筑没有什么变化,甚至建筑的尺寸都一致,"谨案"内容也完全一致,只是祠内的匾联增多了。从文字内容上看,这些匾联与之前的内容大体一致,也是褒扬韩愈。

嵩龄,原名阿克章阿,生卒年不详,乾隆二十三年(1758年)奉命改名为嵩龄,字舆九,满洲镶红旗人,著名画家。乾隆五十二年(1787年)任八旗助教。[1]乾隆丙申(乾隆四十一年,1776年)题匾:"昭垂宇宙。"

"昭垂宇宙"赞颂韩愈的功业昭示、垂范天地。

法式善(1753—1822),字开文,蒙古乌尔济氏,隶内务府正黄旗,乾隆四十五年(1780年)进士。原名运昌,清代文学家,乾隆四十八年(1783

---

[1] [清] 文庆、李宗昉等纂修:《钦定国子监志》,北京古籍出版社2000年版,763页。

第二章 国子监匾联

年）任国子监司业，五十九年（1794年）任国子监祭酒。[①]嘉庆丁巳（嘉庆二年，1797年）题匾："斯文在兹。"楹联："起八代衰，自昔文章尊北斗；兴四门学，即今俎豆重东胶。"

"斯文在兹"出自《论语·子罕》："子畏于匡。曰：'文王既没，文不在兹乎？天之将丧斯文也，后死者不得与于斯文也；天之未丧斯文也，匡人其如予何？'""斯文"指周初文武周公相传之礼乐、典章制度。这里称颂韩愈继承儒家"道统"，继承儒家文化。"起八代衰，自昔文章尊北斗"，韩愈文章挽回八代以来文章的衰落势头，文章堪称典范，受后人景仰；"兴四门学，即今俎豆重东胶"，"四门学"是古代学校名，"兴四门学"，这里指韩愈任职国子监，发展教育。"东胶"出自《礼记·王制》："周人养国老于东胶，养庶老于虞庠。"东胶泛指兴化教育、养老之所。"即今俎豆重东胶"，而今，国朝重视教育，韩愈受后人尊敬入祀孔庙享受俎豆之礼。

金特赫，生卒年不详，满洲正白旗人，嘉庆十四年（1809年）任八旗助教。[②]嘉庆癸酉（嘉庆十八年，1813年）题匾："优入圣域。"

"优入圣域"就是本文开篇所提匾，借用韩愈《进学解》的词语赞颂韩愈已经进入圣人的境界。

伯庆阿，生卒年不详，蒙古正蓝旗人，嘉庆十三年（1808年）任国子监笔帖士[③]。道光己丑（道光九年，1829年）题匾："忠直正大。"

"忠直正大"称颂韩愈对国家忠诚正直，公正无私。

从乾隆、道光两朝的志书记载，发现当年土地祠中悬挂了很多匾联，由此可见当年国子监官员对土地祠的重视程度。

分析这些匾联的题写时间和题写者在国子监任职时间，我们发现一个很有趣的现象：除嵩龄题写"昭垂宇宙"匾外，其余官员题写匾联的时间都晚于在国子监任职的时间，也就是说，这些官员是在国子监卸任后题写的匾

[①] [清]文庆、李宗昉等纂修：《钦定国子监志》，北京古籍出版社2000年版，719、724页。
[②] 同上，768页。
[③] 同上，782页。笔帖士，清代低级文职官员，主管翻译、起草或办理奏章文书等。

联。我们可以大胆推断，通常情况是，请当时曾在国子监任职的书法优秀的官员来为土地祠题写匾联。嵩龄题写"昭垂宇宙"匾的时间为乾隆丙申（乾隆四十一年，1776年），而他在乾隆五十二年（1787年）任八旗助教，他题匾时还没有任助教，但是匾已经注明嵩龄为助教。不知是典籍记载有误还是其他什么原因，有待进一步考证。

乾隆"四库本"和道光修订本《钦定国子监志》对土地祠内陈设情况记载一致：

> 土地祠位：南向，供案一。案设磁爵三，磁盘二，左实鹿脯，右实兔醢。牲盘一，实以牛肉、豚肉各一方。其前炷香一，烛二，炉一，灯二，质用绿色琉璃。①

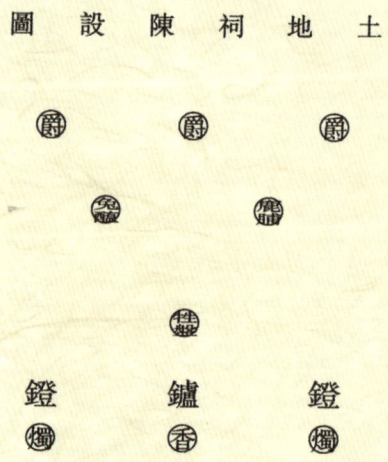

道光版《钦定国子监志》国子监土地祠陈设图

---

① [清]纪昀等：《文渊阁四库全书》《史部·职官类·钦定国子监志·卷十八》，上海古籍出版社2003年版，第600册，166页。[清]文庆、李宗昉等纂修：《钦定国子监志》，北京古籍出版社2000年版，482页。

第二章 国子监匾联

土地祠正祠三间

与明代土地祠陈设相对比,发现明清两代祭祀土地的用品有很大差别。

清代记载国子监的志书有乾隆四十三年"四库本"和道光十三年的修订本。除此之外,还有光绪二十三年补刊重印本。但是光绪本主要是对道光本作以补刻,内容几乎没有变动,所以,道光至清末、民国年间孔庙和国子监的情况鲜有史料记载。道光十三年之后土地祠的情况也无文献可查。

明末清初孙承泽著的《春明梦余录》记述明代典故,颇为详细,其中也有关于国子监土地祠的记载,但是与《皇明太学志》比较,发现其中记载完全来自于《皇明太学志》,没有更多的内容。《日下旧闻考》是清乾隆年间窦光鼐、朱筠等奉旨撰写,根据朱彝尊编辑的《日下旧闻》加以增补、考证而成的,该书汇集了北京史志文献资料,关于国子监土地祠的记载也与乾隆四十三年"四库本"《钦定国子监志》内容一致。

根据志书的记载,按图索骥,找到了当年的土地祠,它位于崇圣祠西

房檐上的彩绘

北，与崇圣祠一街之隔。据说，建国后土地祠曾是一家工厂的仓库，目前，归国学小学所有，荒废无人使用。土地祠院子呈长方形，门口一扇红铁门，院内除了三间正祠，其余均为现代建筑。正祠三间，面南，前抱厦一间，这与乾隆和道光版的《钦定国子监志》记载"前抱厦一楹"一致。正祠有被今人改建的痕迹，但是屋内梁柱还未破坏，房檐处隐约能够看到彩绘。

韩愈以其在理学和文学史上的重要贡献而为后代学子所敬仰，因此奉为国子监土地，受最高学府国子监师生香火。"优入圣域"这方匾很好地体现了后人对韩愈的崇敬，只可惜今日土地祠荒废，祠中众多匾联，也只留存这一方。

第二章 国子监匾联

第十四节 文人题匾

孔庙和国子监博物馆文物库房内，除了前面介绍过皇帝御书、御制匾外，还有一类匾为国子监官师题写、刻立，悬挂在国子监学习、办公场所，我们称之为"文人题匾"。这些匾通常上款题写立匾的时间，下款为题匾者、立匾者及钤章。题匾者和立匾者的姓名前一般冠上他们的字、号或籍贯，例如："芝龄李宗昉"，李宗昉字芝龄；"南皮张之洞"，张之洞是河北南皮人。这些匾都是道光十三年（1833年）之后题写刻立的，道光版《钦定国子监志》中没有收录，因此，不清楚具体悬挂的位置。通过分析研究这些匾，有助于我们深入了解清末国子监。

"经正民兴"匾

"经正民兴"匾横长222厘米,纵宽95厘米,厚5厘米。木质横匾,黑底金字,匾正中楷书"经正民兴"四个大字。左侧上款题写"同治元年孟秋寿阳祁寯藻书",钤章二枚"祁寯藻印"、"实甫"。右侧下款题写"东河毕道远,东之衍秀,荫方阜保,博川文祥,玉符麒庆,树南延煦,伯寅潘祖荫,质斋萧培元,秋皋绍祺,礼南杨秉璋,兰孙李鸿藻,璞斋瑚图礼,介樵马寿金"。此匾保存不甚完好,黑色漆皮大部分脱落,有多处裂痕。

"经正民兴"匾

"孟秋"为旧历秋季第一个月,即七月。此匾为祁寯藻在同治元年(1862年)七月题写。祁寯藻为山西寿阳人,故称"寿阳祁寯藻",一字实

第二章 国子监匾联

甫,所以一枚钤章为"实甫"。祁寯藻书法由小篆入真行,师承二王,出颜柳,参以山谷,深厚遒健,自成一格,为清代中晚期著名书法家,有"一时之最,人共宝之""楷书称首"的赞誉。"经正民兴"四个字,端正严谨,规矩方正,带有颜体特点,体现了祁寯藻楷书的风格。

"经正民兴"出自《孟子·尽心下》:"君子反经而已矣。经正,则庶民兴;庶民兴,斯无邪慝矣。"朱熹在《四书集注》中这样注释:"经,常也,万世不易之常道也。兴,兴起于善也。邪慝,如乡原之属是也。世衰道微,大经不正,故人人得为异说以济其私,而邪慝并起,不可胜正,君子于此,亦复其常道而已。常道既复,则民兴于善,而是非明白,无所回互,虽有邪慝,不足以惑之矣。"这句话意思是,君子的所作所为不过是为了让一切回到正道。回到正道,老百姓就会振作起来;老百姓振作起来,也就没有邪恶了。

按:祁寯藻(1793—1866),字颖叔、淳甫、实甫,号春圃、观斋、息翁,山西寿阳人。户部郎中祁韵士之子。嘉庆十九年(1814年)进士,选庶吉士,授编修。官至军机大臣,左都御史,兵、户、工、礼诸部尚书,体仁阁大学士。道光十二年(1832年),祁寯藻又补授翰林院侍讲,署任国子监祭酒。①道光十九年(1839年)赴福建筹办海防,查禁鸦片。咸丰皇帝即位,受到重用。同治元年(1862年),供职弘德殿,教同治皇帝读书。祁寯藻为清代道光、咸丰、同治三代帝王之师,因此有"三代帝师"、"寿阳相国"之称。赠太保,祀贤良祠,谥文端。有《谷曼谷九亭集》。

以下为立匾者。

毕道远(1810—1889),字仲任,号东河。清朝八大书法家之一,山东淄川人。道光二十一年(1841年)进士,初任翰林院散馆检讨、山西正主考官、记名御史、司经局洗马。咸丰元年(1851年)充国史馆纂修,后历任翰林院侍讲、侍读学士、文渊阁校理、顺天乡试同考官、广西正主考官、国子

---

① [清]文庆、李宗昉等纂修:《钦定国子监志》,北京古籍出版社2000年版,723页。

监祭酒、内阁学士兼礼部侍郎、兵部侍郎、户部右侍郎兼管钱法堂事务、户部左侍郎兼管三库事务、总督仓场、礼部尚书等职。其书法名重一时,有作品传世,与何绍基、牟所、林凤官合称"清四小名家"。因号"东河",故匾题为"东河毕道远"。

衍秀,讷尔经额之子,费莫氏,满洲正白旗人,官至内阁学士,国子监祭酒。

阜保,乙巳恩科(乾隆五十年,1785年)进士,历任都统、尚书等职。

文祥(1818—1876),晚清洋务派大臣。瓜尔佳氏,字博川,号文山。满洲正红旗人。清道光二十五年(1845年)进士。历任太仆寺少卿、詹事府詹事、内阁学士、署刑部侍郎、军机大臣上书房行走、礼部侍郎等职。1860年,英法联军攻犯北京,咸丰皇帝出走热河(今河北承德),文祥随恭亲王奕䜣留北京与英法议和。次年,与奕䜣及大学士桂良等联名奏请改变清政府的外交、通商制度,设立总理各国事务衙门,并被任为总理衙门大臣。任职期间,倡导洋务"新政",成为清朝中央政府中著名的洋务派首领之一。咸丰皇帝病死后,与其他王大臣疏请慈禧、慈安两太后垂帘听政,协助奕䜣、慈禧太后发动辛酉政变,处死肃顺等人。同治时期,擢左都御史、工部尚书,兼署兵部尚书,并任内务府大臣,兼都统等职。光绪皇帝继位后,晋武英殿大学士,专任军机大臣及总理衙门大臣。《清史稿·卷三八六·列传一百七十三》对其评价极高:"文祥自同治初年偕恭亲王同心辅政,总理各国事务,以一身负其责。……文祥忠勤,为中兴枢臣之冠。"因字"博川",故匾题为"博川文祥"。

麒庆(?—1869),字玉符,道光二十一年(1841年)二甲第十三名进士。咸丰九年(1859年)任国子监祭酒。因字"玉符",故匾题为"玉符麒庆"。

延煦(?—1887),爱新觉罗氏,字树南,满洲正蓝旗人,直隶总督庆祺之子。咸丰六年(1856年)进士,选庶吉士,授编修。历任品京堂、赞善、内阁学士、盛京兵部侍郎、户部侍郎等职。因字树南,故匾题为"树南

第二章 国子监匾联

延煦"。

潘祖荫（1830—1890），字在钟，又字伯寅，号少棠，又号郑盦。江苏吴县人。咸丰二年（1852年）壬子科探花，授编修。潘祖荫生于书香世家，他的祖父为乾隆癸丑科（乾隆五十八年，1793年）状元潘世恩，官封太傅及武英殿大学士。他的父亲潘曾绶，字绂庭，官至内阁侍读。他的叔祖是乾隆乙卯科（乾隆六十年，1795年）探花潘世璜。历任侍读学士、国子监祭酒、工部尚书、军机大臣等职。潘祖荫是一位著名的古籍、金石收藏家，有"潘神眼"之美誉。"祖荫嗜学，通经史，好收藏，储金石甚富。"（《清史稿·卷四四一·列传二百二十八》）他收藏的国宝级文物大盂鼎现存于中国国家博物馆，大克鼎现存于上海博物院，二者与毛公鼎（现藏于台北故宫博物院）并称为"海内青铜器三宝"。故潘祖荫曾刻有"天下三宝有其二"印章一枚。因字伯寅，故此匾题为"伯寅潘祖荫"。库房内还存有一方潘祖荫题写的匾"政教稽古"。

萧培元(1816—1873)，字钟之，号质斋，云南昆明人。咸丰二年（1852年)进士，选庶吉士，授翰林院编修。历任济南府知府、济东泰武临道道员、山东按察使。萧培元为官清廉，为民赈灾，施衣给食，受到好评。萧培元能诗，著有《思过斋诗抄》。因号质斋，故匾题为"质斋萧培元"。

绍祺（1824—1888），马佳氏，字秋皋。咸丰六年（1856年）进士，授翰林院庶吉士，历任翰林院编修、詹事府左春坊左中允、国子监司业、会试同考官、翰林院侍讲学士等职。因字秋皋，故匾题为"秋皋绍祺"。

杨秉璋，咸丰六年（1856年）进士。历任四川学政、御史等职。

李鸿藻（1820—1897），字兰孙、兰荪，号石孙、砚斋。直隶高阳人。咸丰二年（1852年）进士，选庶吉士，授编修。典山西乡试，督河南学政，历任侍讲、内阁学士、户部左侍郎、左都御史、太子少保等职，兼总理各国事务衙门，曾策动清流派弹劾洋务派李鸿章，清末清庭的"清流"领导人。李鸿藻在其三十余年的政治生涯中，经历了同、光两朝。因字兰孙，故匾题为"兰孙李鸿藻"。

瑚图礼(? —1814),完颜氏,满洲正白旗人。乾隆五十二年(1787年)进士,选庶吉士。乾隆五十六年(1791年),四月升侍读。五月,迁国子监祭酒。①历任南书房行走、殿试读卷官、盛京兵部侍郎、广东巡抚、兵部侍郎、吏部尚书、礼部尚书等职。瑚图礼作为校勘曾参与刊刻十三经。

马寿金,又名马铸,顺天宛平人,道光二十年(1840年)进士,选庶吉士,授编修,曾任国子监司业。

"政教稽古"匾

"政教稽古"匾横长206厘米,纵宽86厘米,厚7厘米。木质横匾,黑底金字,匾正中行楷"政教稽古"四个大字。左侧上款题写"光绪五年己卯四月吴县潘祖荫书"。右侧下款题写"绥芬景喜,侯官林天龄,番禺许应骙,鄞县章

"政教稽古"匾

---

① [清] 文庆、李宗昉等纂修:《钦定国子监志》,北京古籍出版社2000年版,719页。

第二章 国子监匾联

鋆，吴江沈桂芬，绥芬继格，常熟翁同龢，吴江杨庆麟，宗室松森，震泽吴人杰，南皮张之洞，宗室宝延，钱唐汪鸣銮，嘉定徐郙，鄞县张家骧，钱唐孙诒经，费莫文治，翁牛特荣惠，宗室良贵，乌哲特文兴"。此匾保存相对较好，只有右侧下款一些小字不甚清晰，匾四周边缘有脱漆情况。

此匾为光绪五年（1879年）四月咸丰壬子科（1852年）探花潘祖荫题写。潘祖荫最为世人所熟知还是他收藏大盂鼎和大克鼎，而人们往往忽略了他书法上的成绩，作为著名金石收藏家，潘祖荫研索钟鼎、篆书、隶书，喜临帖，擅书法，与潘世恩、潘世璜一起被称为书法"苏州三杰"。"政教稽古"四个字，灵动而不失端庄，字体秀丽，笔画轻盈，带有王（羲之）氏书风。潘祖荫为江苏吴县人，故匾题为"吴县潘祖荫"。

"稽古"出自《尚书·尧典》："曰若稽古。"稽古，考察古事。"政教稽古"就是说刑赏与教化都要考察古代的情况而实行。

按：清道光初年大盂鼎出土于陕西岐山礼村，大盂鼎铸造于周康王二十三年（前1003年），鼎高102厘米，重153.5公斤，腹内侧铸有19行铭文，分2段，共291字。铭文的内容是有关一个名叫盂的贵族为颂扬周康王的赏赐、训告和伟绩，铸鼎以铭记。大盂鼎最初被岐山富绅宋金鉴购得，后来辗转到清大臣左宗棠的手里。清咸丰十年（1860年）三月，左宗棠遭人劾奏。同朝为官的潘祖荫三次"上疏营救"，积极向咸丰皇帝举荐左宗棠，"国家不可一日无湖南，即湖南不可一日无宗棠也"。咸丰皇帝采纳潘祖荫建议，左宗棠得以东山再起。为感谢潘祖荫的鼎力相助，左宗棠将珍藏的大盂鼎赠予潘祖荫。

大克鼎，也称作善夫克鼎，清光绪十六年（1890年）发现于陕西扶风，西周孝王时，贵族善夫克为追述其祖父师华父辅佐周王的功绩，颂扬周天子并感谢周孝王对自己的重用和赏赐而作。大克鼎通高93.1厘米，口径75.6厘米，腹径74.9厘米，腹深43厘米，重201.5公斤。该鼎出土后被天津金石收藏家柯劭忞购得，后转送予潘祖荫。

潘祖荫死后，其弟潘祖年将大盂鼎、大克鼎连同其他宝物运回苏州老家。抗战时期，潘家将大盂鼎、大克鼎埋入家中院内，躲过日军的搜查，二鼎得以保存。1951年，潘氏后裔潘达於女士将包括大克鼎、大盂鼎在内的400余件文物全部捐献给政府。大盂鼎现存于中国国家博物馆，大克鼎现存于上海博物院。

以下为立匾者。

景喜，生平不详。

林天龄（1830—1878），字受恒，又字锡三，福建侯官人，咸丰十年（1860年）进士。翰林院侍读学士，曾任同治皇帝之师。同治十一年至十三年（1872—1874年）出任国子监祭酒。因为福建侯官人，故匾题为"侯官林天龄"。

许应骙（1832—1903），字德昌，号筠庵，广东番禺（今广州）人。道光三十年（1850年）进士，选庶吉士，同治元年（1862年）参与撰修《文宗显皇帝实录》。后任翰林院侍读、侍讲学士、詹事府左右庶事、国子监祭酒。历任户部左侍郎、吏部右侍郎、吏部左侍郎等。官至礼部尚书，闽浙总督。因为广东番禺人，故匾题为"番禺许应骙"。

章鋆（1820—1875），字酡芝，号采南，浙江鄞县（今宁波）人。咸丰二年（1852年）状元（时年仅29岁），授翰林院修撰，四川、安徽、江西、福建等地学政，后官至国子监祭酒。擅长诗文。为人勤勉敦厚，颇著时誉。章鋆为浙江鄞县人，故匾题为"鄞县章鋆"。

沈桂芬（1818—1881），字经笙，又字小山，本籍江苏吴县，顺天宛平人。清末政治家，被梁启超称为"实为（清朝）汉人掌政权之嚆矢"。道光二十七年（1847年）进士，选庶吉士，授编修，与李鸿章、沈葆桢、郭嵩焘等人同年为官。同治二年（1863年）以户部左侍郎署山西巡抚，任内严禁鸦片种植。同治六年（1867年）起一直担任军机大臣，同治八年（1869年）起兼总理衙门大臣，对各省洋务运动的开展影响极大，支持派遣了以郭嵩焘为代表中国首批驻外使节，是清末洋务运动中央领导人中的汉人代表。因为江

第二章 国子监匾联

苏吴县人,故此匾题为"吴县沈桂芬"。

继格,清代著名学者,字述堂,书画俱精,有宫廷画师风格。

翁同龢(1830—1904),字叔平,晚号松禅、五不居士,江苏省常熟人,大学士翁心存之子。咸丰六年(1856年)状元,授编撰。为同治、光绪两朝帝师。历任国子监祭酒、刑部、工部、户部尚书。还曾两度担任军机大臣、兼任总理衙门大臣。中法战争时坚决主张抗法,扶植张之洞,反对李鸿章。中日甲午战争时力持主战,反对李鸿章求和。主张由光绪帝亲政,变法图强,支持维新派。戊戌政变后,被革职,永不叙用。翁同龢以书法名扬于时,其诗词、书法自成一家,被誉为"同、光书家第一"。翁同龢为江苏常熟人,故匾题为"常熟翁同龢"。

杨庆麟,字振甫,江苏吴江人。道光三十年(1850年)进士。授翰林,官至广东布政使。杨庆麟能治印,富收藏,尤善花卉。因为江苏吴江人,故匾题为"吴江杨庆麟"。

松森(1826—1904),原名松林,字吟涛,满洲正蓝旗人。同治四年(1865年)进士,选翰林院庶吉士,授编修。曾任国子监祭酒。宗室,历代皇族称宗室,清代皇室后裔都在名字前加上宗室,以示身份,故此匾题为"宗室松森"。

吴人杰,生平不详。

张之洞(1837—1909),字孝达,号香涛、香岩,又号壹公、无竞居士,晚年自号抱冰。清代直隶南皮(今河北南皮)人,洋务派代表人物之一,其提出的"中学为体,西学为用",是对洋务派和早期改良派基本纲领的一个总结和概括。同治二年(1863年)进士,授翰林院编修。历任湖北学政、四川学政、山西巡府、两广总督、湖广总督、军机大臣等职。光绪五年(1879年)任国子监司业。张之洞与曾国藩、李鸿章、左宗棠并称晚清"四大名臣"。张之洞为河北南皮人,故此匾题写为"南皮张之洞"。

宝延,生平不详。

汪鸣銮（1839—1907），字柳门，浙江钱塘（今杭州市）人，翁门（翁同龢）六子之首。晚清著名的藏书家，碑帖名家。他是近代著名小说家曾朴的岳父，是曾朴著名小说《孽海花》中唐卿的原型。同治四年（1865年）进士，后督陕甘、江西、山东、广东学政，历任工部侍郎，吏部侍郎，五城团防大臣，总理各国事务衙门大臣。授光禄大夫。甲午后反对签订《马关条约》，反对割让台湾及澎湖列岛。与翁同龢分别奔走各国使节处以期废止割地条款，终未成。戊戌变法后革职，永不叙用。因为浙江钱塘人，故匾题写为"钱唐汪鸣銮"。

徐郙（1838—1907），字寿蘅，号颂阁，江苏嘉定人，同治元年（1862年）状元，该科为庆同治皇帝登基特设恩科。授修撰，历任礼部侍郎，礼部尚书，拜协办大学士等职。光绪二十六年（1900年），徐郙晋升协办大学士衔，兼管国子监事务。徐郙能书善画，尤其擅长画山水。慈禧太后每每作画，都令徐郙题书，徐郙颇受宠爱。因为江苏嘉定人，故此匾题写为"嘉定徐郙"。

张家骧（1827—1885），字子腾，浙江鄞县（今宁波）人。同治元年（1862年）进士，后入翰林院。张家骧曾为同治、光绪二帝之师，曾跟随光绪皇帝长达九年，是影响光绪帝维新变法思想的人物之一。因为浙江鄞县人，故匾题写为"鄞县张家骧"。

孙诒经(1826—1890)，字子授，浙江钱塘人。清咸丰十年(1860年)进士，选翰林院庶吉士，曾入直南书房，此后，历任会试同考官、国子监司业、陕西乡试副考官、翰林院侍讲、日讲起居注官、国史馆纂修、詹事府詹事、咸安宫总裁、福建乡试正考官、福建学政、内阁学士、礼部侍郎等职。为官期间，曾多次奏疏建议杜绝各省乡试弊端、整顿吏治、加强京畿及山海关防务和赈济灾民等，不少被朝廷采纳。孙诒经是浙江钱塘人，故匾题写为"钱唐孙诒经"。

文治，费莫氏，满洲镶红旗人。因为费莫氏，故匾题写为"费莫文治"。

特荣惠,生平不详。

良贵,生平不详。

特文兴,生平不详。

"为时养器"匾

"为时养器"匾横长214厘米,纵宽77厘米,厚9厘米。黑底金字,匾正中楷书"为时养器"四个大字。左侧上款题写"咸丰四年季冬月立"。右侧下款题写"南池吴保泰,小汀全庆,文溪彦昌,赓卿何彤云,介川崇福,宝生庞钟璐,蔼云志和,砚农沈祖懋"。此匾保存相对较好,字迹清晰,只是匾中间有一条通裂纹。

根据匾的上款和下款只知道立匾时间和立匾人,而不知题写者。古代称农历十二月为"季冬",即冬季最末一个月,此匾是咸丰四年(1854年)十二月立。"为时养器"四个楷书大字,字体端庄,笔画饱满,笔力深厚,只可惜不知此匾谁人题写。

"为时养器"出自《三国志·卷四十八·吴书三》:"古者建国,教学为先,所以道世治性,为时养器也。"养器,培养人才。"为时养器"就是为时代、为国家培养人才。这里表明国子监乃为时代、为国家培育人才之所。

按:以下为立匾者。

吴保泰,字南池,号和庵,河南光州人,道光二十年(1840年)进士。初授翰林院编修,咸丰五年(1855年)升任国子监祭酒,同治元年(1862年)由祭酒升詹事府詹事。历任广东、福建、浙江提督学政。因吴保泰字南池,故匾上题写为"南池吴保泰"。

"为时养器"匾

全庆（？—1882），叶赫那拉氏，字小汀，满洲正白旗人，尚书那清安之子。道光九年（1829年）进士，选庶吉士，授编修，累迁侍讲。大考二等，擢侍读学士。历少詹事、詹事、大理寺卿。因字小汀，故匾题写为"小汀全庆"。

彦昌，字少博，号文起，满洲正黄旗人。道光二十七年（1847年）进士，选庶吉士，散馆授翰林院检讨。咸丰年间官至国子监祭酒。匾题写为"文溪彦昌"，不知"文溪"是其字还是号。

何彤云，字赓卿，云南晋宁人。道光二十四年（1844年）进士，选庶吉士，授编修，官至户部侍郎。有《矢音集》、《赓缦堂诗集》。因字赓卿，故匾题写为"赓卿何彤云"。

崇福，生平不详。

庞钟璐（1822—1876），字蕴山，号宝生，乳名文龙，江苏塘桥镇人，清道光二十七年（1847年）探花，授翰林院编修。咸丰二年（1852年），大考列入一等，升庶子，后又提升为侍讲学士，署理国子监祭酒，转侍读学士，升光禄寺卿，迁内阁学士。历任内阁学士，礼、工、吏、户、兵诸部侍郎至左都御史、刑部尚书、都察院左都御史，署工部尚书，升刑部尚书等职。他主持科举考试，选拔人才，深受众人推崇。庞钟璐将文庙祭祀典章整理著书《文庙祀典考》。因号宝生，故匾题写为"宝生庞钟璐"。

第二章 国子监匾联

志和，字蔼云，号春圃，满洲正蓝旗人。咸丰二年（1852年）进士，官刑部尚书。擅长绘画，曾画东堂喜雨图，题者甚众。因字蔼云，故此匾题写为"蔼云志和"。

沈祖懋（？—1870），字念农，号恬翁，浙江杭州府仁和县人，工书法。道光十八年（1838年）进士，选庶吉士。道光二十年（1840年）翰林院散馆，留馆授编修。道光二十年（1840年）至道光二十三年（1843年）授提督山西学政。咸丰三年（1853年）授国子监司业。

"登崇畯良"匾

"登崇畯良"匾横长207厘米，纵宽78厘米，厚7厘米。木质横匾，此匾保存不甚完好，匾面油漆已全部脱落，匾正中楷书"登崇畯良"四个大字。左侧上款题写"道光乙未九月吉日立"尚可辨识，右侧下款模糊辨识为："遂盦翁心存，寿山嵩安，孔修文庆，静涛□，溥泉宗室善寿，叶唐侯祠□庵庆"。此匾为楠木所制，从匾的材质可见此匾非同一般，但保存情况很不好，匾左下角缺失，"立"字已不全。

此匾立于道光乙未（道光十五年，1835年）九月。"登崇畯良"四个字，结字宽博，笔力遒劲，笔画丰润，布局合理，结构严谨。

"登崇畯良"出自韩愈《进学解》："圣贤相逢，治具毕张，拔去凶邪，登崇俊良。"畯，通"俊"。"登崇畯良"的意思是举用贤能。在最高学府悬挂此匾，意在警示师生，培养贤能，举用贤材。

按：翁心存(1791—1862)，字二铭，号遂盦，江苏常熟人，父翁咸封，官海州学正。子翁同龢，同治、光绪两朝帝师。翁心存道光二年（1822年）进

北京孔庙国子监匾联考辨

"登崇峻良"匾

士，选庶吉士，授编修，官至体仁阁大学士，以大学士衔管工部。道光十四年（1834年）任国子监祭酒。①翁氏家族进入鼎盛时期，称"一门四进士，一门三巡抚；父子大学士，父子尚书，父子帝师"。

嵩安，蒙古正白旗人，道光二年（1822年）任国子监司业，也是前文"业精于勤"匾立匾人之一。

文庆，字孔修，费莫氏，满洲镶红旗人，两广总督永保之孙。道光二年（1822年）进士，选庶吉士，授编修，道光十四年（1834年）以侍郎兼管国子监事务，②道光版《钦定国子监志》就是由文庆编纂的，因字孔修，故匾题写为"孔修文庆"。

"大学之道"匾

"大学之道"匾横长189厘米，纵宽81厘米，厚5厘米。木质横匾，黑底金字，匾正中楷书"大学之道"四个大字。左侧上款题写"道光己酉仲

---

① [清] 文庆、李宗昉等纂修：《钦定国子监志》，北京古籍出版社2000年版，723页。
② 同上，712页。

第二章 国子监匾联

冬胜保书于敬思堂"。右下刻有篆书阳文印章两枚,其一为"斋□";其二为"大司成之章";右侧下款题写"车克慎,特登额,胜保,翁心存,蒋元溥,双福,保极,蔡宗茂,马铸 仝立"。此匾保存不甚完好,漆皮开裂,印章模糊不清。

仲冬为冬季第二个月,即十一月。此匾为胜保于道光己酉年(道光二十九年,1849年)十一月题写。"敬思堂"位于国子监后院东厢后轩,前文介绍过。"于敬思堂",胜保作为祭酒在东厢办公,在东厢的敬思堂题写此匾。"大学之道"四个字,中规中矩,端正平稳,虽有颜柳书风,但字中少了股神韵。

《大学》原为《礼记》中的一篇,南宋时期,著名理学家朱熹将《礼记》中《大学》、《中庸》两篇拿出来单独成书,和《论语》《孟子》合为"四书",并以毕生的精力注解"四书"。宋以后科举考试以朱熹《四书集

"大学之道"匾

注》试诸学子。《大学》作为"四书"之首,是学习儒家经典的纲要。"大学之道"出自《大学》:"大学之道,在明明德,在亲民,在止于至善。"大学教人的道理,在于彰显人人本有、自身所具的光明德性(明明德),再推己及人,使人人都能去除污染而自新(亲民,新民也),并且精益求精,

做到最完善的地步并且保持不变。"大学之道"就是成圣成贤之路径。

按：胜保，字克斋，苏完瓜尔佳氏，满洲镶白旗人。道光二十年（1840年）举人。历任顺天府儒学教授、翰林院侍讲、光禄寺卿、内阁学士、礼部侍郎、詹事府赞善、国子监祭酒、光禄寺卿等职。咸丰二年（1852年）任内阁学士，以敢于上疏言事闻名。

以下为立匾者。

车克慎，道光十三年（1833年）进士，为同治老师。传说，车克慎责罚同治跪在艳阳下，慈禧太后为同治打伞，车克慎不予理会，因而开罪太后，太后以太师仪式，用八人大轿将他抬回山东济宁老家。太师轿陈列于家庙中，太后在朝中将有关他的文件尽行销毁。他留下禁止后代子孙为官的家训。

特（敏）登额（1778—1854），字芳山。嘉庆二十三年至二十四年（1818—1819）任国子监祭酒。①

翁心存，前文已介绍。

蒋元溥（1803—？），字誉侯，湖北天门人。道光十三年（1833年）探花，授翰林院编修。蒋元溥出身名门，其父蒋立镛为嘉庆十六年（1811年）状元，蒋元溥曾任顺天乡试同考官、国史馆协修、文渊阁校理、国史馆任总纂官、国子监司业等职。

双福（？—1853），他塔拉氏，满洲正白旗人。历任参领、湖北副将、擢河北、古州两镇总兵、江南提督、湖北提督等职。

保极，生平不详。

蔡宗茂（1788—？），字禧伯，号小石，江苏上元人，道光十三年（1833年）进士。

马铸，即马寿金，前文已介绍。

---

① [清]文庆、李宗昉等纂修：《钦定国子监志》，北京古籍出版社2000年版，722页。

第二章 国子监匾联

"五教敬敷"匾

"五教敬敷"匾横长186厘米,纵宽82厘米,厚5厘米。木质横匾,黑底金字,匾正中楷书"五教敬敷"四个大字。左侧上款题写"道光甲辰汤金钊书", 右下刻有篆书阳文印章两枚,其一为"金钊汤印";其二为"敦甫";右侧下款字迹脱落。此匾保存不甚完好,黑色漆皮脱落,右侧下款小字几乎全部脱落,已无法辨识。

根据上款可知,此匾于道光甲辰年(道光二十四年,1844年)由汤金钊题写。"五教敬敷"四个字,其笔力深厚,笔画厚重,有大巧若拙之感。

咸丰皇帝曾为国子监题额曰"敬敷五教",与"五教敬敷"含义一致。"五教敬敷"出自儒家经典。《尚书·尧典》:"契,百姓不亲,五品不逊,汝作司徒,敬敷五教,在宽。"《左传·文公十八年》:"举八元使布五教于四方:父义,母慈,兄友,弟共(恭),子孝。"敷,布施,施行。

"五教敬敷"匾

敬，谨肃恭敬。五教是指父、母、兄、弟、子五者之间的关系准则。"五教敬敷"就是谨敬地宣传、实行五教的内容。孟子将"五教"表述为"父子有亲、君臣有义、夫妇有别、长幼有序、朋友有信"，其成为儒家教育思想的核心内容。以"五教敬敷"题匾，告诫学子要身体力行五教的内容。

按：汤金钊（1772—1856），浙江萧山人。字敦甫。嘉庆四年（1799年）进士，选庶吉士，授编修。十三年（1808年）入直上书房。嘉庆十八年（1813年）任国子监祭酒。①道光十五年（1835年）官至吏部尚书。汤金钊书法初习颜真卿，中年临褚、赵，尤能秀润沉稳而有丰神。

"教学是先"匾

"教学是先"匾横长153厘米，纵宽75厘米，厚6厘米。木质横匾，黑底金字，匾正中楷书"教学是先"四个大字。左侧上款题写"光绪戊寅毂旦立"。右侧下款题写"仙舟金绶，勉堂魁保，香岩文桂，竹风兴奎，珠浦文联，伯航嵩海，澜圃善成，云溪隆源，祥徵珠尔苏布，溥泉通武，溪云吴景鸿，子实崇龢，祝三嵩崟，海安宝琳，澍民继恩，信民奎徵，云舫成庆，子嘉晋祥，砚田霍顺武，小山刘钊申，仲玉王鸣珂，监南张德栻，诗舲音德贺，友阑裕芬，寿峰扎拉芬，子延文年，继庵赓音布，子良贵成，云浦景全，宝田全善，赓廷冯承熙，焕廷文郁，竹坡高秀峰，白山嵩崟书"，钤章二枚：第一枚模糊不清，第二枚为"嵩崟之印"。此匾保存相对较好，字迹清晰，只是匾有一道横裂纹。

---

① [清] 文庆、李宗昉等纂修：《钦定国子监志》，北京古籍出版社2000年版，722页。

第二章 国子监匾联

"教学是先"匾

光绪戊寅（光绪四年，1878年）立匾。穀旦指晴朗美好的日子，旧时常用为吉日的代称。"教学是先"出自《礼记·学记》："玉不琢，不成器；人不学，不知道。是故，古之王者，建国君民，教学为先。"《后汉书·章帝纪》曰："十一月壬戌，诏曰：'盖三代导人，教学为本。'"《南史·崔祖思传》曰："自古开物成务，必以教学为先。"教学，指教育。"教学是先"强调建国立业、教化百姓都要以教育为先。

按：金绥，生平不详。

魁保（？—1818），火器营乌枪护军，湖南永绥协副将，甘肃提督，提督湖南总兵官。

文桂，生平不详。

兴奎，生平不详。

文联，生平不详。

嵩海，生平不详。

善成，生平不详。

隆源，生平不详。

珠尔苏布，生平不详。

通武，生平不详。

吴景鸿，生平不详。

崇龢，生平不详。

嵩崟，生平不详。

宝琳，字梦莲，叶赫那拉氏，满洲正白旗人。工山水，有《梦迹图》，劳沅恩为之题。曾任直隶保定知府、吉林将军等职。

继恩，生平不详。

奎徵，生平不详。

成庆，生平不详。

晋祥，生平不详。

霍顺武，二等轻车都尉，赠骑都尉，兼一云骑尉和春子，咸丰十年（1860年）以袭爵并封。

刘钊申，号小山，咸丰二年（1852年）举人，辽宁岫岩人，先后任国子监监丞、通仓监督、吉林通州知州等职。因号小山，故匾题写为"小山刘钊申"。

王鸣珂，生平不详。

张德栻，生平不详。

音德贺，字春桥，满洲正红旗人，道光九年（1829年）三月由内阁中书入直，官至雷州府知府。

裕芬，生平不详。

扎拉芬，完颜氏，满洲正黄旗人，曾任官贵州知府。

文年，生平不详。

赓音布，生平不详。

贵成，生平不详。

景全，生平不详。

全善，生平不详。

冯承熙，江苏阳湖人，咸丰年间任国子监学正。冯氏崇尚黄元御之学，为弘扬黄氏医术，冯氏于同治十一年（1872年）将黄氏遗著《素问悬解》、《难经悬解》等校而梓行。《校馀偶识》为冯氏校订《素问悬解》的资料汇编。

文郁，生平不详。

高秀峰，生平不详。

"希古振缨"匾

"希古振缨"匾横长135厘米，纵宽64厘米，厚4厘米。木质横匾，匾正中楷书"希古振缨"四个大字。右侧下款题写"江都李汝椿秋丞，修文戚朝勋彦丞，宝坻郝观光幼霖，大兴朱寯瀛芷青，饶阳常熙敬冠卿，昌平周濂徽琴侣，衡水韩杜绍甫，宛平祝椿年荫庭，温县李式典仪仆，朝阳路由义砥如，武昌范超元月孙，天津刘嘉琦芋田，宛平李廷瑛润田，天津李春泽润生，平定陈启秀振堂，盱眙王仪郑伯弓，天津杨凤藻兰坡，天津刘学濂欣莲，黟县汪馨伯吾，大兴郎荣申筱坡，宛平牛桂荣香山，玉田蒋志达养庭，太仓吴昌燕诒孙，天津王仁沛华农，天津沈耀奎星垣，天津李秉元幼安，光绪壬寅中秋榖旦"。此匾保存情况一般，字迹清晰，但漆已全部脱落，匾右上角脱落，"光绪"的"光"字残缺不全。

光绪壬寅（光绪二十八年，1902年）中秋立匾。"希古振缨"出自晋夏侯湛《东方朔画赞》："临世濯足，希古振缨。"《楚辞》渔父歌曰："沧

"希古振缨"匾

浪之水清兮，可以濯吾缨；沧浪之水浊兮，可以濯吾足。""水清"是喻治世，缨指代帽子，古代男子的帽子是地位的象征，所以"濯我缨"比喻入世为官。"沧浪之水浊兮，可以濯我足"，这是"莲出污泥而不染"的另一种说法。"沧浪歌"是君子处世，遇治则仕，遇乱则隐。"希古振缨"就是继承追求三代的事业，积极进取入世为官。

按：李汝椿，生平不详。

戚朝勋，贵州举人。修文地处黔中。故匾题写为"修文戚朝勋"。

郝观光，清末著名书法家，曾任国子监学正。

朱寯瀛，字芷青，大兴人。同治元年（1862年）举人，历任河南知府、国子监助教等职。

常熙敬，生平不详。

周濂徽，曾任国子监助教。

韩杜，生平不详。

祝椿年，字荫庭。河北大兴人。光绪时进士，工书，书学松禅，颇有声誉，偶写山水，用笔苍古。故匾题写为"宛平祝椿年荫庭"。

第二章 国子监匾联

李式典，光绪二十三年（1897年）拔贡，曾任江西宜莞县知县、抚州府通判等职。

路由义，辽宁朝阳人，光绪十五年（1889年）恩科举人，曾任国子监学正。

范超元，生平不详。

刘嘉琦，生平不详。

李廷瑛，生平不详。

李春泽，生平不详。

陈启秀，生平不详。

王仪郑（1857—1921），安徽盱眙人，原名锡邕，字伯弓，后名仪郑，号蜷庐。入张之洞幕。工书法。官湖北宜昌府通判，辛亥后为袁世凯招之入幕，后任陆军部秘书。故匾题写为"盱眙王仪郑伯弓"。

杨凤藻，生平不详。

刘学濂，生平不详。

汪馨，生平不详。

郎荣申，生平不详。

牛桂荣，生平不详。

蒋志达，出身于玉田蒋氏家族，父蒋庆第直隶玉田县人，字秀莩，又字箸生，号杏坡。曾任章丘、潍县两县知县。弟蒋式理，字性甫，光绪十八年（1892年）进士，后选为翰林院庶吉士，官授京都南城御史，著名实业家。故匾题写为"玉田蒋志达"。

吴昌燕，生平不详。

王仁沛，字莘农，一字心农，浙江宁海人。光绪二十年（1894年）举人。著名京剧演员，亦长于书。

沈耀奎，生平不详。

李秉元，生平不详。

"同寅协恭"匾

"同寅协恭"匾横长122厘米，纵宽64厘米，厚6厘米。木质横匾，无边框，黑底金字，匾正中楷书"同寅协恭"四个大字。左侧上款题写"同治元年孟冬榖旦"。右侧下款题写"祝三嵩年，吉斋钟祥，醴泉觉罗福泉，子扬德赓，芗圃觉罗恒芳，云樵庆麟，式周文郁，松亭佛龄阿，镇邻胡焘，仰云依克机善，镜堂文光，芝山瑞龄，雨楼维蔚，秀岩庆毓，心农默得理，春圃文麟，雨三成霖，松涛其昌，吟香文秀，锦波詹瀛，旭初阿呢扬阿，耀堂荣俊，小农托莫尔晖，子珍瑞珊，斗垣文光，春帆长禄，穆堂讷苏肯，溥堂爱兴阿，琴访纪瑛遨，信之呢堪"。此匾字迹清晰，但有漆皮脱落现象，且有一道通裂纹。

"同寅协恭"匾

第二章 国子监匾联

同治元年孟冬（1862年）立匾。"孟冬"是旧历冬季的第一月，即十月。"同寅协恭"出自《尚书·皋陶谟》："百僚师师，百工惟时……同寅协恭，和衷哉。"同寅，原指同具敬畏之心，后指在一处做官的人；协恭，友好合作。"同寅协恭"后用为同僚恭谨事君，共襄政事之典，互相尊敬，同心协力工作。

按：嵩年，满洲镶红旗人。

钟祥，生平不详。

觉罗福泉，生平不详。

德赓，生平不详。

觉罗恒芳，生平不详。

庆麟，蒙古镶黄旗人，曾任京口副都统。

文郁，蒙古镶白旗人，光绪六年（1880年）进士。

佛龄阿，生平不详。

胡焘，生平不详。

依克机善，生平不详。

文光，生平不详。

瑞龄，生平不详。

维荺，生平不详。

庆毓，生平不详。

默得理，生平不详。

文麟（？—1876），兀扎拉氏，字瑞圃，满洲正蓝旗人。道光二十二年（1842年）考取内阁中书，迁侍读。作为将领，文麟与士卒同甘共苦，兵卒都愿为其卖命，文麟病故，整个军营痛哭失声。

成霖，生平不详。

其昌，生平不详。

文秀，生平不详。

詹瀛，生平不详。

阿呢扬阿，生平不详。

荣俊，生平不详。

托莫尔珲，光绪八年（1882年）任镶黄兼正白旗协领。

瑞珊，生平不详。

文光，生平不详。

长禄，生平不详。

讷苏肯，生平不详。

爱兴阿，字宾三，号溥堂，光绪二十一年（1895年）进士，兵部员外郎，曾任山东道监察御史等职。因号溥堂，故匾题写为"溥堂爱兴阿"。

纪瑛遬，生平不详。

呢堪，生平不详。

第三章 征集匾

为了充实馆藏文物，充实展厅展品，多年来孔庙和国子监博物馆注重征集与本馆历史文化相关的匾额，这些匾中以表现科举文化的科举匾为主，兼有一些其他匾，在此一并列入书中。

第一节 科举匾

科举制度是中国古代的创举，所谓科举，就是通过公开考试，公平竞争，择优录取，选拔官员的制度。科举制度始于隋炀帝大业年间，终结于清光绪三十一年（1905年）。最高学府国子监的学生也要参加科举考试，但是录取名额要远远大于地方。科举考试三年一次，分为乡试、会试和殿试。乡试为省一级考试，考试合格者为举人，第一名为解元。会试是举人在京城参加的全国统一考试，考试合格者为贡士，第一名为会元。殿试是由皇帝亲自主持的进士考试，按照成绩的优劣分三甲：第一甲三名，俗称状元、榜眼和探花，并赐进士及第；第二甲若干，赐进士出身，第二甲第一名又称传胪；第三甲人数最多，赐同进士出身。金榜题名是无上的荣耀，科举高中的学子都会刻匾悬挂,光耀门楣。孔庙和国子监博物馆现藏有十余方科举匾额,这些匾额是我们今天认识、了解科举制度第一手珍贵材料。

"毕沅状元"匾

"毕沅状元"匾横长182厘米,纵宽87厘米,厚6.5厘米。木质横匾,黑色素边框,黄底黑字,正中楷书"状元"二字。左侧上款题"乾隆庚辰科",右侧下款题"第一甲第一名毕沅"。"乾隆"和"毕沅"四个字为红

"毕沅状元"匾

色。此匾保存情况一般,有多处裂痕,还有脱漆现象。该匾作为展品现陈列于孔庙和国子监博物馆"科举展"中。

毕沅(1730—1797),字纕蘅,号秋帆,自号灵岩山人。江苏镇洋(今江苏太仓)人。清代著名经史学家,文学家。乾隆十八年(1753年)举人,

第三章 征集匾

授内阁中书，充军机处章京。乾隆二十五年庚辰科（1760年）第一甲第一名，状元及第，授翰林院编修。历任甘肃巩秦阶道、河南巡抚、湖广总督等职。毕沅博学多才，喜读经史，礼贤下士，尤好扶植后进，"一时名儒，多招至幕府"，据其门下洪亮吉记载，毕沅生平最爱招纳贤才，"毕沅爱才尤笃，人有一技之长，必驰币聘请，唯恐其不来，来则厚资给之"（《更生斋集文甲集》）。著名学者章学诚、孙星衍、洪亮吉、汪中、段玉裁等皆曾在其门下。毕沅潜心研攻经史，乾隆三十七年（1772年），毕沅开始编纂《续资治通鉴》。他广纳贤俊，博览群书，历时20年，完成220卷的《续资治通鉴》。

"张建勋状元"匾

孔庙和国子监博物馆现藏有两方"张建勋状元"匾。编号为06.1499的"张建勋状元"匾横长119厘米，纵宽59厘米，厚5厘米。木制横匾，素边框，黑底红字，正中楷书"状元"二字。左侧上款题"光绪己丑科"，右侧

编号06.1499 "张建勋状元"匾

编号06.1504 "张建勋状元"匾

下款题"张建勋"。此匾保存情况较差，匾右上角破损，黑色底漆全部脱落。该匾作为展品现陈列于孔庙和国子监博物馆"科举展"中。

编号为06.1504的"张建勋状元"匾横长119厘米，纵宽59厘米，厚5厘米。木制横匾，黑色素边框，黄底黑字，正中楷书"状元"二字。左侧上款题"光绪己丑科"，右侧下款题"张建勋"，其中"光绪"、"张建勋"五个字为红色。此匾保存情况一般，有脱漆现象。该匾现存于孔

张建勋书法

庙和国子监博物馆文物库房内。

张建勋（1848—1913），字季瑞，号愉谷，一号愉庐，广西临桂人。光绪五年（1879年）乡试张建勋中举，光绪十五年（1889年）己丑科高中状元，授翰林院编修。张建勋历任云南乡试主考官、云南学政、黑龙江第一任提学司提学政等职，光绪二十九年（1903年）任国子监司业。他致力于边远之地的教育，实施教化，提倡文风，创建学校，深受当地百姓爱戴。张建勋工诗文、善书法，有书法作品传世。著有《愉谷诗稿》。

张建勋的家乡临桂也就是今天桂林临桂县，是广西有名的"状元之乡"，自开科考举以来，广西共出过9名状元，其中有5名出自临桂，曾有"一县八进士，三科两状元"之说。历史上科举时代最后一位"三元及第"的状元陈继昌也是广西临桂人。

"龙启瑞状元"匾

"龙启瑞状元"匾

"龙启瑞状元"匾横长119厘米，纵宽59厘米，厚5厘米。木质横匾，素边框，匾底子和字体都已无法辨别最初颜色，正中楷书"状元"二字。左侧上款题"道光辛丑科"，右侧下款题"龙启瑞"。此匾保存情况较差，匾脱色严重，还有掉漆开裂现象，有些字迹很模糊。该匾现收藏于孔庙和国子监博物馆文物库房内。

龙启瑞（1814—1858），广西临桂人，字辑五，号翰臣，清代著名音韵学家、文字学家、文学家、目录学家。道光二十一年（1841年）辛丑科状元。授翰林院修撰。历任顺天乡试同考官、广东乡试同考官、察考翰林詹事列二等、侍讲、湖北学政等职。工书法，喜篆、籀，善画山水，花鸟亦佳。其书画作品流传甚少。

"刘福姚状元"匾

编号06.1506 "刘福姚状元"匾

第三章 征集匾

孔庙和国子监博物馆现藏有两方"刘福姚状元"匾，编号为06.1506的"刘福姚状元"匾横长107厘米，纵宽53厘米，厚2.5厘米。木制横匾，无边框，黄底黑字，正中楷书"状元"二字。左侧上款题"光绪壬辰科"，右侧下款题"刘福姚"，其中"光绪"和"刘福姚"五个字为红色。此匾保存情况一般，有脱漆现象，匾上还有被涂抹的痕迹。该匾现收藏于孔庙和国子监博物馆文物库房内。

编号为06.1502的"刘福姚状元"匾横长106厘米，纵宽53.5厘米，厚3厘米。木制横匾，无边框，黄底红字，正中楷书"状元"二字。左侧上款题"光绪壬辰科"，右侧下款题"刘福姚"。此匾保存情况一般，底子漆全部脱落。该匾现存于孔庙和国子监博物馆文物库房内。

刘福姚，原名福尧，字伯棠，一字伯崇，号忍庵，一号守勤。广西临桂人。清光绪八年（1882年）举人，十五年（1889年）任内阁中书，光绪十八年（1892年）壬辰科殿试第一甲第一名，成为广西最后一名状元。历任翰林院修撰、侍讲、贵州乡试正考官、广东乡试副考官、浙江乡试副考

编号06.1502"刘福姚状元"匾

官、河南乡试副主考官、翰林院秘书郎兼学部图书局总务总校等职。宣统二年（1910年）赴湖北、江西、安徽、江苏考察筹办宪政事宜，有维新倾向，不被重用。庚子之难时，留居京城，与浙江词人朱祖谋、同乡王鹏运潜心词学研究，合作《庚子秋词》，成为晚清临桂词派重要成员之一。著有《忍庵词》。

"于建章榜眼"匾

"于建章榜眼"匾横长119厘米，纵宽59厘米，厚5.5厘米。木质横匾，素边框，黄底黑字，正中楷书"榜眼"二字。左侧上款题"同治乙丑科"，右侧下款题"于建章"，其中"同治"二字为红色。此匾保存情况较差，底子漆基本脱落无余，字迹也不甚清晰。该匾作为展品现陈列于孔庙和国子监博物馆"科举展"中。

"于建章榜眼"匾

第三章 征集匾

于建章（？—1874），字殿侯，广西临桂人。同治三年（1864年）举人，同治四年（1865年）乙丑科第一甲第二名（榜眼），授翰林院编修。于建章的父亲于树本道光十一年（1831年）举人，从军戍边到梧州府，咸丰七年（1857年）城陷，他父亲殉难。于建章因父战死，很悲痛，身患重病。他带病应科举考试，殿试时高中第一甲第二名进士。尽管带病应考，他依然攀登科举鼎甲，显示了于建章不凡的才华功底。历任贵州乡试副考官、山西学政、山东学政等职。

"罗文俊探花"匾

"罗文俊探花"匾横长110厘米，纵宽57厘米，厚4厘米。木质横匾，素边框，黄底黑字，正中楷书"探花"二字。左侧上款题"道光壬午科"，右侧下款题"殿试第一甲第三名罗文俊立"，其中"道光"和"文俊"四个字

"罗文俊探花"匾

为红色。此匾保存情况较好，边框和底子有脱漆现象，字迹清晰可识。该匾作为展品现陈列于孔庙和国子监博物馆"科举展"中。

罗文俊（1789—1850），字泰瞻，号罗邨。南海南庄人。嘉庆己卯科（1819年）举人，道光二年（1822年）壬午科第一甲第三名，授翰林院编修。历任左春坊左庶子、补翰林院侍讲学士、转侍读学士、通政司副使、詹事府詹事，累官工部左侍郎等职。罗文俊多次担任考官：顺天乡试同考官、山东乡试正考官、顺天乡试副考官、山西学政、陕甘学政、山东学政和浙江学政等，均甄拔得人。著有《绿萝书屋文集》。

"黎湛枝传胪"匾

"黎湛枝传胪"匾横长111厘米，纵宽57.5厘米，厚4厘米。木制横匾，黑色素边框，黄底黑字，正中楷书"传胪"二字。左侧上款题"光绪辛丑壬寅恩正并科"，右侧下款题"殿试二甲第一名黎湛枝立"，其中"光绪"、

"黎湛枝传胪"匾

第三章 征集匾

"恩"、"湛技"五个字为红色。此匾保存情况较好，仅在匾下方有一条通裂纹。该匾作为展品现陈列于孔庙和国子监博物馆"科举展"中。

黎湛技，广东南海人，字露苑，光绪二十九年（1903年）癸卯科第二甲第一名，称之为"传胪"，授翰林院编修。1909年"奉圣赏加侍讲衔太子少保"，钦赐礼部尚书一品衔，任溥仪老师，同年四月出使俄国参赞。

匾上款题为"光绪辛丑壬寅恩正并科"，这是什么意思呢？按照惯例乡试三年为一科，逢子、午、卯、酉年为正科，遇皇帝生日、登基等庆典，特开科考试，称恩科。会试也是三年一科，乡试次年，即丑、未、辰、戌年为正科，遇乡试恩科次年的会试，称为会试恩科。按惯例本来光绪二十六年（1900年）庚子岁是乡试之年，也是光绪帝三十寿辰之年，循例将庚子科（光绪二十六年，1900年）乡试和第二年辛丑科（光绪二十七年，1901年）会试作为恩科，正科乡试、会试则依次推至辛丑（光绪二十七年，1901年）、壬寅（光绪二十八年，1902年）举行。1900年八国联军入侵中国，占领都城北京，清政府逃往陕西西安避难。1901年签订《辛丑条约》，清政府赔款4.5亿两白银。因为当时八国联军攻占北京，无法在京城举行会试，所以光绪二十九年（1903年）癸卯年把辛丑恩科会试和壬寅正科会试合并在一起举行，因此这一科通常称之为"光绪二十九年癸卯补行辛丑壬寅恩正并科"。八国联军进入北京，焚毁了举子的考试场所——贡院，京城无会试场所，光绪二十九年三月在河南开封贡院举行会试考试，五月举行殿试，录取了315名进士。黎湛技参加此次科考，高中第二甲第一名。

在内忧外患的重压下，清政府废除原来科举考试中的八股文，此科改考以中外政治历史为题的策论。题目为《管子内政寄军令论》、《汉文帝赐南粤王陀书论》、《威之以法，法行则知恩；限之以爵，爵加则知荣》、《刘光祖言定国是论》、《陈思谦言铨衡之币论》，涉及政治、军事、外交、经济等层面的问题。

"陈继昌三元"匾

孔庙和国子监博物馆现藏有两方"陈继昌三元"匾，编号为06.1508的"陈继昌三元"匾横长157厘米，纵宽70厘米，厚5厘米。木制横匾，素边框，红底黑字，正中楷书"三元"二字。左侧上款题"嘉庆癸酉科乡试第一名庚辰科会试第一名"，右侧下款题"殿试第一甲第一名陈继昌"。此匾保存情况一般，有脱漆、开裂现象。该匾作为展品现陈列于孔庙和国子监博物馆"科举展"中。

编号06.1508 "陈继昌三元"匾

编号为06.1509的"陈继昌三元"匾横长126厘米，纵宽56厘米，厚5厘米。木制横匾，素边框，红底黑字，正中楷书"三元"二字。左侧上款题"嘉庆癸丑庚辰"，右侧下款题"陈继昌"，钤章一枚，模糊不清。此匾保存情况较差，底子漆几乎全部脱落，印章也模糊无法辨识。该匾现存于孔庙和国子监博物馆文物库房内。

第三章 征集匾

编号06.1509 "陈继昌三元"匾

科举考试分为三个级别：乡试、会试和殿试。乡试为省一级考试，考试合格者为举人，第一名为解元；会试是举人在京城参加考试，考试合格者为贡士，第一名为会元；殿试是由皇帝亲自主持的进士考试，分三甲，第一甲三人，第一名叫状元，第二名叫榜眼，第三名叫探花。如果乡试、会试和殿试都能取得第一名，即解元、会元和状元，俗称为连中三元。

自隋唐建立科举制度以来，历史上连中三元的人数不超过二十人，由于记载和统计问题，三元人数并不确定。清代共有两位三元：钱棨和陈继昌，陈继昌是中国科举史最后一位"三元"。

陈继昌（1791—1849），广西临桂人。原名守睿，字哲臣，号莲史，陈弘谋曾孙。嘉庆十八年（1813年）癸酉科乡试第一名，嘉庆二十五年（1820年）庚辰科会试第一名，同年殿试第一名，授职翰林院修撰。陈继昌抱病应殿试而连中"三元"，声名大振。历任陕西、甘肃、顺天等乡试典试官、会试同考官、山东兖州知府、直隶保定知府、通水河道巡察、江西按察使等职。曾任山西、直隶、甘肃、江宁布政使。陈继昌办事公正廉明，做了许多兴利除弊、促教兴文的事情，深得民心。陈继昌善书法，能诗文，著有《如话斋诗存》，另有文《殿试策》。

"程可则会元"匾

"程可则会元"匾横长105厘米，纵宽52厘米，厚6厘米。木质横匾，素边框，黄底黑字，正中楷书"会元"二字。左侧上款题"顺治壬辰科"，右侧下款题"会试第一名进士程可则立"，其中"顺治"和"可则"四字为红色。此匾保存情况较好，有裂纹，字迹非常清晰。该匾作为展品现陈列于孔庙和国子监博物馆"科举展"中。

"程可则会元"匾

程可则（1623—1673），字周量，又字湟溱，号石臞。广东南海人，"岭南七子"之一。祖先自河南迁来南海，据传是宋朝思想家程颢的后人。清顺治九年（1652年）壬辰科参加京城会试得第一名，即"会元"。顺治十七年（1660年）春参加"阁试"，累迁为郎中，历任广西桂林府知府等职。

第三章 征集匾

程可则的诗、文在当时很有名气，《清诗别裁》收录了程可则作品12首，编者沈德潜赞扬这些诗"俊伟腾踔，声光熊熊"。著作有《海日堂集》。

程可则会试第一名，按惯例应在两个月后参加皇帝亲自主持的殿试，可他却以文章"悖戾经注"为名，被取消功名，不准应试，还牵连考试官胡统虞被降三级。顺治皇帝评价其文章"文理荒谬……悖戾经注，士子不服，通国骇异"。清代的考场条例非常严格，试卷上错字多，涂抹过甚，题目写错，行文中触犯圣人和皇帝的名字，都要受处分，贴出试卷，供人批判。如果程可则的试卷上出现以上问题，阅卷官是一定会发现的。至于说程可则文章"文理荒谬"也不大可能，程可则擅长作诗，"岭南七子"之一，诗写得好，文也不会怎么差。极有可能是因为程可则文章"悖戾经注"而被除名。"经"是指儒家的"四书五经"，是应试学子必学之书，"注"指朱熹对"四书"的注释，元明以来科举考试以朱熹的《四书集注》为标准。"悖戾经注"不仅仅指学子不能质疑"经"和"注"，更指文章违背当权者意愿，抨击时弊等。清初，满族刚刚取得政权，为了维护统治，打击汉族知识分子，大兴文字狱。程可则很可能是在试卷中犯了政治性错误，才会被取消殿试资格的。

幸运的是，顺治十七年（1660年）程可则有机会参加"阁试"，进入仕途。虽然程可则"会元"的名号被取消，但是所有旧书籍记载他的生平时都加上"顺治九年壬辰科会元"的名衔。科举考取功名不仅是政权对个人才华能力的认可，也是民间对一个人的认可和评价。

"彭树芳贡元"匾

"彭树芳贡元"匾横长159厘米，纵宽73厘米，厚5厘米。木质横匾，四周边框有花纹装饰，红底金字，正中楷书"贡元"二字。左侧上款题写"清光绪戊申三十四年月榖旦"，右侧下款题写"例授贡生彭树芳立"。此匾保存较好，除去"贡元"二字金漆脱落外，其余字迹金漆完好。该匾作为展品

"彭树芳贡元"匾

现陈列于孔庙和国子监博物馆"国子监原状陈列展"中。

通过匾上的题款，我们可以知道，此匾为光绪戊申年（1908年）为贡生彭树芳刻立。贡元是对贡生的尊称。在中国古代科举时代，将地方府、州、县生员（秀才）中成绩或资格优异者选拔出来，直接进入京师的国子监读书，称为贡生。贡生有将人才进贡、贡奉给皇帝之意。明代有岁贡、选贡、恩贡和细贡；清代有恩贡、拔贡、副贡、岁贡、优贡和例贡。可见，此匾是为了庆贺彭树芳在国子监读书而刻立的。

彭树芳生平不详。

第三章 征集匾

"刑部山东司主事丁酉科举人"匾

"刑部山东司主事丁酉科举人"匾纵长77厘米，横宽52.5厘米，厚2厘米，木质竖匾，无边框，红底黄字，匾正面楷书"刑部山东司主事"，背面楷书"丁酉科举人"。此匾保存情况一般，有掉漆现象。该匾作为展品现陈列于孔庙和国子监博物馆"科举展"中。

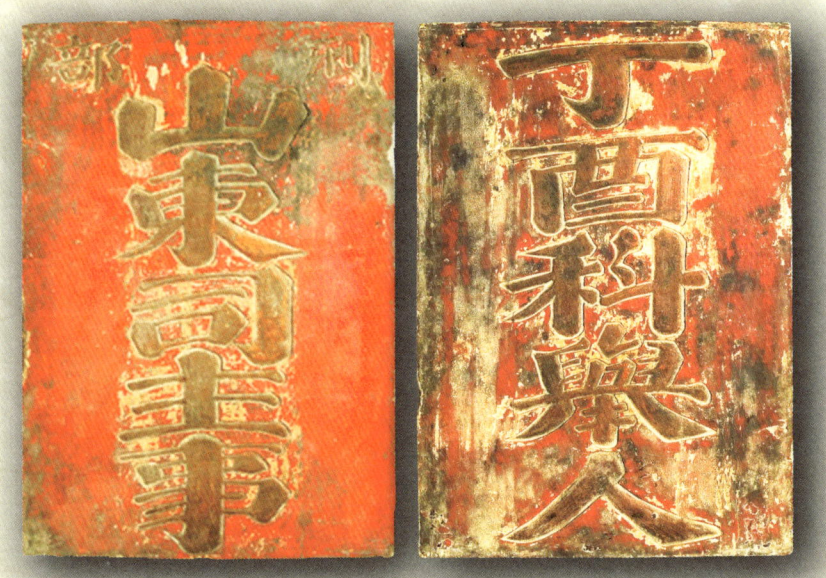

"刑部山东司主事丁酉科举人"匾正面　"刑部山东司主事丁酉科举人"匾背面

该匾没有人名，也没有朝代，仅从"丁酉科举人"也无法判断具体年代。从匾上的文字只能知道，此人为丁酉科乡试举人，任职刑部山东司主事。

第二节 其他匾

孔庙和国子监博物馆文物库房还保存一些匾，虽然历史上不是孔庙国子监悬挂之匾，但这些匾中不乏精品，故冠以"其他匾"，列入本书。

"集贤堂"匾

"集贤堂"匾横长198厘米，纵宽80厘米，厚4.5厘米。木质横匾，无边框，匾正中楷书"集贤堂"三个大字。左侧上款题写"咸丰壬子孟秋"，右侧下款题写"祁寯藻书"。此匾保存尚好，虽然漆皮脱落，但字迹清晰。

第三章 征集匾

"集贤堂"匾

此匾是祁寯藻在咸丰壬子年，也就是咸丰二年（1852年）题写。集贤堂不是孔庙国子监厅堂，所以此匾不是孔庙国子监悬挂之匾。孔庙国子监还藏有祁寯藻题写的"经正民兴"匾。祁寯藻是清代中晚期著名书法家，以楷书见长。"集贤堂"三个字，厚重而方正，端正而严谨。

"典御十方"匾

"典御十方"匾横长169厘米，纵宽50厘米，厚5.5厘米。木制横匾，无边框，黑底红字，匾正中隶书"典御十方"四个大字。左侧上款题写"乾隆乙卯菊月榖旦"，右侧下款题写"仁和余集书"，钤章二枚"余集之印"、"秋室"。此匾保存完好，只在匾右下角有些磨损。

"典御十方"匾

"菊月"指农历九月,因此月菊花盛开而得名。此匾为余集在乾隆乙卯年,也就是乾隆六十年(1795年)九月题写。因余集号"秋室",故匾钤章"余集之印"、"秋室"。"典御十方"四个字雍容典雅,法度森然,深得汉代隶书朴茂、浑厚之意。

"十方"是佛教关于空间的说法,包括四面八方和上下。《楞严经》卷四云:"世为迁流,界为方位。汝今当知:东、西、南、北、东南、西南、东北、西北、上、下为界,过去、未来、现在为世。""十方"也指世界、天下。佛教认为,世界如恒河沙数,无穷无尽,谓之"十方世界"。唐太宗的《大唐三藏圣教序》中有:"弘济万品,典御十方。""典御十方"意为掌管驾驭天下。此匾内容为佛教用语,显然与孔庙国子监无关。

按:余集(1738—1823),字蓉裳,号秋室,浙江仁和(今杭州)人。乾隆三十一年(1766年)进士,官至侍讲学士。乾隆三十八年(1773年),与邵晋涵、周永年、戴震、杨昌霖同荐修《四库全书》,授翰林院编修,累迁至侍读学士。余集博学多艺,工诗古文词,善画人物,兼长花卉禽鸟,也喜书法,书法古朴而秀润。

第三章 征集匾

"乾隆御笔诗"匾

"乾隆御笔诗"匾横宽90厘米,纵长170.5厘米,厚3.5厘米。木质竖式,灰底金字,字体为黄铜鎏金镶嵌而成,四周边框饰以回纹图案(玉质)装饰,并以团寿铜钉固定。匾上为乾隆御笔行书七言诗一首:"春来春去此相仍,忽尔六旬更五增。望道①敢云造岸极,敕②几祗励履冰兢③。雕龙④祭獭⑤诚奚益,挢雅扬风⑥亦底称。践阼⑦岁如夫子矣,自惟不惑又何曾。"

下款题"乙未正月晦日偶尔成咏御笔",钤章二枚"乾隆宸翰"、"陶冶性灵"。此匾保存不甚理想,有些铜字已经脱落,因采用镶嵌工艺,故字迹尚可辨识。

此诗作于乾隆乙未年,也就是乾隆四十年(1775年)正月晦日,正值乾隆皇帝65岁,登基四十年。乾隆皇帝擅长书法,这首诗以行书写就,字体洒脱,舒展灵动,洒脱飘逸,流畅自如。乾隆皇帝"陶冶性灵"的钤章与"乾隆宸翰"的钤章经常一起使用。"陶冶性灵"意为怡情养性,陶冶心灵。乾隆秀丽的书法,铜字鎏金、玉质边框的上等工艺,这些使得此匾华丽而不俗气,别具一格,是匾额中的精品。

晦日是指阴历每月的最后一天,即大月三十日、小月二十九日,正月晦

---

① 望道,敬慕有道之人。
② 敕(chì),告诫。
③ 出自《诗经·小雅·小旻》:"战战兢兢,如临深渊,如履薄冰。"比喻行事小心谨慎。
④ 雕龙,雕镂龙纹。比喻善于修饰文辞或刻意雕琢文字。
⑤ 祭獭,獭食鱼前习惯将鱼捕获而陈列,若陈物而祭,因有此称。后用以比喻文中罗列或堆砌辞藻典故。
⑥ 挢(jié),颂扬。风雅,《诗经》中《国风》,《诗经》中的《大雅》、《小雅》。挢雅扬风,品评诗文。
⑦ 践阼,即位登基。

"乾隆御笔诗"匾

日作为一年的第一晦日即"初晦",受到古人的重视。晦日这一天,人们要到野外游玩、宴饮,故写晦日宴游的诗很多,而且尤以写正月晦日的居多,且往往表现出冬末春初特有的景色和心情。恰逢乾隆皇帝65岁,登基四十年,在正月晦日作此诗。诗作中乾隆皇帝感慨时光易逝"春来春去此相仍,忽尔六旬更五增"。虽贵为天子,但仍时刻告诫自己要勤勉谨慎。堆砌辞藻典故实在没什么益处,品评诗文也是枉然。我登基为帝的时间与孔夫子四十不惑的时间一样,自以为能够不惑,可又何曾做到呢。

乾隆皇帝将此诗手书,并将手书诗作制作成匾,可见乾隆皇帝对此诗作的喜爱和重视。

"大学士陈宏谋"匾

孔庙和国子监博物馆现藏有两方"大学士陈宏谋"匾。编号为06.1495的"大学士陈宏谋"匾横长194厘米,纵宽90厘米,厚5.5厘米。木制横匾,无边框,正中楷书"大学士"三个大字。左侧上款题"乾隆戊子年",右侧下款题

"桂林陈宏谋立"。此匾保存情况一般,匾面漆皮脱落,有多处裂痕,但字迹还清晰可辨。

编号06.1495 "大学士陈宏谋" 匾

编号为11.13的"大学士陈宏谋"匾横长173厘米,纵宽77厘米,厚4.5厘米。木制横匾,无边框,正中楷书"大学士"三个大字。左侧上款题"乾隆朝",右侧下款题"陈宏谋"。此匾保存情况较差,匾面漆皮脱落,有多处裂

编号11.13 "大学士陈宏谋" 匾

痕，匾四角有磨损，且字迹模糊不清。

陈宏谋（1696—1771），原名弘谋，晚年因避乾隆皇帝（弘历）讳，改为宏谋，字汝咨。广西临桂人。雍正元年（1723年）进士。历任布政使、巡抚、总督，至东阁大学士兼工部尚书等职。清沿明制，不设宰相，以大学士总理国政，遂为宰辅。陈宏谋于乾隆三十二年（1767年）升任东阁大学士。编号为06.1495的"大学士陈宏谋"匾上款"乾隆戊子年"即乾隆三十三年（1768年），也就是在陈宏谋任东阁大学士第二年立此"大学士"匾。陈宏谋为官清廉，颇有政绩，深得乾隆皇帝信任。陈宏谋重视治学，"辑古今嘉言懿行，为《五种遗规》"（《清史稿·卷二八七·列传九十四》）。《五种遗规》对后世影响深远：清末《五种遗规》被定为中学堂的修身读本，到了民国年间，《五种遗规》被定为官员从政的必读书。《清史稿》对陈宏谋评价甚高："乾隆间论疆吏之贤者，尹继善与陈宏谋其最也。……宏谋劳心焦思，不遑夙夜，而民感之则同。宏谋学尤醇，所至惓惓民生风俗，古所谓大儒之效也。"曾孙陈继昌为历史上最后一位"三元"，孔庙和国子监博物馆收藏其"三元"匾。

戴鸿慈"军机大臣"匾和"协办大学士"匾

孔庙和国子监博物馆现藏有戴鸿慈的两方匾："军机大臣"匾和"协办大学士"匾。

"军机大臣"匾横长111厘米，纵宽57厘米，厚4厘米。木制横匾，素边框，黄底黑字，正中楷书"军机大臣"四个字。左侧上款题"宣统朝"，右侧下款题"戴鸿慈"。此匾保存较为完好，匾面无损，字迹清晰。

"军机大臣"匾

"协办大学士"匾横长112厘米，纵宽57厘米，厚4.5厘米。木制横匾，素边框，黄底黑字，正中楷书"协办大学士"五个字。左侧上款题"宣统朝"，右侧下款题"戴鸿慈"。此匾保存不如"军机大臣"匾好，漆皮脱落，但字迹还清晰。

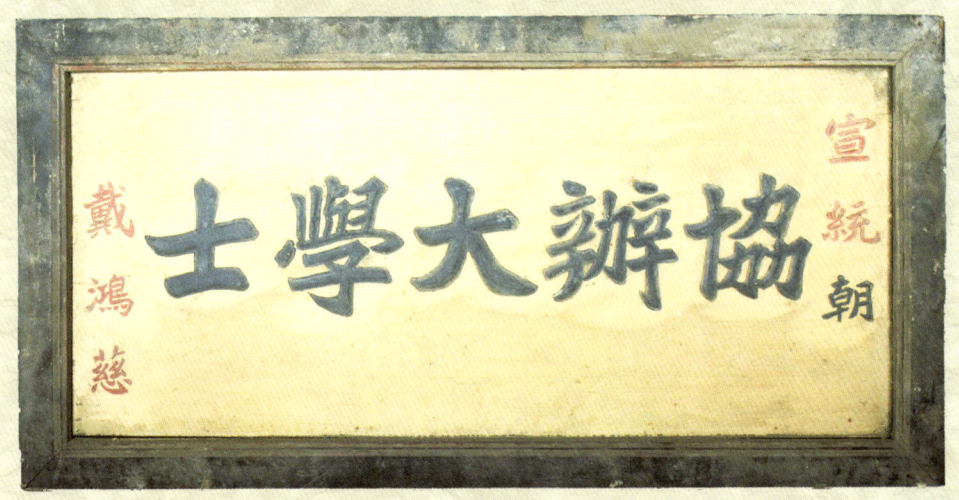

"协办大学士"匾

北京孔庙国子监匾联考辨

　　戴鸿慈（1853—1910），字光孺，号少怀，广东南海人。光绪二年（1876年）进士，授翰林院编修，经筵讲官，参预政务大臣，礼部尚书，协办大学士，军机大臣，太子少保等职。故有"军机大臣"和"协办大学士"匾。1905年，作为五大臣之一，出使美、英、法、德和丹麦等国。出使欧洲使戴鸿慈大开眼界，认为中国只有改革才有出路，极力主张以立宪政体代替专制政体。他还提倡中国要富强，必须"固边疆"、"振兴实业"及开矿、兴学、修铁路等，是清末具有一定的开放思想和政治眼光的重臣。

参考文献

典籍类

1. [唐] 韩愈：《韩昌黎集》，商务印书馆，1958年版。
2. [宋] 宋祁、欧阳修等：《新唐书》，中华书局，1975年版。
3. [宋] 朱熹：《四书章句集注》，中华书局，2003年版。
4. [明] 王材、郭鎜等纂修：《皇明太学志》，首都图书馆编辑《太学文献大成·卷五》，学苑出版社，1996年版。
5. [清] 于敏中等编纂：《日下旧闻考》，北京古籍出版社，2000年版。
6. [清] 孙承泽：《春明梦余录》，北京古籍出版社，1992年版。

7. [清]纪昀等：《文渊阁四库全书·史部·职官类·钦定国子监志》，上海古籍出版社，2003年版。

8. [清]文庆、李宗昉等纂修：《钦定国子监志》，北京古籍出版社，2000年版。

9. [清]梁章钜撰，李鼎霞点校：《楹联丛话》，中华书局，1987年版。

10. 赵尔巽主编：《清史稿》，中华书局，2003年版。

11. 《清实录》，中华书局影印，2008年版。

12. [清]乾隆官修：《清朝文献通考》，浙江古籍出版社，2000年版。

13. [清]阮元校刻：《十三经注疏》（嘉庆刊本），中华书局，2003年版。

14. [清]皮锡瑞：《经学通论》，中华书局，1954年版。

15. [清]张潮、张渐辑：《昭代丛书》，乙集卷十八，孔尚任：《出山异数记》，吴江沈氏世楷堂藏版。

16. [清]顾炎武著，陈垣校注：《日知录校注》，安徽大学出版社，2007年版。

17. 《浙江通志》，商务印书馆影印，1934年（民国二十三年）版。

18. 徐世昌编：《祀孔典礼》，政事堂礼制馆刊行，1914年（民国三年）版。

20. 《二十四史》，中华书局点校，2005年版。

专著类

1. 李国钧、王炳照总主编：《中国教育制度通史》，山东教育出版社，2004年版。

2. 《辞海》，上海辞书出版社，1999年版。

3. 《辞源》，商务印书馆，1984年版。

4. 刘毓庆：《从经学到文学——明代诗经学史论》，商务出版社，2001年版。

5. 高亨著：《诗经今注》，清华大学出版社，2010年版。

6. 江灏、钱宗武译注，周秉钧审校：《今古文尚书全译》，贵州人民出版社，1995年版。

7. 冯友兰：《中国哲学史新编》，人民出版社，2001年版。

8. 钱穆：《朱子新学案》，巴蜀出版社，1986年版。

9. 陈来编：《冯友兰选集》，吉林人民出版社，2005年版。

10. 齐心：《北京名匾》，北京美术摄影出版社，1996年版。

11. 北京建筑大学古建筑学院组织编写，路化林主编：《古建筑油饰技术与施工》，中国建筑工业出版社，2012年版。

12. 李文君编著：《紫禁城八百楹联匾通解》，故宫出版社，2011年版。

13. 支运亭著：《清代宫廷匾联》，文物出版社，2001年版。

14. 冯春江编著：《清帝避暑山庄印文注释》，中国戏剧出版社，2001年版。

15. 郭福祥著：《明清帝后玺印》，国际文化出版公司，2003年版。

16. 李永康、高彦编著：《孔庙国子监史话》，北京燕山出版社，2010年版。

17. 孔喆编著：《图说国子监》，山东友谊出版社，2006年版。

18. 韩达编：《评孔纪年》，山东教育出版社，1985年版。

19. 章伯锋、李宗一主编：《北洋军阀》，武汉出版社，1990年版。

论文类

1. 贾文忠：《北京孔庙大成殿内御书木匾》，《紫禁城》，1994年第2期。
2. 常会营：《北京孔庙大成殿匾楹联内涵考》，《北京文博文丛》，2011年第2期。
3. 徐超英：《浅谈故宫藏匾联的形制特色与文物价值》，《故宫博物院院刊》，2010年第4期。
4. 夏成钢：《清代皇家园林匾楹联的形式与特征》，《中国园林》，2009年第2期。
5. 张兴军：《科举匾的文化守望》，《北京日报》，2008年1月4日第14版。
6. 赵丽：《北海匾楹联现状分析与意境解读》，《古建园林技术》，2011年第2期。
7. 谢继：《匾面面观》，《中国文物报》，2010年7月28日第3版。
8. 罗港：《匾文化艺术浅析》，《沧桑》，2010年第1期。
9. 周梅清：《匾——折射历史文化的一面镜子》，《清远职业技术学院学报》，2011年10月第5期第4卷。
10. 李艳华：《匾文化初解》，《重庆三峡学院学报》，2008年第2期。
11. 陈新民：《中国建筑上的匾和楹联》，《南方文物》，2003年第1期。
12. 刘源平：《中国古典园林匾与楹联初探》，《科技情报开发与经济》，2001年第3期。
13. 骆明：《中国的匾文化》，《中国房地产业》，2001年第9期。
14. 钟毓铸：《造园意境与匾联》，《中国园林》，1990年第1期。
15. 李衍德、胡玲凤：《苏州古典园林匾楹联的艺术》，《中国园林》，

1994年第4期。

16. 王琳琳：《韩愈和北京国子监土地祠》，《北京文博文丛》，2010年第3期。

17. 王琳琳：《北京国子监彝伦堂内谕旨匾》，《北京文博文丛》，2011年第4期。

18. 王琳琳：《北京国子监辟雍匾联探析》，《孔庙国子监论丛》，2012年。

19. 王琳琳：《北京孔庙大成殿清代皇帝御制匾联探微》，《中国国家博物馆馆刊》，2013年第8期。

后记

怀胎十月，一朝分娩。2012年2月我将一个小生命带到世间，我的"作品"面世了。而《北京孔庙国子监匾联考辨》这部"作品"从2006年毕业工作伊始，高彦先生建议我研究孔庙国子监匾联起；到查找材料完成初稿；到2011年得到北京市文物局考古科研处王友泉处长、昌硕女士的支持，获得北京市文物局青年业务人员科研成果出版项目的资助；再到2012年9月起在北京燕山出版社常思薇编辑的帮助下数易其稿；这部"作品"孕育了8年，终于要面世了。

这本小书早该出版了，博物馆的日常工作、养育孩子的各种琐事使得出版之事一拖再拖。每每遇到知晓此书之人，生怕问起，无言以对。见到为此书提出诸多宝贵意见的首都博物馆刘高先生更是汗颜，辜负了先生的殷切期望！

在修改书稿时，我又想起修改硕士毕业论文的情形。恩师李存山先生治学严谨，一丝不苟，一一核对引文出处，甚至注解的编码都帮我修改。回想三年硕士学习生活最大的收益不是读了几句"四书五经"，而是从先生那里见识到了什么才是真正做学问的精神。这种精神，令我向往，引我追求。这次修改书稿，仿佛又回到了求学时代。每次尽心修改后，放置一段时间，又能发现很多错误，以至于不敢再次面对。这也是一拖再拖，迟迟不能出版的原因之一。每次总是要鼓足勇气，才敢再拿出书稿来修改，一旦发现错误，既欣喜又不安，欣喜的是在没有出版前及时发现，不安的是上次已经修改得够仔细了，怎么还有错误呢。这种心理折磨着我，惧怕向出版社提交书稿。自知能力有限，但还追求完美，而缺憾却是现实。诚惶诚恐地将这部"作品"呈现出来，希望真的只是"缺憾"，不要有"硬伤"。

孔庙国子监匾联上的文字内容大多出自儒家经典，因为硕士期间主修儒家哲学专业，所以最初研究我是从为匾联的文字内容释义开始。随着研究的深入，发现匾联是一门综合的艺术，涉及文学、书法、篆刻、古建等多个专业。虽然也翻阅资料，请教专家，但是在书法赏析、印章辨识等方面感觉力不从心，尤其在对匾联的外观描述方面更是门外汉，现学现卖。关于孔庙国子监匾联还有很多问题有待进一步研究：元、明两朝北京孔庙国子监匾联情况，清代孔庙国子监匾联的制作工艺，清末民国时期匾联的流传情况……我深知这本小书只是研究孔庙国子监匾联的一块"探路石"，希望随着今后对匾联更加深入的研究，这块"探路石"能够引出更多"美玉"。

孕育了8年的"作品"，不仅凝聚我一人的心血：博物馆吴志友馆长、李超英馆长、高树荣馆长的大力支持，督促我早日出版；北京石刻艺术博物馆吴梦麟先生酷暑之下为书稿提出诸多修改意见并撰写前言；沈阳大学孙熙春先生的悉心指导，提升了我在书法篆刻方面的素养；父母的无私奉献，解除了我的后顾之忧；爱人的鼓励，给了我前行的力量；还有高彦先生引我进入研究孔庙国子监匾联这一领域，刘高先生的宝贵修改意见，保管部提供图片，常思薇编辑的理解和宽容……谨以这本小书向所有关心此书、为此书付出劳动的师长、同事、家人表示诚挚的谢意！

王琳琳
2014年7月7日

图书在版编目(CIP)数据

北京孔庙国子监匾联考辨 / 王琳琳著. — 北京：北京燕山出版社，2014.12

ISBN 978-7-5402-3150-7

Ⅰ. ①北… Ⅱ. ①王… Ⅲ. ①对联—文学研究—中国—古代②牌匾—研究—北京市—古代 Ⅳ. ①I207.6②K875.44

中国版本图书馆CIP数据核字(2013)第036697号

北京孔庙国子监匾联考辨

作　　者：	王琳琳
责任编辑：	常思薇
装帧设计：	仙境装帧设计
出版发行：	北京燕山出版社
社　　址：	北京市西城区陶然亭路53号
印　　刷：	北京启恒印刷有限公司
开　　本：	787×1092　1/16
字　　数：	190千字
印　　张：	14
版　　次：	2014年12月第1版
印　　次：	2014年12月第1次印刷

ISBN 978-7-5402-3150-7

定　　价：38.00元